mtb

Zum Buch:

Mit »Beautiful Bastard« eroberte das Autorinnenduo Christina Lauren erst das Internet – mehr als zwei Millionen Downloads – dann im Print die Bestsellerlisten in über 30 Ländern weltweit. Die »Beautiful Bastard«-Serie ist ein internationales Phänomen. Kein Wunder bei diesem Erfolgsrezept: Unwiderstehlich arrogante Helden treffen auf sexy, selbstbewusste Frauen. Gewürzt mit heißer Erotik, witzigen Wortgefechten und leidenschaftlichen Liebesgeschichten wird daraus eine atemberaubende Mischung, die Frauenherzen höher schlagen lässt. Kein Wunder, dass Constantin sich gleich die Filmrechte gesichert hat.

»Intelligent, heiß und modern. Diese Serie ist einfach perfekt.«

New-York-Times-Bestsellerautorin Katy Evans

Zur Autorin:

Hinter Christina Lauren steht das Autorinnenduo Christina Hobbs und Lauren Billings. Beide sind bekennende Liebesroman-Fans und schreiben seit 2009 gemeinsam. Getrennt durch den US-Staat Nevada, telefonieren sie mehrmals täglich miteinander und sind sich einig, dass die allerschönste Nagellackfarbe Rubinrot ist. Wenn sie die Wahl hätten, würden sie nur eins tun: den ganzen Tag vom San Clemente Pier in Kalifornien aus aufs Meer blicken.

Lieferbare Titel:

Beautiful Bastard
Beautiful Stranger
Beautiful Player
Beautiful Secret
Beautiful

Christina Lauren
Beautiful Beloved

Seite 5

Christina Lauren
Beautiful Boss

Seite 139

MIRA® TASCHENBUCH
Band 26069

FSC
MIX
Papier
FSC® C014496

1. Auflage: März 2018

Deutsche Taschenbucherstausgabe

Titel der amerikanischen Originalausgaben:
Beautiful Beloved

Beautiful Boss

Published by arrangement with
the original publisher, Gallery Books,
a division of Simon & Schuster, New York

Umschlaggestaltung: HarperCollins Germany / Deborah Kuschel
Artwork: Simon & Schuster
Umschlagabbildung: Dean Drobot / Shutterstock
Redaktion: Maya Gause
Satz: GGP Media GmbH, Pößneck
Printed in Germany
Dieses Buch wurde auf FSC®-zertifiziertem Papier gedruckt.
ISBN 978-3-95649-736-0

www.mira-taschenbuch.de

Christina Lauren

Beautiful Beloved

Roman

Aus dem Amerikanischen von
Mette Friedrichs

mtb

Für unsere Leser.
Danke, dass ihr Max und Sara vermisst habt
und mehr von ihnen wolltet.

EINS

Max

Der Abwasch war gemacht, die Wohnung aufgeräumt, und Sara hatte angefangen, unserer kleinen Lady im Kinderzimmer leise etwas vorzusingen. Und ich hatte ein Stoßgebet zum Gott der schlafenden Kinder gesandt, weil Sara mir auf dem Weg ins Kinderzimmer diesen Blick zugeworfen hatte.

Den *Schlaf-nicht-ein-bevor-ich-ins-Bett-komme-Blick.*

Den *Ich-hab-den-Anblick-von-unserem-schlafenden-Baby-auf-deinem-nackten-Oberkörper-noch-nicht-verkraftet-Blick.*

Den *Du-wirst-gleich-dermaßen-unglaublich-flachgelegt-Blick.*

Verdammt, wie ich mein Leben doch liebte!

Vom Couchtisch aus leuchtete der Bildschirm meines Handys auf – jemand versuchte mich zu erreichen. Als ich rüberging und sah, wer das war, musste ich breit grinsen.

»Du rufst den glücklichsten Kerl der Welt an«, verkündete ich meinem Bruder, anstatt ihn anständig zu begrüßen.

Ein langes Schweigen war die Antwort, dann: »Selbstzufriedener geht's wohl nicht.«

»Stimmt. Aber fass dich kurz. Die Eingeborenen kommen gleich, um mich zu verschlingen.« Heilige Mutter

Gottes, es schien eine Ewigkeit her zu sein, dass zwischen Sara und mir mehr ablief als ein hektisches Rumgefummel, nach dem wir in der Regel erschöpft ins Koma fielen.

Mir kam sogar in den Sinn, dass ich vielleicht vorab ein paar ordentliche Dehnübungen machen sollte.

Niall lachte. »In dem Fall hoffe ich, dass du die Nacht überlebst, schließlich will ich euch nächste Woche besuchen kommen. Ich wäre doch ziemlich enttäuscht, wenn ich die Max-Stella-Tour verpassen würde, die du mir seit so vielen Jahren versprochen hast.«

»Hey, toll!« Ich hieb mit der flachen Hand auf den Tisch. Dieser Abend wurde immer besser. Die Aussicht auf Sex an zwei aufeinanderfolgenden Abenden mit meiner fantastischen Frau und dann noch nächste Woche ein Besuch meines jüngsten Bruders. »Einfach unglaublich toll.«

Ich hatte Niall seit meinem letzten Besuch in England nicht mehr gesehen, vor mehr als einem Jahr, und er hatte zu viel zu tun gehabt, als dass wir uns sonderlich oft getroffen hätten. »Die Arbeit lässt dir also genügend Zeit?«

»Mehr oder weniger.« Er zögerte. »Okay. Das wär also geklärt. Es ist verdammt spät, wollte dir nur Bescheid sagen. Und nur damit das klar ist, ich komme eigentlich die kleine Annabel besuchen, nicht euch Pack.«

Lachend erwiderte ich: »Verstanden.«

»Sieht so aus, als würde ich am Dienstag eintreffen. Und am Sonntag wieder abreisen.«

Ich notierte mir die weiteren Details und legte auf. Dann machte ich mich auf die Suche nach Sara, um ihr die Neuigkeiten mitzuteilen.

Der Gesang war verklungen, und zu meiner vollkommen ausbleibenden Überraschung fand ich meine wunderschöne Frau schlafend vor, im Schaukelstuhl neben der Wiege, das Baby in den Armen. Behutsam nahm ich der Mutter unseren kleinen Liebling ab, wickelte ihn gut ein und legte ihn in die Wiege. Auch wenn Annabel bisher nur zwei bis drei Stunden am Stück schlief, so hätten wir sie zumindest neben einer Blaskapelle ablegen können, ohne dass sie aufwachte.

Vermutlich würden wir mit dem nächsten nicht so viel Glück haben.

Dem nächsten?

Ich blinzelte erschrocken: Dass ich diesen Gedanken auch nur gedacht hatte, kam mir leicht verrückt vor. Erst seit den letzten zwei Wochen konnten wir endlich mal wieder ein wenig schlafen.

Nachdem das Baby gut versorgt war, ging ich zu Sara hinüber, um sie zu wecken. Sie öffnete träge die Augen, als ich mich über sie beugte, sah mich blinzelnd an und atmete tief durch. »Oh. Ich bin eingeschlafen.«

Ich kniete mich vor ihr hin, schob ihr mit dem Daumen eine Haarsträhne aus dem Gesicht. »Das hättest du nicht tun sollen, denke ich.«

»Nein, eigentlich wollte ich dich ja ausziehen.«

»Das kannst du immer noch tun.«

Sara nahm meine Hand und stand auf, zog mich hinter sich her, aus dem Kinderzimmer heraus, den Flur hinunter. »Woran hast du gedacht, als du dagestanden und auf mich hinuntergeguckt hast?«

»Da war ich einfach nur ziemlich verliebt in mein Leben, mehr nicht.«

»Nun, ich bin mit dem Gedanken eingeschlafen, ob unser zweites Kind genauso gut schlafen wird wie unser erstes.«

Sie warf mir grinsend über die Schulter einen Blick zu, und ich starrte sie ungläubig an, die Augen weit aufgerissen. Woher um alle Welt wusste sie bloß so haargenau, was ich erst vor wenigen Minuten gedacht hatte?

»Findest du, dass Anna *gut schläft*?«, fragte ich.

»In letzter Zeit, ja«, meinte sie. »Wir mussten ihr nur ein bisschen Zeit geben, sich damit anzufreunden.«

Ich sah, wie Sara das Haar über die Schultern glitt, als sie sich zu mir umdrehte und den Kopf schüttelte. Ihr Haar war jetzt länger und dicker, und die Art, wie es über ihre Haut strich, weckte in mir den Wunsch, es zu packen, in meiner Faust zu einem Ball zu knäueln und sie auf der Bettkante zu vögeln.

Ach, aber es war Ewigkeiten her, dass wir etwas so Derbes getan hatten.

Schluckend schloss ich kurz die Augen – und versuchte, meine Gier zu zügeln, als sie sich auf den Rand der Matratze setzte und langsam die Schenkel spreizte.

»Du hast den Verstand verloren«, sagte ich grinsend.

»Vermutlich.« Ihr kleines, so verdammt erotisches Schulterzucken sagte mir, dass sie das nicht ganz ernst meinte, und eine freche Verspieltheit lauerte unter der Oberfläche.

Ich trat zwischen ihre Beine, half ihr, sich das Tanktop über den Kopf zu ziehen, und drückte ihren Rücken auf die

Matratze, sodass ich ihr die dünnen Baumwollshorts ausziehen konnte.

Langsam, Max.

Mein Verstand spielte beinahe verrückt bei der Vorstellung, ihr die Schenkel gegen die Brust zu drücken und mir einen Weg ihren Oberkörper hinunter zu knabbern, an der Süße zwischen ihren Beinen zu saugen und sie mit der Zunge zu malträtieren, bis Sara so laut schrie, dass die Wände bebten. Stattdessen küsste ich ihren Bauchnabel, ihre Hüften, wanderte mit dem Mund zu ihren Rippen und dann hoch zu der festen Wölbung ihrer Brüste. Sie waren bereits voll und wurden härter, je länger das Baby schlief. Ich beugte mich vor, saugte an ihren leuchtend pinkfarbenen Nippeln.

»Siehst du dir meine Brüste wirklich so gerne an?« Sie senkte leicht die Stimme. »Magst du ihren Geschmack?«

Ich *liebte* ihren Körper, so wie er jetzt war, aber ich wusste nicht, wie ich das ehrlich zugeben sollte. Ich liebte ihre Hüften, ihre Brüste. Liebte es, zuzusehen, wie sie unser Baby stillte und sich danach an mich ankuschelte. Es fühlte sich an, als ob alles auf der Welt sich mit der Geburt unserer Tochter perfekt zusammengefügt hätte. Aber trotzdem kam es mir noch immer ein bisschen frevelhaft vor, mir zu wünschen, ihr Körper würde so bleiben – vor allem, weil es eine echt harte Geburt gewesen war.

Ich bewegte mich vorsichtig nach vorne, drückte meinen Schwanz durch meine Boxershorts hindurch an die warme Haut zwischen ihren Beinen.

Sara zog mich auf sich hinunter und ließ ihren Mund über meinen Hals gleiten. »Ist es schräg, dass ich so bleiben will?«, fragte sie, als ich meine Hand flach auf ihre Hüfte legte. »Dass ich unser Zuhause mit einer ganzen Bande von kleinen Wadenbeißern füllen will?«

Lachend drückte ich ihre Schulter. »Der Schlafentzug raubt dir den Verstand.«

»Ich weiß, dass du dir eine große Familie wünschst«, sagte sie. »Und ich habe dich noch nie mehr geliebt, als wenn ich dich als Papa sehe …« Sie bemerkte, dass ich ihr nicht mehr ganz so aufmerksam zuhörte, sondern mich wieder auf die feste Wölbung ihrer Brust konzentrierte, meinen Mund über ihrem Nippel schloss. »Sie werden so voll …«

Ich küsste mich ihren Hals hinauf. »Sie schenken mir eine geradezu spirituelle Erfahrung.«

»*Magst* du also meinen Körper, wie er jetzt gerade ist?«, flüsterte sie.

Es war eine leichte Härte in ihrem Tonfall, eine Empfindsamkeit, die mich schockierte. Sara wusste, dass ich ihren Körper liebte, jeden Zentimeter ihrer perfekten, weichen Haut.

Das wusste sie, oder?

Ich lehnte mich zurück, um sie anzusehen. »Ich *liebe* deinen Körper, verdammt noch mal. Und ich liebe es, wie glücklich das Muttersein dich gemacht hat. Es gefällt mir, wie du in letzter Zeit richtiggehend beseelt zu sein scheinst.« Mich vorbeugend sagte ich in den warmen Raum zwischen ihren Brüsten: »Es gefällt mir auch, wie groß und prall deine Titten sind.«

Sie packte mich am Schopf, zog mich lachend hoch. »Endlich gibt er es zu!«

»Was heißt das?«

Ihre Augenbrauen zogen sich leicht zusammen, als sie mich musternd ansah, mit ihren warmen braunen Augen jede Kleinigkeit in meinem Gesicht in sich aufnahm. Sara sah mich oft so prüfend an: stumm, ernst. Sie fuhr mit der Fingerspitze über mein Kinn, ihr Blick auf meine Lippen gerichtet. »Ich wünschte, du würdest dir nicht so viele Sorgen machen«, flüsterte sie. »Ich will noch mehr Kinder – vielleicht nicht jetzt sofort, aber irgendwann –, aber wenn ich das sage, sehe ich das Entsetzen in deinen Augen.«

Der harte Kloß in meinem Hals ließ mich kaum schlucken. »Für meinen Körper ist das nicht so hart wie für deinen.«

»Mein Körper scheint aber ganz gut damit klarzukommen. Ich werde sogar bald wieder zur Arbeit gehen. Sieh uns an. Wir haben es *geschafft.*«

Ich beugte mich vor, schmeckte wieder ihre Haut, küsste ihren Bauch.

Sie zog mich hoch, flüsterte mir ins Ohr: »Sag mir, dass du es nicht liebst, unser Baby bei uns zu haben.«

Grinsend sagte ich: »Es war mit Sicherheit leichter, sich um sie zu kümmern, als sie noch in deinem Bauch war.«

Sie sah mir wieder ins Gesicht, während ich mich über ihr bewegte, mit dem Knie ihre Beine spreizte und mich zwischen ihnen niederließ, härter wurde, als ich sie weich und warm unter mir spürte. »Alles okay, Liebste?«

Ihr Atem ging bereits schneller, schoss in kurzen Stößen gegen meinen Hals, und ihre Hände glitten meinen Rücken herab, um schließlich meine Boxershorts hinunterzuschieben. »Ja.«

Ich schob einen Finger in ihren Mund, feuchtete ihn an ihrer Zunge an, bevor ich mit ihm zwischen uns glitt, um sie zu berühren. »Hmmh«, machte ich und rieb mich an ihrem Schenkel. »Bist du dir sicher? Bist du nicht wund?«

Sie starrte zu mir hinauf, und ihr Ausdruck verwandelte sich in einen, den ich nicht deuten konnte. »Ja, ich bin mir *sicher*.«

»Wir haben gestern schon miteinander geschlafen. Ich will dir nicht wehtun«, erklärte ich.

Sie schloss die Augen, zog meinen Kopf an ihren Hals. »Das weiß ich, Baby.«

Langsam glitt ich hinein, drückte stöhnend meinen Mund an ihren Kiefer. Jedes Mal … jedes verflixte Mal war ich mir sicher, dass ich mich daran gewöhnen würde, wie sie sich anfühlte. Ihre Fingernägel bohrten sich in meinen Rücken, als sie ein erleichtertes Stöhnen von sich gab.

»Verflucht, Kleines. Du bist echt der Himmel auf Erden.« Ihre Brust umschließend, drückte ich sie leicht und genoss es, Milch an meiner Hand zu spüren. *»Fuck«*, brachte ich hervor. *»Verfluchte Scheiße …«*

»Das ist was Neues«, flüsterte sie und kratzte mit den Fingernägeln über meinen Rücken.

Ich biss die Zähne zusammen, kämpfte vergeblich gegen das Zugeständnis an, das aus mir hervorbersten wollte. »Ich liebe das, Teufel noch mal. Es tut mir leid – ich weiß, dass sie dich meistens stören, aber Fuck, Kleines. Ich liebe deine Titten, wie sie gerade sind.«

Plötzlich spürte ich, wie sie unter mir ganz still wurde, und hörte auf, mich zu bewegen, um mich zurückzulehnen und ihr ins Gesicht zu sehen.

»Was?«, fragte ich. »Was hab ich gesagt?«

Richtiggehend verärgert wirkte sie nicht, eher auf eine merkwürdige Weise enttäuscht und amüsiert zugleich. Schließlich hob sie die Beine noch etwas mehr an und flüsterte: »Seit wann musst du dich bei mir rechtfertigen?«

Lächelnd beugte ich mich hinunter und küsste ihre süßen, vollen Lippen. Mein Herz klopfte ein bisschen zu schnell; ich wusste immer noch nicht ganz genau, was ich falsch gemacht hatte.

»Du musst dich nicht dafür entschuldigen, dass dich das anmacht«, flüsterte sie in meinen Mund. »Ich vermisse es, zu sehen, wie du dich in mir verlierst, ohne dich dafür groß zu entschuldigen.«

Mein unmittelbarer Impuls war es, ihr zu *zeigen*, wie verloren ich tatsächlich war: ihre Arme über ihrem Kopf zu fixieren, sie zu nageln und den Anblick ihrer Brüste unter mir zu genießen, wie sie sich bewegten, ihr Gewicht zu genießen und diesen Stachel der Lust, den ich empfand, wenn ich spürte, wie sie überflossen, sich auf meiner Haut ergossen. Aber stattdessen begann ich, mich langsam auf ihr zu bewegen, dafür zu sorgen, dass ich ihre Lust mit jeder Bewegung meines Körpers in ihr hervorlockte.

Sie packte meinen Hintern, forderte mich auf, mich schneller und härter zu bewegen, und ich versuchte, ihr mehr zu geben. Aber mit jedem Stoß kam es mir so vor, als wäre ich neu programmiert worden.

Geh es locker an.
Geh es langsam an.
Geh es locker an.
Geh es langsam an.

In den Monaten, seit das Baby auf der Welt war, hatten wir schon oft Sex gehabt. Doch bisher war es nie so wild wie früher, als wir auf dem Küchentisch oder dem Fußboden gevögelt oder verschwitzt und hemmungslos im Club miteinander gespielt haben. Das waren die Zeiten von Spanking und Bondage. Das waren die Zeiten, in denen ich sie auf alle erdenkliche Arten genommen hatte, und manchmal hatten Fremde dabei zugesehen, manchmal war nur meine Videokamera Zeuge gewesen. Einmal hatte ich sie so heftig in die Schulter gebissen, dass sie blutete, und es hatte sie vor Erregung fast verrückt gemacht.

Vor – und während – ihrer Schwangerschaft war mir nie in den Sinn gekommen, wie *zerbrechlich* sie war.

Und dann hatte sie mein Kind zur Welt gebracht: beinahe neun Pfund schwer, nach über vierundzwanzig Stunden heftiger Wehen. In den ersten zwei Monaten nach Annabels Geburt waren wir stolpernd dem üblichen Pfad junger Eltern gefolgt, hatten uns in unsere Tochter verliebt, hatten uns neu ineinander verliebt und hatten uns kleine Momente des Schlafs gestohlen, wann immer wir konnten. Schließlich hatten wir auch neue Wege gefunden, auf behutsame Weise mit Händen und Mund intim zu sein, erfinderisch Worte und Sexspielzeug einzusetzen.

Dann, vor inzwischen knapp zwei Monaten, hatte Sara gesagt, dass sie bereit wäre, wieder mit mir zu schlafen.

Anfangs hatte ich Angst davor gehabt, doch dann hatte ein Kuss zum nächsten geführt, und bald war ich so hart gewesen wie seit Wochen nicht. Der Laut, den sie von sich gab, als ich in sie eindrang, würde für immer in meinem Kopf widerhallen. Es war ein verletzter Laut gewesen, ein scharfer, überraschter Schmerzensschrei. Ich hatte sofort aufgehört, und auch wenn sie jetzt schwor, dass sie inzwischen keine Schmerzen mehr spürte, konnte ich mich nicht des Gefühls erwehren, sie anders behandeln zu müssen: wie einen kostbaren Schatz, bei dem ich erst vor Kurzem entdeckt hatte, dass er kaputtgehen konnte …

Wir waren bisher nicht wieder im Club gewesen.

Wir hatten bisher die Kamera nicht hervorgeholt, um etwas anderes zu knipsen als unsere Tochter.

Wir hatten bisher keinen Sex gehabt, bei dem mehr passierte, als dass die Laken zerknitterten. Und das Mobiliar hatten wir auch nicht mehr demoliert.

Aber hier, in unserem Bett, mit ihr unter mir, während sie hungrige, kleine Keuchlaute von sich gab, hallten – hämmerten – ihre Worte in meinem Kopf wider, jedes einzelne wie ein Schlägel auf der Trommel.

Ich vermisse es, zu sehen, wie du dich in mir verlierst, ohne dich dafür groß zu entschuldigen.

Sie ließ es mich sanft angehen. Sie wartete geduldig, bis ich kapierte, dass sie nach mehr gefragt hatte, nach echtem Sex, und das wieder und wieder.

Sie hatte gesagt: *Willst du heute Abend einen Film drehen?*

Nein, Kleines, es reicht aus, dich einfach nur zu spüren.

Vermisst du manchmal den Club?

Nein, Kleines, ich möchte genau hier sein, wo wir gerade sind, mit unserem Baby, das am anderen Ende des Flurs schläft.

Siehst du dir meine Brüste wirklich so gerne an? Magst du ihren Geschmack?

Ich hatte alles für sie leichter machen wollen, hatte ihr das Gefühl vermitteln wollen, sicher zu sein, respektiert und geschätzt zu werden. Ich schloss die Augen, vollkommen überwältigt von dem paradoxen Gefühlswirrwarr aus der Erleichterung, als Sara begann, leise unter mir zu kommen, und der schmerzlichen Erkenntnis, dass ich irgendwo bei alldem vergessen hatte, was sie eigentlich brauchte.

Um vier Uhr morgens saß ich auf dem Fußboden des Kinderzimmers, während Sara Annabel stillte. Der Himmel draußen war tiefblauschwarz, und selbst in der Upper East Side herrschte auf den Straßen um diese Uhrzeit relative Stille.

»Du hättest nicht mit uns aufstehen müssen«, flüsterte sie.

Das sagte sie jeden Morgen, besorgt wegen meines Schlafmangels und des langen Arbeitstags, der vor mir lag. Aber das hier, genau das, war für mich der schönste Teil des Tages.

»Ich packe sie warm ein und nehme sie mit zum Laufen, wenn du fertig bist.«

Sara sah mich in der Dunkelheit an. »Ich liebe dich.«

Schluckend nickte ich, versuchte, den Kloß in meinem Hals beiseitezudrängen, damit ich diese Liebeserklärung erwidern konnte. Gestern Abend hatte ich kaum einschlafen können, nach der Erkenntnis, dass ich in den vergangenen

Wochen so darauf konzentriert gewesen war, Sara als Mutter zu genießen, dass ich Sara als Frau vernachlässigt hatte.

»Was ist los?«, flüsterte sie, als sie sah, wie ich mit mir kämpfte.

»Ich glaube, wir müssen einen Deal aushandeln, dass wir vor der nächsten Schwangerschaft erst wieder zu uns zurückkehren.«

»Zu uns?«, wiederholte sie.

»Ich glaube, ich habe verstanden, was du gestern Abend gesagt hast.«

Sie zog die Augenbrauen zusammen, und ich sah ihr an, dass sie sich nicht ganz sicher war, was ich da von mir gegeben hatte. »Hä?«

»Ich will wieder der Ehemann sein, den du brauchst. Fotos. Filme. Ich will wieder wissen, dass ich dir gebe, was du brauchst.«

»Was ich brauche?«

»Was *wir* brauchen.«

Sie leckte sich über die Lippen, sah auf das Baby hinunter. »Du bist so viel mehr, als ich mir je erhofft hätte. Das weißt du.«

»Ich übertreffe mich ab und zu gern selbst«, sagte ich, woraufhin sie loskicherte, sich aber rasch eine Hand vor den Mund hielt, als Annabel überrascht ihre Brust losließ.

»Sch-sch«, murmelte Sara ihr zu. »Komm her.«

»Vielleicht kann Mum abends auf unseren kleinen Liebling aufpassen, und wir machen einen ersten Schritt, indem wir irgendwo essen gehen? Und tasten uns dann langsam an etwas anderes heran?«

Sie sah mich wieder an, die Augen weit aufgerissen. »An den Club zum Beispiel?«

Ich betrachtete sie, wie sie unser Kind in den Armen hielt, und fühlte den Beschützerinstinkt so heftig in mir aufsteigen, dass ich keine Ahnung hatte, wie ich damit klarkommen würde, wenn andere sie so verletzlich sehen würden, so *reif*.

»Wenn es das ist, was du willst«, brachte ich hervor.

Sie nickte und beantwortete damit sanft die Frage. »Das ist es.«

Ich klappte den Kinderwagen zusammen und verstaute ihn im Flurschrank, bevor ich mein Shirt auszog. Auch wenn es bisher ein milder Winter gewesen war, war es immer noch Januar, deshalb hatte ich zum Laufen ein langärmeliges Shirt angezogen, um draußen nicht zu frieren. Doch drinnen, in der Wohnung, bekam ich davon sofort Klaustrophobie.

Vom Laufhemd befreit, beugte ich mich zu Annabel hinunter, öffnete den Reißverschluss der Tragetasche und zog das eingemummelte Kind heraus.

»War das gut, mein kleines Mädchen?«, murmelte ich und küsste ihre rosafarbene Wange. Sie war warm und kuschelig, und genau wie bei ihrer Mutter bildeten sich kleine Fältchen um ihre riesigen braunen Augen, wenn sie lächelte. »Wir sind prima gelaufen, nicht wahr?«

Ich setzte mich auf die Couch und legte mir Annabel auf die Brust, während ich einen Augenblick lang verschnaufte.

»Du bist verschwitzt und sitzt auf der Couch, oder?«, rief Sara aus dem Schlafzimmer.

Ich streckte Anna die Zunge entgegen, und sie versuchte,

sie zu packen. »Sehr verschwitzt«, antwortete ich meiner Frau. »Ziemlich widerlich, ehrlich gesagt.«

Saras Absätze klackerten über den Flur, und sie erstarrte, als sie uns sah. »Max.«

»Ich wische es ab, Klei…«

»Das ist mir egal«, sagte sie und kam näher. »Du sitzt da mit nacktem Oberkörper, und das süßeste Baby der Welt kuschelt sich an diese Muskeln. Zieh dir ein Hemd an, du Monster, oder ich kann für nichts garantieren.«

Wie ich es liebte, wenn Sara mich so ansah.

»Was glaubst du, wie es mir geht, wenn du sie stillst.«

Sie schenkte mir ein strahlendes Lächeln und beugte sich hinunter, um Annas pummeligen Oberschenkel zu küssen. »Sie sieht wie ein kleiner Pfirsich auf dir aus.«

Während ich ihr Outfit musterte, fragte ich mich, ob wir das Baby wohl schon so früh am Tag schlafen legen konnten. Seit Monaten hatte ich Sara nicht mehr in Büroklamotten gesehen, und erst jetzt wurde mir klar, wie sehr ich diesen Look vermisst hatte. Ihr kleiner schwarzer Rock endete knapp über ihren Knien und zeigte einen kleinen Streifen Haut oberhalb ihrer weichen Lederstiefel. Und ihre Brüste … ihre Brüste sahen verdammt irreal aus in dem grauen Sweater, den sie sich übergestreift hatte.

Sara folgte meinem Blick und sah auf ihren Busen hinunter. »Ich glaube, ich muss heute shoppen gehen. Mir sind alle Sachen um die Brust herum zu eng geworden.«

»Wag es ja nicht, das da wegzuwerfen.«

Sie sog ihre Unterlippe zwischen die Zähne, sah zu mir hinüber. »Ja?«

»Ja«, murmelte ich, und der Moment bekam etwas Bedeutsames. »Du siehst verdammt hübsch aus, Kleines.«

»Aber ist es denn nicht vielleicht etwas … unangemessen. Ich meine, bei der Art, wie du mich anschaust, zweifle ich schon daran, ob der Pulli noch für den Job geeignet ist.«

»Schätze, das hängt davon ab, was du vorhast.«

Sie zuckte die Schultern, setzte sich direkt vor uns. »Ich dachte, ich gehe für ein paar Stunden ins Büro, damit es sich nächste Woche nicht ganz so verwirrend anfühlt. Vorher treffe mich mit den Mädels noch zum Frühstücken, dann mache ich mich auf zur Arbeit.«

Ich küsste Anna oben auf den Kopf. »Willst du, dass ich sie mitnehme?«

»Wie du willst. Das könnte ich auch.«

Was war nur an ihrem Gesichtsausdruck in diesem Moment, dass ich so viele Dinge auf einmal fühlte, es mich einfach überwältigte? Jetzt, wo sie schick angezogen war, bereit, die Wohnung zu verlassen, kam es mir vor, als würde ich diese Kombination zum ersten Mal sehen: meine Geliebte, meine Frau, aber eben auch eine Mutter, eine Versorgerin und … *fuck*, eine Puppe mit dem besten Paar Titten, das ich je gesehen hatte.

Ich stand auf und machte ihr ein Zeichen, mir den Flur hinunter zu folgen. Ich schnappte mir Annabels Musik abspielende Babyschale aus dem Kinderzimmer und stellte sie neben den Kleiderschrank in unserem Schlafzimmer, sodass sie auf ein paar gerahmte Fotos von Bäumen zeigte, die Annabel liebte, und führte Sara dann zum Bett.

»Max …«

»Nur eine Minute.« Ich nahm meine Kamera vom Regal, montierte sie auf das Stativ und stellte den Auslöser auf einen Abstand von fünf Sekunden ein. Sara atmete schnell und flach, als ich mich hinunterbeugte, ihren Hals küsste und ihr sagte: »Ich werde dich nicht lange aufhalten.«

»Anna geht es gut«, sagte sie und zog mich dichter an sich heran. »Halte mich so lange auf, wie du nur kannst.«

Ich drückte sie rücklings auf die Matratze, schob ihr den Rock über die Hüften und begann, mich ihren Bauch hinaufzuküssen, spürte, wie mein Schwanz bei jedem nostalgischen Klicken des Blendverschlusses härter wurde, mit ihren Händen in meinem Haar. Ich schob den Sweater ihren Bauch hoch, legte die glatte Haut frei. Sie schmeckte wie Regen, wie eine köstliche Frucht, und sie hatte denselben süßen Duft, den ich an ihrem Körper vergötterte. Ich griff hinter sie, öffnete ihren BH und schob ihn über ihre Brüste.

Schon immer hatte ich Saras Brüste geliebt, aber bis vor Kurzem war ich kein besonderer Busenfetischist gewesen. Ihr Gewicht, der weiche Duft ihrer Haut und das merkwürdige Stechen, das ich im Bauch spürte, wenn Sara unser Kind stillte … Es war ein merkwürdiger Reflex, dass ich diese Brüste unbedingt ansehen wollte, sie so berühren wollte, ein Reflex, den ich, wie ich jetzt begriff, monatelang unterdrückt hatte.

Du musst dich nicht dafür entschuldigen, dass dich das anmacht.

Meine Lippen schlossen sich um einen Nippel, und ich saugte ihn mit der Zunge tiefer in meinen Mund, stöhnte bei der Empfindung auf. Ihre Brust war so warm und fest, so voll …

Ich habe das getan …

Ich habe sie zu dem gemacht …

Und als Sara nach meiner Trainingshose griff, sie meine Hüften hinunterschob, um mich in die Hand zu nehmen, zerbarst dieser Moment in Ekstase.

Ich konnte mir vorstellen, wie sie sich später die Bilder ansah, wie sie bemerkte, dass ich es dermaßen genoss, sie in meinem Mund zu spüren, ihren Geschmack auf meiner Zunge. Allein durch einen Blick auf mein Gesicht würde sie wissen, wie sehr ich ihre Milch auf meiner Hand liebte, die Art, wie sich ihre Hüften um meine schlangen. Ich vergötterte sie.

Verdammt, ich vergötterte diese Frau so unglaublich.

Ich pumpte in ihre Faust, stöhnte, als ich ihren Mund an meinem Hals spürte, ihre verzweifelten, süßen kleinen Schreie an meiner Haut. Während ich mit einer Hand ihr Höschen zur Seite schob, leckte ich an meiner anderen und machte dann mit ihr Sara so feucht, dass ich mit einem einzigen harten Stoß meiner Hüften tief in sie eindringen konnte.

Sie keuchte auf, ihre Augen weit vor Erregung und Erleichterung – verdammt, sie war so *erleichtert*, als ob ich verschollen gewesen wäre … und vielleicht war ich das auch. Ich zog mich hinaus und stieß dann wieder zu, fickte sie so hart und schnell, dass ich innerhalb von einer Minute wusste, ich würde kommen; kommen, bevor ich Zeit gehabt hätte, sie ebenfalls dorthin zu bringen, ja, bevor ich auch nur die Zeit hatte, zu überlegen, ob sie wollte, dass ich in ihr abspritzte, wo sie doch gleich zur Arbeit gehen würde. Aber ich … *wollte* es mit solch einer Intensität, mit einer Art unermesslichen Verlangens, das ich so lange nicht mehr gespürt hatte, deshalb konnte ich mich jetzt nicht mehr bremsen.

Die Zärtlichkeit und der Beschützerinstinkt waren für den Moment beiseitegeschoben und durch etwas Älteres und Vertrautes ersetzt worden: dem heftigen Wunsch, sie zu besitzen.

Ich griff zwischen uns, stimulierte sie mit den Fingern, bis sie sich in meiner Hand aufbäumte, keuchte und sich um meinen Schwanz zusammenzog. Sie schrie, flehte mich dreimal inständig an, ihr Lust zu schenken – dann wurde sie still, zog mich vollständig auf sich hinauf und atmete tief an meinem Hals aus.

Sie hatte mich jeden Tag gesehen; wir hatten gekuschelt, gequatscht, gelacht, waren gemeinsam am Esstisch eingeschlafen und hatten alle möglichen intimen Dinge miteinander angestellt. Aber die Erleichterung in diesem Augenblick war enorm. Ich wusste genau, was sie meinte, als sie flüsterte: »Ich hab dich vermisst.«

Und alles, was ich erwidern konnte, war: »Ich hab dich auch vermisst.«

Meine Mutter saß bereits am Empfang, als ich mit Annabel in der Babytragevorrichtung im Büro ankam. Sie sprang auf, rannte um ihren Tisch und streckte die Hände nach ihrer Enkeltochter aus, ohne mir auch nur ins Gesicht zu sehen.

»Mum«, zischte ich und packte sie lachend an den Schultern, damit sie das Baby nicht anrempelte. »Sie schläft. Beruhig dich. Du bekommst sie ja bald. Wenn ich das Meeting mit Levinson habe.«

Meine Mutter sah zu mir auf und ersetzte ihren leicht finsteren Gesichtsausdruck durch ein zärtliches Lächeln. »Guten Morgen, mein Lieber.«

Ich habe mich in meiner Jugend nie als ein Mamasöhnchen betrachtet, doch meine Mutter in den letzten Jahren bei uns bei Stella & Sumner zu haben gehörte für mich zu den schönsten Aspekten des Arbeitslebens. Vor allem seit wir Annabel hatten, schätzte ich die Nähe meiner Familie; dass sie mir sagten, wenn wir uns wie neurotische Deppen benahmen.

Und auch wenn Mum uns zehn Kinder ziemlich ordentlich großgezogen hatte, befürchtete ich, es könnte gleich eine tüchtige Standpauke geben, wenn ich sie – zum ersten Mal – bitten würde, auf das Baby aufzupassen, damit wir ausgehen konnten. Bisher hatten wir Annabel immer mit uns mitgenommen, aber diesmal war es … nun, diesmal war es etwas vollkommen anderes.

»Mum«, begann ich, als sie zu ihrem Schreibtisch zurückkehrte, um sich wieder zu setzen. »Ich würde gerne mit Sara am kommenden Freitag ausgehen. Wärst du einverstanden, vorbeizukommen und auf Annabel aufzupassen?«

Sie machte ein langes Gesicht. »Max, du hast da was vergessen.«

Ich stöhnte. Scheiße. Schon zum zweiten Mal innerhalb von weniger als vierundzwanzig Stunden sagte eine Frau das zu mir. »Was vergessen?«

»Ich reise morgen nach Leeds, mein Täubchen. Ich bleibe für drei Wochen bei Karen.«

»Ach Mist.«

»Ich könnte heute Abend auf sie aufpassen?«

»Nein, du musst ja noch packen, und wir haben auch noch gar nichts geplant. Ehrlich gesagt kommt es mir vor, als müssten wir das wie eine Militäroperation angehen.«

»Du spinnst. Ich rate dir schon seit Wochen: Führ einfach mal deine Frau aus und geh mit ihr essen. Himmel noch mal. Als du und Niall und Rebecca auf die Welt gekommen seid, da haben wir den Hund auf euch aufpassen lassen, nur um mal abends rauszukommen.«

Lachend sagte ich: »Daran zweifle ich kein bisschen.«

»Scheiße, was trägst du da?«

Ich sah auf Annabel hinunter, die immer noch in der Babytrage schlief, und antwortete Will: »Das heißt Ergo.«

Er folgte mir in mein Büro und setzte sich auf meine Couch. »Es sieht aus, als wärst du Tandemspringen gewesen und hättest vergessen, die Gurte abzuschnallen.«

Bennett kam hinter ihm herein. »Du siehst aus wie ein Beuteltier.«

»Das nennt man *ein Baby tragen*, ihr Idioten.« Ich lachte und flüsterte Annabel zu: »Nicht wahr? Du bist mein kleines Känguru?« Dann sah ich zu meinen Kumpels hoch. Erst jetzt kam ich ins Stutzen. »Bennett, was zum Teufel machst du hier überhaupt?«

»Will und ich hatten um acht ein Meeting mit Gross und Barrett. Schon vergessen?«

»Verflucht noch mal, könnt ihr Wichser mal etwas weniger streng mit mir sein? Ich hab seit vier beschissenen Monaten kein Auge mehr zugetan!«

Sie starrten mich beide mit großen Augen an, und es war einige Sekunden lang still.

»Hast du wunde Brustwarzen?«, fragte Will.

Ich schüttelte lachend den Kopf. »Idiot.«

So vorsichtig, wie ich konnte, öffnete ich den Tragegurt an meinem Nacken und ließ ihn langsam herunter, sodass ich Anna neben Will auf die Couch legen konnte. Sie schreckte kurz auf – Arme und Beine zuckten hoch –, schlief aber sofort wieder ein.

Will hingegen sah aus, als hätte ich gerade ein riesiges ausgeblasenes Ei neben ihn gelegt. Seine Hände lagen verkrampft in seinem Schoß, und sein Blick war starr auf das Baby gerichtet, als könnte es sich plötzlich zur Seite drehen und explodieren. Er war seit Annas Geburt beinahe jedes Wochenende in ihrer Nähe gewesen, und dennoch sah er sie immer noch so an, als würde ein zu heftiger Atemzug sie in tausend Stücke zerbersten lassen.

»Seit wann benimmst du dich in Gegenwart von Kindern wie ein Idiot?«, fragte ich.

»Ich liebe Kinder«, sagte er und sah zu mir hoch. »Aber sie ist einfach noch so *klein*.«

»Ist sie nicht«, beruhigte ich ihn. »Sie ist riesig.«

»Du weißt, was ich meine.«

»Hört mal.« Ich setzte mich auf einen Stuhl in der Nähe meines Schreibtischs. »Ich muss euch um einen Gefallen bitten. Am Freitag will ich Sara zum Essen ausführen …«

Bennett unterbrach mich: »Du lässt also endlich jemand anderen auf Anna aufpassen?«

Wütend erklärte ich: »Das ist viel leichter gesagt als getan, okay? Egal, jedenfalls fährt Mum morgen nach Leeds, weshalb sie dieses Wochenende nicht aushelfen kann. Könnte vielleicht einer von euch …?«

Sie starrten mich beide verängstigt an.

»Ach, kommt schon, es ist nicht so schwer. Wir sind ja nur für ein paar Stunden weg. Ihr und eure besseren Hälften gebt ihr ein paar Fläschchen, wechselt ein paarmal die Windeln, bis sie schläft, und schon kommen wir heim.«

»Wir können nicht.« Bennett verzog entschuldigend das Gesicht. »Chloe und ich wollen ins Hudson Valley.«

»Dieses Wochenende?«, fragte Will und nickte ein paarmal, als würde er mit sich selbst reden. »Ich könnte es vermutlich machen.«

»Großartig«, sagte ich. »Danke, Kumpel.«

»Ich hab noch nie Windeln gewechselt. Oder ein Baby gefüttert. Hanna witzelt immer, dass das einzige Mädchen, das ich nicht für mich einnehmen konnte, Livs Tochter Aspen ist.« Schulterzuckend fügte er hinzu: »Aber ich bin sicher, das regeln die Instinkte ganz von allein, oder?« Er zählte die Regeln an den Fingern ab: »Verbrüh Anna nicht in der Badewanne, lass die Milch nicht zu lange in der Mikrowelle.« Er hielt inne und führte stumm fort, sich eine mentale Liste zu machen. »Ach, und lass sie nicht fallen.«

Bei der Vorstellung, jetzt aus dem Büro zu gehen und Annabel auch nur für eine Minute in Wills Händen zu lassen, drehte sich mir der Magen um; am liebsten hätte ich mich übergeben. »Kannst du nicht Hanna mitnehmen?«

»Sie muss am Wochenende mit Gästen des Instituts essen gehen.«

Ich rieb mir das Kinn. »Weißt du … Vielleicht besuchst du uns ja heute und isst mit uns zu Abend, sodass du dir alles ansehen und es lernen kannst?«

Er nickte, schluckte aber heftig. Um fair zu sein: Ich wusste, dass ich ihn wirklich um einen riesigen Gefallen bat. Es war eine Sache, mit uns Zeit zu verbringen, wenn wir Annabel dabeihatten, und eine vollkommen andere, sich vorzustellen, mit diesem winzigen kleinen Mädchen allein zu sein.

»Könnt ihr es nicht einfach mit ins Restaurant nehmen?«, fragte Bennett.

»Das würde dem Ziel des Abends genau entgegenstehen. Außerdem ist Annabel kein ›es‹.«

»Ich hab sie nicht ›es‹ genannt.«

»Doch, hast du«, erwiderten Will und ich unisono.

Ich rieb mir das Gesicht und sagte leise: »Scheiße, komm einfach zum Abendessen, und wir trinken ein paar Bier.«

Wir würden uns schon was einfallen lassen. Das mussten wir.

ZWEI

Sara

Als ich in die Fifty-Sixth einbog, erblickte ich bereits das Parker Meridien am Ende des Blocks.

Die graue Steinfassade wirkte so trostlos wie der morgendliche Himmel; die Wolken waren schwer von Schnee, der mit Sicherheit jede Minute fallen würde. Der Winter in New York war nach Weihnachten in der Regel ziemlich trist: kalt und nass, dreckiger Schneematsch und mehrere Tage am Stück ohne auch nur die Andeutung eines blauen Himmels. Aber dieses Jahr war es dankenswerterweise im Vergleich zu sonst relativ mild gewesen und für Max warm genug, um den Kinderwagen vor sich herzuschieben, während er mit Will und Hanna durch den Park lief.

Mein Handy vibrierte in der Vordertasche meines Mantels. Ich musste keinen Blick darauf werfen, um zu wissen, dass das Chloe war, die mich binnen einer Stunde zum dritten Mal per SMS fragte: *Wo steckst du? Du lässt uns doch nicht im Stich, Sara!* Ja, vielleicht hatte ich seit Annas Geburt ein paar Mittagessen ausfallen lassen, es war schließlich nicht so leicht, aus dem Haus zu kommen, wenn es da ein Neugeborenes gab, das, wann immer es möglich war, an meiner Brust hing.

Ich ignorierte mein Handy, mein Kopf war noch voll von meinem Morgen mit Max. Chloe konnte warten.

Aber natürlich übermannte mich nur zwei Schritte später die Angst, dass die SMS vielleicht gar nicht von Chloe gewesen war. Vielleicht hatte Max sie mir geschickt, weil Anna krank geworden war oder sich wehgetan hatte oder …

Ich schlängelte mich aus der Menschenmenge auf dem Bürgersteig und stellte mich im Eingang eines nahe gelegenen Gebäudes unter, bevor ich mein Handy hervorzog.

Will kommt vielleicht zum Abendessen, hatte Max geschrieben. *Ist das okay für dich?*

Ich antwortete, dass das in Ordnung ginge, und schob das Handy wieder in die Tasche. Bei jedem Schritt knirschten meine Lieblingsstiefel durch das Salz, das auf dem Bürgersteig ausgestreut worden war. Chloe hatte mit mir shoppen gehen wollen, bevor ich mich wieder ins Büro wagte, aber ich hatte abgelehnt. Ich brauchte die Geborgenheit meines Lieblingsrocks und der Absätze, die meinen Schritten dieses kleine bisschen Schwung verliehen, den Sweater, der Max heute Morgen erst die Sprache verschlagen und ihn dann *dahingerafft* hatte. Ich musste mich wie ich selbst fühlen.

Ich glättete mein Jackett und verstärkte den Griff um die Handtasche, die mir Max zum Geburtstag geschenkt hatte. Eine Burberry Clutch, keine Wickeltasche. Seit Annas Geburt war ich nicht mehr ohne mein Kind aus dem Haus gewesen, oder auch nur ohne Windeln, Fläschchen, Feuchttücher und Wechselklamotten, und das weiche Leder fühlte sich in meiner Hand ein wenig zu leicht an.

Nur ein paar Stunden heute ohne sie, sagte ich zu mir selbst. *Nur um zu sehen, wie es läuft.*

Dem Portier zulächelnd, betrat ich die marmorne Lobby. Die Böden waren strahlend weiß mit glänzend schwarzem Muster, die Wände aus poliertem Stein. Auf den Bänken saßen ein paar Leute, unterhielten sich oder beugten sich über ihre Handys. Stimmen hallten durch den riesigen Raum und die steinernen Wände hinauf. Ich ging durch einen gigantischen Torbogen und wandte mich dann nach links, stieg die Stufen hinauf, die zu *Norma's* führten. Wie immer konnte ich Chloe bereits hören, bevor ich sie sah.

»Da ist sie ja«, rief Chloe aus. Sie trug Stiefel mit himmelhohen Absätzen, bestand nur aus langen Beinen und herabwallendem, wehendem Haar und einem Gesichtsausdruck, der mir sagte, dass ich für mein Zuspätkommen unausweichlich einen kleinen Einlauf bekommen würde. »Wurde ja auch *Zeit*.«

»Ich weiß, ich weiß«, sagte ich und eilte über den Holzfußboden zu ihnen hinüber. »Entschuldigt. Aber glaubt mir, das mit der Zeit ist irgendwie seltsam, wenn du ein Kind hast. Du denkst, du schaffst es pünktlich aus dem Haus, und dann bist du plötzlich eine halbe Stunde zu spät.«

»Bist du dir sicher, dass es nicht daran lag, weil Max dich in diesem Outfit gesehen hat und ein bisschen zudringlich geworden ist?«, fragte Hanna, die neben Chloe stand.

»Die Worte einer Frau, die mit einem Busenfetischisten zusammen ist«, sagte ich lachend. »Und … ja, vielleicht.«

Ich mochte Hanna sehr, aber besonders Max hatte sie innerhalb des letzten Jahres richtig lieb gewonnen – weil, wie er sagte, jede Frau, der es gelang, Will Sumner bei den Eiern zu packen, ein Ass sei.

»Kümmere dich nicht um Attila den Hunnen«, sagte mein Assistent und guter Freund George und zeigte auf Chloe. »Die Frau ist erst glücklich, wenn sie jemanden herumkommandieren kann.«

»Verdammt richtig«, sagte Chloe.

Ich umarmte einen nach dem anderen und hängte meinen Mantel über die Lehne meines Stuhls, bevor ich mich schließlich setzte.

»Wie geht es der Prinzessin?«, fragte Chloe und blies in ihre Tasse. »Vor allem: *Wo* ist die Prinzessin?«

»Es geht ihr bestens. Sie ist heute bei Daddy.« Ein stolzes Lächeln breitete sich auf meinem Gesicht aus. »Wie geht es Bennett?«

»Er ist ein Albtraum«, sagte sie ebenso stolz.

»Und was gibt es Neues von dir und Will?«, fragte ich und drehte mich zu Hanna um. »Ich hab das Gefühl, als würde ich dich so gut wie nie zu Gesicht bekommen, auch wenn Max es sich scheinbar vorgenommen hat, euch in letzter Zeit immer wieder beim Joggen zu stören. Das tut mir übrigens leid.«

Hanna stützte sich mit dem Ellbogen auf dem Tisch ab und lächelte. »Ich finde es toll, wenn er mitkommt. Und wenn ich das debile Grinsen richtig beurteile, das sich immer auf Wills Gesicht ausbreitet, wenn er den Kinderwagen den Weg hinunterrollen sieht, dann kann ich dir versichern, dass er auch nichts dagegen hat.«

»Gut, denn so schrecklich ich mich auch dabei fühle,

geht es mir nach einer zusätzlichen Stunde Schlaf *sehr viel* besser.«

»Vielleicht sollte ich mich diesen Laufrunden anschließen«, schlug George vor. »Läuft Will im Frühjahr eigentlich mit nacktem Oberkörper?«

»George«, sagte Hanna tadelnd, ohne weiter darauf einzugehen. »Willst du Sara nicht von dem süßen Traummann erzählen, mit dem du dich derzeit triffst?«

»Getroffen *habe*«, korrigierte er. »Die Vergangenheitsform bitte. Ach, es war eine Phase-eins-Trennung. Ich will nicht darüber reden.«

»Eine *Phase was*?«, fragte Chloe.

»Eine *Phase eins*«, wiederholte er. »Himmel, muss ich für euch Mädels immer das Wörterbuch der Großstadt-Schwulen sein? Phase eins ist, wenn du mithilfe einer SMS Schluss machst und versuchst, dabei nicht wie ein Volltrottel dazustehen. Phase zwei ist, wenn du dem anderen sagst: ›Hör mal, es hat bei mir einfach nicht gefunkt – und bei dir offensichtlich auch nicht. Lass uns Freunde bleiben.‹ Phase drei ist, wenn es nicht klappt zwischen euch und du den anderen langsam aus deinem Leben verdrängst. Das ist ziemlich schmerzhaft, weil du dich zu diesem Zeitpunkt schon an den anderen gewöhnt hast und der ganz genau weiß, wie du deinen Kaffee am liebsten trinkst und an welchen Tagen du Kohlenhydrate zu dir nehmen darfst und … Ach, es kann ziemlich traurig sein.«

»Natürlich«, sagte ich. »Über Diätvorschriften miteinander verbunden zu sein muss ziemlich romantisch sein.«

George stieß mich spielerisch gegen die Schulter. »Den

Sarkasmus lass ich dir nur deshalb durchgehen, weil du gerade Milch produzierst und das eindeutig deine Gehirnzellen angreift. Wo war ich stehen geblieben? Ah, Phase vier. Nun … Phase vier ist, wenn einer voll und ganz bei der Sache ist und der andere halt … durch damit. Schrecklich, stimmt's. Also, Phase eins hört sich nicht so schlecht an, aber meiner Meinung nach ist es die schlimmste, abgesehen von Phase vier. Wenn jemand kein Problem damit hat, per SMS Schluss zu machen, dann ist es eindeutig nicht notwendig, wahnsinnig viele Fragen zu stellen, und du rufst ganz sicher nicht an und sagst: ›Oh, hi, ich bin's, der Typ, bei dem du das Löwendompteur-Outfit getragen hast? Kannst du mir vielleicht erklären, was passiert ist?‹«

Wir nickten alle mitfühlend, und George starrte wütend auf die Schale mit Muffins, die in der Mitte des Tisches stand, bevor er sich einen nahm. »Jetzt futtere ich meine Gefühle auf.«

»Oje, George. Warst du etwa so richtig in ihn verknallt?«, fragte Hanna.

»Ach, Mädchen, nein«, sagte George lachend. »Verknallen tue ich mich nur, wenn der Typ Sumner heißt.«

Der Kellner blieb an unserem Tisch stehen und goss mir Kaffee ein, bevor er unsere Bestellungen aufnahm. »Ich möchte die Knusperwaffel mit Beerenobst und Devonshire-Creme«, sagte ich ihm.

»Keine Ahnung, wie du so aussehen kannst«, sagte Chloe und zeigte auf meinen Körper, »und trotzdem dermaßen viel isst. Du gehst nicht mit Hanna laufen, und im Fitnesscenter hab ich dich auch seit Monaten nicht gesehen.«

»Eine der Freuden des Stillens«, erwiderte ich. »Ich muss mehr Kalorien zu mir nehmen, um genügend Milch zu produzieren.«

Was der Wahrheit entsprach. Ich machte immer noch Sport, wann immer ich konnte, aber Schwanger- und Mutterschaft hatten mich mit einem neuen Körper ausgestattet, an den ich mich erst jetzt gewöhnte: eine etwas breitere Taille, aber Kurven, die nie zuvor so üppig gewesen waren. Ich war immer eher etwas dünn gewesen, aber jetzt fühlte ich mich weicher, mit runderen Hüften und Brüsten, die selbst mich überraschten. Da störte es nicht unbedingt, wenn ich mich manchmal umdrehte und sah, wie Max regelrecht auf meinen Busen starrte, vollkommen unfähig, zur Seite zu sehen. Ich würde lügen, wenn ich behaupten würde, dass ich mich in diesen Momenten nicht wie eine verfluchte Königin fühlen würde.

»Wie sieht der Plan aus, wenn du wieder zu arbeiten anfängst?«, fragte Hanna und fügte hinzu, nachdem sie mein Outfit betrachtet hatte: »Ich schätze, da willst du im Anschluss hin?«

Ich nickte, nippte kurz an meinem Kaffee. »Offiziell fange ich erst nächste Woche wieder an, aber ich dachte, es könnte leichter sein, mich Schritt für Schritt wieder einzugewöhnen.«

»Willst du tatsächlich ins Büro gehen und den ganzen Tag an deinem Schreibtisch sitzen?«, fragte George.

Während meiner Elternzeit war George wirklich ein Geschenk des Himmels gewesen. Ich war sechzehn Wochen lang von der Arbeit freigestellt gewesen, aber ich hatte mich nie völlig von der Ryan Media Group zurückziehen wollen, weshalb ich ziemlich regelmäßig im Büro vorbeigeschaut hatte – auch wenn das, was ich mir unbedingt ansehen musste, mir auch per Kurier nach Hause gebracht worden wäre. Ohne groß darüber zu reden, hatten wir ein System entwickelt: Anna und ich trafen uns mit George an seinem Schreibtisch im Vorzimmer, er überreichte mir den Packen an Unterlagen und alle Nachrichten, die meiner Aufmerksamkeit bedurften, und ich hinterließ ihm, woran immer ich zu Hause gearbeitet hatte.

Ich war nie in mein Büro gegangen, und er hatte mich nie gefragt, warum.

Was idiotisch war, wenn man darüber nachdachte. Ich war Sara Stella, fähig, Multimillionen-Dollar-Kampagnen zu managen und die gesamte Finanzabteilung zu beaufsichtigen.

Aber ich hatte noch nicht ganz rausgefunden, wie ich all das tun und gleichzeitig eine Mutter sein konnte.

»Du hast dein Büro noch nicht wieder betreten?«, fragte Hanna. »Wird es merkwürdig sein, zurückzukehren?«

»Ich glaube nicht. Ich meine, ich will ja wieder arbeiten gehen. Ich *muss* es. Es ist so sehr ein Teil von dem, wer ich bin, und ich brauche diesen Teil in meinem Leben. Aber Anna … Die Vorstellung, sie täglich acht Stunden zu verlassen, erfüllt mich mit solchen Schuldgefühlen, als würde ich damit irgendwie einen Schaden bei ihr anrichten oder als würde mir ein lebenswichtiger Mama-Instinkt fehlen, der in mir das Verlangen wecken müsste, zu Hause bleiben zu wollen. Außerdem weiß ich, dass ich irgendwann noch mehr

Kinder haben will, und wie soll das dann bloß alles funktionieren? Ist es fair von mir, dass ich mehr Kinder will, obwohl ich mir ziemlich sicher bin, dass ich diese andere Seite von mir auch brauche?«

»Quatsch«, sagte Chloe. »Glaubst du, Männer führen jemals solche Selbstgespräche? Natürlich nicht. Du hast dich beinahe umgebracht, um dorthin zu gelangen, wo du jetzt bist. Wenn du beides haben kannst, dann hab auch beides. Es wird vielleicht ein paar Anpassungen geben müssen, aber wen kümmert das? Du findest das schon Schritt für Schritt auf deinem Weg heraus.« Sie legte den Kopf schief und fügte hinzu: »Oder glaubst du etwa, dass Max zu Hause bleiben will?«

»Ehrlich gesagt«, begann ich, und das reichte aus, um Chloes Aufmerksamkeit noch mehr zu wecken. Sie stellte ihre Tasse ab und lehnte sich abwartend auf ihrem Stuhl zurück. »Ich weiß nicht so genau, was gerade mit ihm los ist. Ja, ich weiß, dass er mich genauso sehr begehrt wie vor Anna, aber ich glaube, er muss sich mehr an die neue Situation gewöhnen, als er es erwartet hatte, an den Gedanken, dass ich Ehefrau *und* Mutter bin. Er ist so vorsichtig – als wüsste er nicht genau, wie er mit mir umgehen sollte.«

»Kannst du es dem Mann verübeln?«, sagte George, und wir drehten uns alle zu ihm um. »Habt ihr gesehen, was eine Geburt so mit einer Vagina anstellt?« Er erschauerte am ganzen Körper.

»George«, sagte Chloe kopfschüttelnd.

»Was!«, schrie er.

»Halt die Klappe!«, schrie sie zurück.

»Das war jetzt aber ein ziemlich schrecklicher Flashback«, sagte ich, »George hat schon recht. Ich glaube, Max macht sich Sorgen, er könnte mir irgendwie wehtun, und ich weiß nicht so genau, wie ich ihm zeigen soll, dass ich noch dieselbe Sara bin wie vorher. Dass ich dieselben Sachen machen will wie vorher.«

Chloe zuckte mit den Schultern und hob ihre Tasse an den Mund. »Ich weiß nicht, Sara. Erst hatte er dich ganz für sich allein, jetzt sieht er zu, wie du lernst, eine Mutter zu sein. Verwundert mich nicht, dass sein Gehirn den Code erst ein wenig umschreiben muss.«

»Ich glaube nicht, dass es darum geht, mich zu teilen …«, wehrte ich ab, aber Chloe hob die Hand.

»Ich meine, es geht darum, dass sein Blick auf dich sich verändert«, sagte sie und hob eine Augenbraue. »Erst warst du die Lust seines Lebens, und jetzt bist du die Mutter seiner Tochter.«

Nickend nagte ich an meiner Unterlippe. »Er befürchtet, dass ich jetzt zerbrechlich bin.«

»Genau«, sagte sie, ein bisschen sanfter. »Anna zu bekommen war eine traumatische Erfahrung. Es war nicht so eine leichte Geburt, wie ihr beide erwartet habt. Du hast es bereits wieder vergessen, aber vielleicht hat er es noch nicht und muss erst noch darüber hinwegkommen.«

Chloe hatte recht. Der Sex heute Morgen war wild und hart gewesen, als ob das Verlangen nach mir den Teil von Max' Verstand übermannt hatte, der ihm sagte, er sollte es langsamer angehen. *Das* war es, was ich wollte.

»Wann seid ihr beide das letzte Mal ausgegangen?«, fragte George.

»Seit Anna? Gar nicht.«

Jetzt war er an der Reihe, die Augenbrauen spielen zu lassen. »Tja, genau da liegt ein Teil eures Problems, ihr Süßen.«

»Geht es hier nur um wilden Sex?«, fragte Chloe. »Denn es ist ja nicht so, als würde Annabel kapieren, was ihr treibt.«

»Stimmt«, sagte George. »Aber es ist vermutlich sehr viel schwerer, wie die wilden Tiere zu vögeln, wenn zwei Türen weiter ein Baby schläft. Man braucht ein bisschen Abstand.«

Er hatte recht. »Ich liebe mein Baby mehr als alles andere auf der Welt, aber ich will stundenlangen Sex. Ich will meinen Mann poppen, bis er sich nicht mehr an seinen Namen erinnert.«

Einen Moment lang war es still am Tisch.

»Zu direkt?«, fragte ich lachend.

»Ganz und gar nicht«, sagte George rasch. »Ich denke, wir sind nur alle noch dabei, es uns detailliert vorzustellen.«

»Gott, ich höre mich echt verzweifelt an«, sagte ich und legte das Kinn auf die Faust. »Vielleicht sollten wir mit Essengehen anfangen? Ich glaube, Max fragt seine Mutter, ob sie dieses Wochenende aufpassen kann.«

»Ansonsten könnten Bennett und ich übernächstes Wochenende einspringen«, sagte Chloe.

»Hey, hey«, unterbrach George. »Wofür bin ich denn da? Mein subtiler Charme? Mein hübsches Gesicht? Was ist mit mir?«

Chloe warf theatralisch den Kopf herum. *»Du?«*

»Ihr solltet vielleicht wissen, dass meine Mutter eine Kinderkrippe leitet und ich während des Colleges an einer Vorschule unterrichtet habe. Himmel, als ich in der Highschool war, habe ich im Säuglingszimmer gearbeitet, um den Majorette-Unterricht zu bezahlen.« Chloe wollte etwas erwidern, aber er hob rasch die Hand. »Halt die Klappe, Mills.« Er wandte sich mir zu. »Ich werde auf Anna aufpassen. Ich kann sogar heute Abend schon auf sie aufpassen.«

»Du willst auf sie aufpassen?«, fragte ich. »Kannst du das wirklich?«

»Mit geschlossenen Augen. Außerdem«, sagte er und blickte wieder zu den Muffins hinüber, »hab ich eh kein nennenswertes Sozialleben. Meine Nächte sind absolut unverplant.«

Der Geruch von Zuhause traf mich, bevor ich auch nur durch die Tür ging. Mein beruhigendes Gespräch mit den Mädels und George hatte mich auf wundersame Weise erfolgreich durch den Tag gebracht – ohne Ausflippen, ohne Tränen und mit nur einem Milchflusszwischenfall, als ein Telefongespräch sich in die Länge zog und ich nicht rechtzeitig abpumpen konnte. Das nächste Mal würde ich es tun, *während* ich am Telefon war. *Bäm!* Meine Freundinnen hatten recht: Ich würde mir meinen Weg Schritt für Schritt bahnen.

Im Großen und Ganzen hatte ich also das Gefühl, nichts und niemand könnte mich aufhalten. Und mit diesem Gefühl ging ich um die Ecke, bereit, Max heute Abend von unserem Essen zu erzählen. Aber dann fand ich ihn – wieder einmal – mit nacktem Oberkörper vor, nur in ein Handtuch gehüllt, im Arm ein winziges schlafendes Baby, und ich war bereit, das Essen vollkommen zu vergessen und mich noch in dieser Sekunde schwängern zu lassen.

Konzentrier dich, Sara.

»Ich führe dich zum Essen aus«, sagte ich. »Überraschung! Außerdem, und ich kann kaum glauben, dass ich das sage, aber diesmal musst du dir wirklich auf der Stelle ein paar Klamotten anziehen, sonst werden wir die Wohnung nie verlassen können.«

Max sah verwirrt aus. »Zum Essen? Wie hast du …« Er setzte sich auf. »Und nein, deswegen wollte ich dich heute eigentlich anrufen. Ich hatte vor, am Wochenende mit dir essen zu gehen, aber Mum fährt morgen nach Leeds. Ich hab vollkommen vergessen, dir Bescheid zu sagen.«

»Das sage ich ja: *George* passt heute Abend auf Anna auf.«

»Heute Abend? George? Hat der überhaupt schon mal ein Baby gesehen?«

Ich ging zu ihm und küsste ihn zärtlich auf den Mund. »Hi.« Ich küsste ihn noch einmal. »Ich weiß, was du denkst, aber es ist perfekt.« Ich nahm das schlafende Baby aus seinen Armen, drückte mein Gesicht an Annas weichen kleinen Kopf, atmete ihren Duft so tief ein, wie ich konnte. Sie hatte Max' Haar, das stand fest, denn es war zwar nur ein kleines bisschen dunkler als meins, aber bereits leicht gelockt. Ihr sauberer Babygeruch traf mich, und ich spürte, wie meine Brüste schwer wurden, die Milch einschoss.

Im Kinderzimmer stand unterm Fenster ein Schaukelstuhl, den Max mir aus England mitgebracht hatte. Es war zu meinem Lieblingsplatz in der Wohnung geworden, weil ich von hier aus beim Stillen auf die Stadt sehen konnte. Ich legte Anna an und sah dann zu ihm hoch.

Ganz eindeutig glaubte er, ich hätte den Verstand verloren. »Meinen wir denselben George?«

»Ich bin doch heute Morgen mit meinen Mädels frühstücken gegangen, bevor ich mich ins Büro aufgemacht habe. Wusstest du, dass seine Mutter früher eine Krippe geleitet hat? Er hat da gejobbt, als er in der Highschool war und dann später im College. Er hat mit *Kleinkindern* gearbeitet.«

Max machte ein äußerst skeptisches Gesicht. »Reden wir von demselben Kerl Mitte zwanzig, der zu Halloween einen Wisconsin-Käsehut und irgendwelche wehenden Jesusgewänder getragen hat, nur um sich dann ›Cheesus‹ zu nennen?«

»Von genau dem«, sagte ich und musste bei der Erinnerung daran lachen. »Er ist vermutlich qualifizierter dafür, auf sie aufzupassen, als wir es sind. Außerdem bleiben wir in der Nähe. Gleich hier um die Ecke. Er kann uns anrufen oder eine SMS schicken, wenn er irgendeine Frage hat, und wir können in weniger als drei Minuten zurück sein.«

»Aber …«

»Kein Aber. Das ist genau, was wir brauchen. Jetzt zieh dich an, er wird in einer viertel Stunde da sein.«

George tauchte genau fünfzehn Minuten später auf.

Vom Badezimmer aus konnte ich hören, wie Max die Tür öffnete, ihn hereinließ und ins Kreuzverhör zu nehmen begann, während sie von Raum zu Raum gingen.

»Und was ist mit ihrem Fläschchen?«, fragte Max, der eindeutig hoffte, dass er recht behalten würde und George absolut keinen blassen Schimmer hatte von dem, was er in den nächsten Stunden tun sollte.

»Sara stillt, deshalb gehe ich davon aus, dass ihr abgepumpte Milch eingefroren habt? Vielleicht habt ihr sogar noch frische im Kühlschrank?«, sagte George, mehr zu sich selbst als zu Max, da war ich mir sicher. »Was rede ich nur für ein Zeug? Ehrlich gesagt hab ich Saras Möpse in den letzten Monaten vermutlich häufiger gesehen als meine eigenen.« Es war zu hören, wie die Tür des Gefrierfaches geöffnet und wieder geschlossen wurde, und ich trat ins Wohnzimmer, beobachtete, wie George Max' Fragen eine nach der anderen beantwortete. Max sah widerwillig beeindruckt aus.

»Ich vermute, dass sie ungefähr zweihundert Milliliter pro Fläschchen bekommt«, fuhr George fort. »Vermutlich alle drei Stunden oder so? Ich erhitze erst die Milch aus dem Kühlschrank – immer nur im warmen Wasser, nie in der Mikrowelle. Es tötet die Nährstoffe ab, weißt du –, und dann verwende ich die eingefrorene Milch, wenn nötig. Wobei ihr vermutlich bis dahin wieder zurück seid …«

»Wir haben einen Flaschenwärmer«, sagte Max mit – sicher vor Verwirrung – gerunzelter Stirn. George schien wirklich mehr über Kinderpflege zu wissen als wir. »Und was ist mit Windeln wechseln?«

»Ach, bitte, Maxwell. Ich könnte dich vermutlich im Schlaf wickeln, und du würdest es nicht merken. Ich bin ein Profi.«

»Zumindest wurde dir das gesagt.« Ich trat hinzu, um George auf die Wange zu küssen. »Sorry, aber Chloe ist nicht hier, und den Spruch musste ich einfach für sie bringen. Tausend Dank, dass du das machst.«

Er winkte ab. »Kein Problem. Die kleine Prinzessin und ich werden vermutlich gemütlich zusammen hier sitzen und gemeinsam bei *Wie ein einziger Tag* heulen. Aus vollkommen unterschiedlichen Gründen, da bin ich mir sicher.«

Mit all den Küssen und Knuddeln und Last-Minute-Anweisungen dauerte es weitere fünfzehn Minuten, bis George uns aus der Wohnung gescheucht hatte.

Aber wir gingen nicht zu dem Restaurant um die Ecke. George hatte anscheinend einen solch guten Eindruck hinterlassen, dass Max kurzfristig einen Tisch in einem kleinen italienischen Lokal ein paar Kilometer weit entfernt gebucht hatte. Die Vorstellung, Anna zu verlassen, wenn ich es gar nicht musste, machte mich nervös, aber ich war auch freudig erregt. Wir hatten ein Date, nur wir zwei, und mein Puls wollte sich so schnell gar nicht wieder beruhigen.

Ich betrachtete sein Profil, während er uns beide zum Restaurant fuhr; ich bemerkte, wie die Straßenbeleuchtung über ihn glitt und die Fülle seiner Lippen betonte, den scharfen Umriss seines Kinns, und dachte zurück an unser erstes *richtiges* Date – war es eins gewesen? –, als er mich ins *Queen of Sheba* ausgeführt hatte und ich nicht hatte aufhören können, seinen Mund anzusehen. Ich konnte *immer noch nicht* aufhören, seinen Mund anzusehen.

Die Medien folgten ihm nicht mehr so wie damals, als

wir noch nicht offiziell zusammen waren, aber seitdem Anna geboren war, gab es vermehrt Bilder von Hot Daddy Max Stella auf Seite sechs und auf verschiedenen Internet-Klatsch-und-Tratsch-Seiten. So richtig konnte ich es ihnen nicht übel nehmen, auch wenn ich mich noch immer darüber ärgerte, dass sie nicht erst mit mir gesprochen hatten.

Ich schloss die Augen und mein Herz zog sich zusammen, als ich in die Vergangenheit zurückkatapultiert wurde, zu unserer ersten gemeinsamen Nacht nach den Bildern in der Zeitung, denen, die mich dazu verleitet hatten, zu denken, dass er mich betrogen hatte. Er hatte einen riesen Aufstand gemacht, und nachdem ich über eine Woche lang seine Anrufe nicht beantwortet hatte, war ich schließlich bei ihm aufgetaucht, endlich bereit zum Reden. Aber es war nicht so einfach gewesen, wie ich es erwartet hatte – er war zutiefst verletzt gewesen –, und ich hatte mich ganz schön entschuldigen müssen.

Ich erinnerte mich an das winzige, widerwillige Lächeln, dass mir Max geschenkt hatte, als wir am nächsten Morgen aufwachten; damit hatte er mir das letzte kleine Stück von sich ausgehändigt.

Ich erinnerte mich an diesen Blick, der mein Herz schmerzhaft in die Mangel genommen hatte. Max hatte Angst gehabt, mich wieder an sich heranzulassen, und in dem klaren hellen Licht des Morgens, wir beide verschwitzt und erschöpft, konnten wir uns nicht hinter der Kamera verstecken oder das Gesicht an der Haut des anderen verbergen. Er sah mich unumwunden an, vollkommen direkt, und da gab es nichts anderes zwischen uns.

»Bleib«, sagte er und saugte an meiner Haut direkt unterhalb meines Ohrs. »Bleib bei mir. Es ist gut, Kleines. *Wir*. Es ist so verdammt gut, aber wenn du mir noch mal so einen Schrecken einjagen würdest, wäre ich am Ende.«

»Das werde ich nicht.«

»Ich liebe dich, okay?«

Ich nickte, mein Herz irgendwo gefangen zwischen meinem Hals und dem Himmel. »Ich liebe dich.«

»Das bedeutet, dass es jetzt fest ist. Und dass es keinen Zweifel mehr daran gibt, wo mein Herz ist. Du bleibst hier.«

Es war so einfach gewesen. Es war immer so einfach gewesen. Und ich hatte gelernt, dem zu vertrauen.

Aber jetzt hatte es andere Formen angenommen: Es war größer geworden, ja, aber auch sperriger, und die Leichtigkeit von alldem – Max und Sara, ein Rhythmus, der zwischen uns pulsierte wie ein gemeinsamer Herzschlag – war zu heftig für mich, um es zu ertragen.

Denn jetzt fühlte ich *alles*. Es war, als ob ein Hahn in mir aufgedreht worden wäre, der mich erfüllte mit Wärme und Stolz und Erregung und Furcht und Verletzlichkeit und Stärke und Kraftlosigkeit und Lust. Und er wurde nicht wieder zugedreht. Es strömte in mich und strömte und strömte, bis ich glaubte, gleich zu zerbersten – aber wie könnte ich mich jemals darüber beklagen, dass ich zu viel empfand? Wie sollte ich erklären, dass es mich auffraß, mir ständig dessen bewusst zu sein, dass ich jeden, der jemals versuchen sollte, meinen Mann oder mein Kind zu verletzen, in meiner rasenden Wut in Stücke reißen würde?

Wie sollte ich mich jemals darüber beschweren, dass es manchmal schwer war, mich selbst in dem Verlangen zu finden, zu gleichen Teilen Mutter und Geliebte zu sein für die zwei Menschen in meinem Leben, die mir sogar mehr zu bedeuten schienen als die Luft zum Atmen?

Max hielt die ganze Fahrt über meine Hand. Doch dann riss mich eine Nachricht von George aus den Gedanken.

»Ahhh«, sagte ich und drehte Max den Bildschirm zu. Es war ein Foto von Anna, die auf Georges Schulter schlief, ihre dicke kleine Faust gegen ihren perfekten Mund gedrückt.

»Vielleicht sollten wir ihm zum Dank nächste Woche Blumen schicken«, sagte Max, und dann erkannte ich an seinem leicht schiefen Lächeln, dass er nichts Gutes im Schilde führte. »Und sagen, dass sie von Will stammen.«

»Wag es ja nicht«, erwiderte ich und speicherte das Foto, bevor ich mein Handy wieder wegsteckte. »Wenn das hier heute Abend funktioniert, dann brauchen wir ihn vielleicht noch mal. Wer weiß, vielleicht könnte ich seine Arbeitsbeschreibung ja von ›Assistent‹ zu ›Kindermädchen‹ umtitulieren und ihm eine Gehaltserhöhung anbieten.«

»Das würde ich vielleicht sogar zulassen«, sagte Max und zog meinen Handrücken an seinen Mund, um ihn zu küssen. »Vielleicht kann ich dich dann für ein Wochenende entführen? Irgendwohin, wo wir uns die ganze Zeit über in unserem Zimmer einschließen, ohne auch nur einen Fetzen Stoff am Leib?«

»Hört sich nahezu perfekt an.«

Das Handy surrte in meiner Tasche, und ich griff danach, nicht sonderlich überrascht, als es sich wieder um eine Nachricht von George handelte.

Schaut mal, wie süß sie ist!! stand da, begleitet von einem Foto von Anna, die tief und fest in ihrer Wiege schlief, und mehreren Emojis mit Herzaugen.

»Das kommt mir viel zu einfach vor«, sagte ich zu Max. »Aber anstatt darüber nachzugrübeln, werde ich das Handy jetzt einfach wegpacken und diesen Abend verdammt noch mal genießen. Und wenn du Glück hast, lasse ich dich vielleicht auf dem Heimweg noch deinen Spaß mit mir haben.«

»Das, Kleines, ist die großartigste Nachricht, die ich heute gehört habe.« Max legte seine Hand in meinen Nacken und zog mich an sich heran. Ich ließ es willig geschehen, und meine Gedanken kreisten schon darum, was nach dem Essen geschehen würde, wo wir hingehen würden und welche herrlich dreckigen Dinge er vielleicht mit mir anstellen würde. Genau das hatten wir vermisst. Max und Sara. Der heutige Abend war absolut perfekt.

Max hielt auf dem Parkplatz des *Granduca's* an, und ein Bediensteter griff nach meiner Tür. »Das übernehme ich, mein Freund«, sagte Max, umrundete den Wagen und bot mir eine Hand an, um mir herauszuhelfen.

Weil ich ein Kleid trug, schwang ich meine Füße vorsichtig auf den Boden und richtete mich auf. Max' Hand fühlte sich warm und beruhigend in meiner an, und ich machte einen Schritt, um ihm in das Restaurant zu folgen. Nur gelang mir das nicht.

Was zum … Ich schrie beinahe laut auf, als mir klar wurde, dass ich feststeckte. Oder besser gesagt, dass mein Kleid das tat. Seine zarte Perlenstickerei hatte sich am inneren Türgriff von Max' BMW verhakt.

»Ich …«, begann ich und ließ Max los, um besser nachsehen zu können. »Mein Kleid scheint hängen geblieben zu sein.«

Max kniete sich neben mich, aber ich winkte ab.

»Nein, nur eine Sekunde. Ja, lass mich.«

Inzwischen hatte der Bedienstete mit Max' Schlüssel in der Hand begriffen, dass irgendetwas nicht stimmte, und auch ein paar weitere Angestellte hatten es bemerkt. »Vielleicht sollten Sie versuchen, den Stoff direkt hier durch die Lasche zu schieben«, sagte einer von ihnen.

»Nein, davon wird es nur noch schlimmer. Sehen Sie die kleinen Perlen? Sie würden stecken bleiben. Ich hab eine Schere. Die könnte ich rasch holen«, sagte ein anderer.

»Mann, es steckt hier echt richtig *drin*«, sagte ihr Vorgesetzter. »Wie haben Sie das nur hinbekommen?«

Vier Paar Hände versuchten, mir dabei zu helfen, mich zu befreien, aber ich winkte ab.

»Nein«, sagte ich. »Bitte. Das Kleid ist Vintage.« Ich hörte die Grimasse in meiner Stimme, als ich an einem kleinen Faden zog, bemüht, ihn nicht noch mehr zu verheddern. Verdammt, er wollte nicht nachgeben, und ich begann, richtiggehend zu schwitzen. »Ein Geschenk von meiner Mutter«, fügte ich hinzu. »Ich muss nur …«

»Oh«, sagten sie alle einstimmig, begleitet von einem »Verdammte Scheiße« von Max.

Ich hatte es zerrissen, also: *richtig* zerrissen. Und jetzt gab es statt eines kleinen, leicht zu verbergenden Lochs einen Riss, der am Rocksaum begann und bis zu meinem Oberschenkel reichte.

»Nicht möglich, dass das gerade passiert ist«, sagte Max.

»Ist es aber«, erwiderte ich.

»Tut mir leid, Kleines. Wir können zurückfahren, und du ziehst dir rasch was anderen an?«

»Schon gut«, sagte ich und richtete mich auf, stellte mich auf Zehenspitzen, um ihm einen Kuss auf den Hals zu drücken. »Das ist nur die Art des Schicksals, mich zu belehren, weil ich vorhin gesagt habe, es käme mir zu leicht vor. Natürlich musste danach etwas schiefgehen.«

»Ich würde lügen, wenn ich behauptete, mir würde diese Veränderung am Kleid missfallen«, sagte er und musterte meinen Oberschenkel.

»Ist es nicht zu obszön?«, fragte ich, und ein kleiner Schwall der Erregung schoss durch meinen Bauch, als er den Kopf schüttelte, die Augen weit aufgerissen.

»Absolut nicht.« Er ließ seine Hand an meiner Hüfte hinunterwandern und berührte die nackte Haut meines Oberschenkels, direkt vor den Augen aller, die vor dem Restaurant standen.

Wärme durchströmte meine Adern. Würde er heute Abend ein wenig mit mir spielen? Würde er mich unter dem Tisch berühren?

»Hör zu«, sagte er und küsste meinen Hals, »was hältst du davon, wenn ich uns einchecke, und du könntest in der Zwischenzeit auf die Damentoilette gehen, alles in Ordnung bringen und dich vielleicht kurz bei George melden?«

Ich kam sofort wieder auf den Boden zurück. »Hört sich super an«, sagte ich und drückte seine Hand.

Anstatt George anzurufen, schickte ich ihm nur eine SMS, damit Anna nicht versehentlich geweckt wurde.

Ich weiß, ich muss nicht nachfragen, also sage ich nur: Hi.

Hi, tippte ich.

Seine Antwort kam in weniger als einer Minute: *Wenn ihr zwei noch nicht nackt seid, dann bin ich aber wahnsinnig enttäuscht.*

Mit einem trockenen Lachen schrieb ich zurück: *Nö, definitiv nicht nackt. Wie geht es meiner Kleinen?*

Super. Sie ist gerade aufgewacht, wärme ihr jetzt das Fläschchen auf. Dann Zeit fürs Bäuerchen und einen Film.

Du bist ein Held, tippte ich.

Weiß ich doch längst.

Ich sah in den bodentiefen Spiegel der Damentoilette. Max hatte recht, das Kleid sah so gar nicht schlecht aus. Zufrieden ging ich raus auf die Suche nach meinem Mann und tippte unterwegs eine Antwort. *Wie kann ich das nur je wettmachen, George?*

Bring mir was Glänzendes mit.

Ich grinste. *Abgemacht.*

Du weißt schon, dass ich mit ›glänzend‹ Chorjungen meine, die in funkelnde Badehosen verpackt sind, stimmt's?

Natürlich.

Seine Antwort folgte augenblicklich. *Deshalb sind wir Freunde.*

Kurz darauf wurden wir zu unseren Plätzen geleitet. Bei der Art, wie Max mich ansah – als würde ihm nichts besser gefallen, als mich vor allen Leuten auf dem Tisch auszubreiten und mich zum Abendessen zu verspeisen –, hoffte ich, dass ich die nächsten zwei Stunden überleben würde.

Ich entschied mich für Muschelrisotto mit Speck und Schnittlauch, und Max bestellte Fettuccine in Sahnesauce mit Spargel. Der Kellner brachte uns eine Flasche Pinot Noir und hielt sie Max zur Begutachtung hin. Max lächelte und machte ihm ein Zeichen, sie mir zu zeigen – was absurd war, weil ich ja kaum was trank –, aber meine Augen wurden groß, als ich den Wein wiedererkannte. Genau den hatten wir bei dem kleinen Dinner nach unserer Hochzeit auf dem Standesamt getrunken. Mein Ehemann würde heute Abend dermaßen flachgelegt werden …

»Wunderbar«, sagte ich.

Der Kellner lächelte und begann, den Korken zu entfernen. »Eine großartige Wahl«, sagte er und klemmte sich die Flasche zwischen die Knie, um besser ziehen zu können. Er lachte nervös und fummelte an dem Korkenzieher herum, aber der Korken schien sich nicht lösen zu wollen.

»Vielleicht, wenn ich …«, hob Max an, aber da kam der Korken schon mit einem feuchten Plopp heraus, und sowohl der Kellner als auch Max beäugten ihn zweifelnd. Er war schwarz.

»Oh«, meinten der Kellner und ich gleichzeitig. Max sah aus, als hätte jemand seinen Luftballon platzen lassen.

»Das ist ein ziemlich düsteres Vorzeichen«, witzelte ich, aber Max' Gesichtsausdruck bedeutete mir, dass er das nicht nur annähernd lustig fand.

»Es tut mir leid«, sagte der Kellner und sah sich Hilfe suchend um. »Diese Flasche ist eindeutig hinüber. Ich hole rasch eine neue.« Er hielt inne, und ich wusste sofort, dass das kein gutes Zeichen war. »Mir fällt gerade ein, dass das die letzte war.«

»Machen Sie sich keine Sorge, mein Freund«, sagte Max und überflog die Weinkarte. »Das kann jedem mal passieren. Wir nehmen stattdessen einfach eine Flasche von dem MacRostie.«

Der Wein war eingeschenkt worden, und ich brach mir ein Stück von dem warmen Brot ab, während wir auf unser Essen warteten. »Also, wie lief es heute mit Anna?«, fragte ich.

Max sah mich über den Rand seines Glases an, und sein Mund verzog sich zu einem neckenden Grinsen. »Ich denke, heute Abend sollten Babys kein Thema sein, Mrs. Stella«, sagte er. »Aber da ich es genieße, über unsere Tochter zu sprechen, sage ich doch gerne, dass sie perfekt war, wie immer. Mum freut sich offensichtlich, sie um sich zu haben. Ganz zu schweigen von Will, selbst wenn er nichts anderes tut, als dazusitzen und absurde Grimassen zu schneiden.«

Wie aufs Stichwort vibrierte das Handy neben meinem Teller, und ich warf einen Blick auf den aufleuchtenden Bildschirm.

Deine Tochter macht sich nichts aus Ryan Gosling. Eindeutig die DNA deines Mannes. Angehängt war ein Foto von den beiden auf der Couch; Anna machte ein unglaublich runzliges Gesicht.

Ich zeigte es Max und tippte rasch eine Antwort, bevor ich mein Telefon – mit dem Bildschirm nach unten – wieder auf den Tisch legte.

Max griff nach meiner Hand, rieb mit dem Daumen über meinen Ehering. »Es ist okay, wenn du auf dein Handy guckst, weißt du. Das ist unser erster Abend ohne sie. Es ist okay, ein bisschen nervös zu sein. *Ich* bin ein bisschen nervös.«

»Du siehst aber nicht so aus«, sagte ich ihm. »Das siehst du nie. Ehrlich, so ein Pokerface wie deins hab ich zuvor noch nie bei jemandem gesehen.«

»Ach, echt? Scheint doch eher, als könnte ich nichts vor dir verborgen halten, oder? Mit Sicherheit wusstest du bereits nach wenigen Treffen, dass ich total scharf auf deine Brüste bin.«

»Aber du hast die harte Nummer ziemlich gut gespielt. Selbst ich …« Mein Handy vibrierte wieder, und ich unterdrückte ein Stöhnen.

Es war noch ein Film-Kommentar von George, und ganz ehrlich, wenn die dazugehörigen Bilder nicht so süß wären und wenn ich ihm nicht so unendlich dankbar dafür wäre, dass er das für mich tat, dann hätte ich ihm vermutlich angeboten, ihm ein Auto zu kaufen, wenn er im Gegenzug dafür meine Nummer für die nächsten fünfundvierzig Minuten vergessen würde.

War Anna heute weinerlicher als sonst? Oder hat sie diese Sache gemacht, wo sie sich zusammenrollt, bevor sie mit den Beinen strampelt und weint?

»War Anna heute besonders weinerlich?«, fragte ich Max, plötzlich besorgt, dass ich während meiner Abwesenheit etwas verpasst haben könnte.

»Vielleicht ein bisschen gegen Ende des Tages, aber nicht

sehr. Wir waren nur bereit, nach Hause zu gehen, das war alles.«

Nicht, dass wir es bemerkt hätten, schrieb ich. *Warum? Ist sie okay?*

Es ist mit Sicherheit nichts, antwortete George. *Ihr Bauch scheint ein bisschen zu grummeln, also werde ich es mit einer kleinen Babymassage versuchen. Mal sehen, ob wir die angestaute Luft rausbekommen.*

»Es geht ihr nicht so gut«, sagte ich zu Max. »Beziehungsweise glaubt George, dass es nur Gase sind, aber ich weiß nicht.«

»Würdest du dich besser fühlen, wenn wir gehen, Kleines?«, fragte Max, und Besorgnis breitete sich auf seinem Gesicht aus.

»Ich weiß nicht.« Das wusste ich wirklich nicht. Ich war mir nicht sicher, ob das einer dieser Momente war, in denen ich den überbeschützenden Teil in mir anweisen musste, sich zu beruhigen, oder ob ich auf die Ängste hören sollte, die meinen Brustkorb zusammendrückten. Irgendwo im hinteren Teil des Restaurants begann ein Baby zu weinen, und ich schloss gequält die Augen. Natürlich, das musste ja jetzt passieren. Ich konnte bereits fühlen, wie meine Brüste schwerer wurden, empfindlicher. Die Milch begann einzuschießen, und ich hatte weder mein Kind noch eine Pumpe in der Nähe. Mit dem Abend ging es bergab, und zwar rasant.

Etwas bewegte sich, und ich spürte meine Schultern erleichtert herabsinken, als ich sah, dass der Kellner mit unserem Essen kam.

»Na prima«, sagte Max. »Soll ich es uns einpacken lassen?«

Das Handy vibrierte wieder auf dem Tisch, so dicht neben dem Besteck, dass ein schrilles Klimpern zu hören war. Der Kellner warf mir einen Blick zu, als er meinen Teller abstellte.

Dem kleinen Mädchen geht es jetzt besser, stand in der SMS. *Leider geht es ihr besser, weil sie sich auf mir übergeben hat. Und auf der Couch. Aber sie hat sich wacker geschlagen.*

»Sie hat sich übergeben, direkt auf Georges schickes italienisches Hemd. Vielleicht sollten wir ihm Schokolade *und* Blumen schicken«, sagte ich. »Und das Essen sollten wir uns definitiv einpacken lassen.«

Es gibt Momente im Leben, in denen weißt du zu hundert Prozent, dass das Leben einen Sinn für Humor hat, Momente, in denen du schwörst, dass dich gerade jemand gehörig veräppelt. Mein Handy surrte wieder los und brachte erneut das Besteck zum Klirren. Ich griff genau in dem Moment danach, als der Kellner Max' Teller wieder abdeckte, was in exakt genau demselben Moment geschah, als die Person neben uns aufstand und ihren Stuhl zurückschob … Der Stuhl kollidierte mit dem Kellner, und Max' Teller mit weißer Sahnesauce purzelte … in seinen Schoß.

Wasser, überall war Wasser, auf der Tischdecke, in meinem Handy, auf Max' Hose, wo jetzt eine nasse, sahnige Mischung vor sich hin dampfte. Ich stolperte ein paar Schritte weg von dem Chaos, die Augen weit aufgerissen vor Schreck. Ein weiteres Kind brach ganz in der Nähe in Tränen aus, und ich sah zu Max hinüber und dem gewaltigen Schlamassel auf seinem Schoß.

»Nicht so schlimm«, versicherte er mir, griff nach einer Serviette und wischte sich die Hose ab.

Mein Handy surrte auf dem Tisch mit einem weiteren Bild von George.

»Es ist alles gut, Kleines. Kümmere dich nicht darum.«

Ich setzte mich zitternd hin. »Das hier ist die totale Katastrophe. Ich will nur noch heim zu meinem Baby.« Ich hielt inne, während Max wieder an seiner Hose herumwischte, und sah hinunter auf meine Brust. Mein Hals und meine Wangen wurden rot vor Scham. »Oh Scheiße.«

Als Max aufblickte und begriff, dass meine Milch mein rotes Kleid durchdrang und zwei große nasse Kreise hinterließ, wusste ich, dass er fertig war mit allem.

Er warf zwei Zwanziger auf den Tisch, stand auf und half auch mir vom Stuhl, wickelte mich in seinem Mantel ein. »Lass uns nach Hause gehen.«

Ich kuschelte mich an ihn und ging rasch neben ihm her, vollkommen stumm, bis wir draußen waren, wo ich nicht anders konnte, als wie irre loszulachen. »Wir hätten zum Abendessen auch Müsli haben können, im Schlafanzug!«

»Verdammt richtig«, grummelte er und gab dem Angestellten auf dem Parkplatz das Ticket für unseren Wagen. Er strahlte eine Unmenge an Beschützerinstinkt und Frustration aus. »Eine riesige Schüssel mit Froot Loops und …«

»Sir«, unterbrach ihn der Angestellte, den Blick auf das Ticket gerichtet. Sein Gesicht war aschfahl. »Wir bitten vielmals um Entschuldigung, aber ich muss Ihnen mitteilen, dass es einen kleinen Unfall gegeben hat …«

DREI

Max

Ich konnte Anna vom Fahrstuhl aus weinen hören und wusste sofort, dass George es nicht geschafft hatte, sie dazu zu überreden, ihr Fläschchen zu trinken.

Sara sprintete los und hantierte bereits mit ihren Schlüsseln an der Tür herum, bevor ich sie ihr abnehmen und aufschließen konnte. Drinnen übergab George ihr das Baby und betonte, Saras Gesichtsausdruck richtig lesend: »Es geht ihr gut, es geht ihr gut, sie ist nur gerade aufgewacht und hat ihr Fläschchen nicht akzeptiert. Aber sie hatte vorhin schon eins.«

Es spielte für Sara keine Rolle, zu wissen, dass Anna erst vor Kurzem etwas zu sich genommen hatte. Sie dankte George panisch flüsternd und nahm das Baby mit ins Kinderzimmer, um es dort zu stillen.

»Hattest du einen kleinen Unfall?« George nickte in Richtung meiner Hose.

Ich löste meinen Blick von der Stelle, wo Sara aus dem Flur verschwunden war. »Ein Kellner hatte einen, kurz bevor Sara einen hatte, kurz bevor der Parkangestellte meinen Wagen an einen Betonpfeiler gefahren hat.«

»Das Dinner war also fantastisch, ja?«

»Ein großartiger Abend, in der Tat.« Erst als ich erneut zu ihm aufsah, bemerkte ich, was er anhatte. »Ist das mein Hemd?«

George ließ die Hände über seine Hüften gleiten. »Bei mir hat es eher was von einem Kleid.« Er ballte die Fäuste um den überschüssigen Stoff. »Ich hätte fast einen von Saras Schals als Gürtel benutzt.«

»Also gab es … ein bisschen Erbrochenes?«

Nickend ließ er das Hemd los. »Ein Exorzisten-Baby.«

»Das tut mir leid«, murmelte ich, plötzlich von einer lähmenden Erschöpfung übermannt. »Ungelogen, manchmal spuckt sie mehr aus, als sie meiner Meinung nach getrunken hat.«

»Das macht nichts, ehrlich. Es war so viel besser als das eine Mal, als mein Date sich auf mir erbrochen hat, denn zumindest kuschelt Anna danach wieder mit mir.«

»Danke, mein Freund. Es war echt verdammt nett von dir, dass du heute Abend auf unser Baby aufgepasst hast.«

George tätschelte meine Schulter. »Ich lass euch jetzt mal in Ruhe. Richtest du Sara aus, dass wir uns nächste Woche sehen?«

»Das mache ich.«

Nachdem ich die Tür hinter ihm geschlossen hatte, warf ich meine Hose in die Waschmaschine, ging den Flur hinunter ins Kinderzimmer und setzte mich auf meinen üblichen Platz auf dem weichen Teppich in der Nähe des Schaukelstuhls. »Wie geht es meinem Mädchen?«

Sara lächelte zu Anna hinunter. »Es geht ihr gut.«

Ich leckte mir über die Lippen, musterte sie. Kaum hatte sie das Baby in die Arme genommen, schon wirkte sie wieder entspannt. »Ich meinte meine Frau.«

Ihre riesigen braunen Augen sahen mich an und wurden schmaler, als sie lachte. »Mir geht es auch gut.«

Sie sah wieder hinunter auf das Baby und begann, leise zu singen, streichelte mit dem Daumen Annas Wange. Ich sah zu, wie Annas kleine Hand blind nach oben griff, Saras Zeigefinger suchte und umklammerte. Ich lehnte mich vor, legte meine Hand um den Fußknöchel meiner Frau und schloss die Augen.

Nichts anderes drang an mein Ohr als Saras leises Summen und die Babygeräusche unserer Tochter. Unsere Welt war unendlich viel besser – wir mussten uns damit abfinden, dass sie erst einmal auch so viel kleiner war.

Eine Hand auf meiner Schulter schreckte mich aus dem Schlaf. Der Fußboden des Kinderzimmers, ich war auf dem Fußboden des Kinderzimmers eingeschlafen …

Als ich aufsah, wurde ich von Saras Anblick in einem knappen Spitzen-BH begrüßt, der ihre Brüste hoch- und zusammendrückte, bis sie beinahe aus den Körbchen quollen. Mein Blick wanderte weiter südlich und blieb an ihrem winzigen dazugehörigen Tanga hängen.

»Neuer Schlafanzug?«, fragte ich und stemmte mich auf einen Ellbogen.

»Ein Geschenk von Chloe.«

»Für dich oder für mich?«

»Beides.« Sie machte mir ein Zeichen, ihr aus dem Zimmer

zu folgen, und ich stand auf, tappte hinter ihr her, bis sie auf halbem Weg zum Schlafzimmer auf dem schmalen, weichen Teppich im Flur stehen blieb.

»Hier?« Ich trat dichter an sie heran und küsste ihren Hals. Sie hatte einen Hauch Parfum aufgelegt – der vertraute leichte Duft, fruchtig und blumig zugleich, von dem sie wusste, dass er mich wild machte. Sie so zu sehen, in Dessous, mit dem langen, dichten Haar, das ihr bis halb über den Rücken fiel, glatt und weich gebürstet – mir kam in den Sinn, dass es Ewigkeiten her war, dass wir uns solche Mühe gegeben hatten. Damals war es meistens entweder hektisches Vögeln oder ein genießerisches Spiel gewesen.

Jetzt kannten wir nur noch erschöpft oder hektisch, und ich wurde das Gefühl nicht los, dass ich sie in unser Zimmer tragen, sie langsam und sanft berühren sollte.

»Ja, hier«, flüsterte sie und stellte sich auf die Zehenspitzen, um mit den Zähnen über meinen Unterkiefer zu kratzen. »Erinnerst du dich an das eine Mal, als wir vor dem Fernseher zu Abend gegessen haben und ich dich mit einem Videofilm überrascht habe, auf dem wir beide zu sehen waren?« Sie fuhr mit ihren Zähnen weiter zu meinem Ohrläppchen. »Das hat dich so angemacht, dass du mich an dieser Wand gevögelt hast. Den Oberkörper nach vorne gebeugt, die Hände auf der Tapete abgestützt und die Beine gespreizt? Erinnerst du dich?«

Und wie ich mich erinnerte. Wir hatten uns zuvor schon mal im Flur geliebt – der verzweifelte Pränatal-Sex, als uns der Weg bis zum Bett zu weit schien. Es war jedes Mal hektisch und chaotisch gewesen, eine Reihe von wilden Stößen, bis wir beide verschwitzt und noch halb angezogen auf dem Boden zusammenbrachen. In dieser spezifischen Situation hatten wir uns davor gerade ein Video angeguckt, wie ich sie gespankt hatte, und das hatte uns so aufgegeilt, dass wir es gleich noch mal so machen wollten.

Aber heute Abend, während Annabel tief und fest schlief, waren wir …

»Ich mag den Teppich«, erklärte sie und glitt an meinem Körper hinunter, auf die Knie, und mein Denkvermögen setzte aus, als sie mich mit diesem durchtriebenen Blick ansah. »Er ist so weich und flauschig unter meinen Knien.« Sie schob meine Boxershorts meine Hüften hinunter und befreite meinen Schwanz, sah zu, wie er in ihrer Hand größer wurde, die sie um den Schaft gelegt hatte. Langsam kreiste sie mit der Zunge um die Spitze. »Und ich mag es, wie du schmeckst«, fuhr sie fort und lächelte wissend zu mir hinauf. »Findest du das komisch?«

Ich öffnete den Mund, versuchte, etwas zu sagen, und gab schließlich ächzend ein »Nein« von mir.

Sie biss sich auf die Lippe, sah zu, wie sie mich mit ihrer Hand bearbeitete, bevor sie wieder an meiner Eichel saugte. Ich stöhnte, spannte mich genüsslich unter ihrer herumwirbelnden Zunge an. »Ich mag diese Süße«, flüsterte sie und blickte zu mir hinauf. »Entspann dich. Der heutige Abend war zwar ein Desaster, aber ein *lustiges* Desaster. Gib mir mehr.«

Sara drückte mich, lockte ein paar Tropfen aus der Spitze hervor und lutschte daran. »Wie fühlt es sich an, mir dabei zuzusehen, wenn ich das tue?«

Mein Mund öffnete sich, und ich kämpfte mit den Worten, aber es kam nur ein erstickter Ton heraus. Ihre Zunge rieb über die Stelle direkt unterhalb der Eichel, und meine Hand legte sich fester um ihren Nacken, mein Atem kam gepresst und flach.

Sie gab meinem Schwanz einen feuchten Kuss. »Wie lange ist es her, dass du das letzte Mal in meinem Mund gekommen bist?«

Ich wusste die Antwort, ohne lange darüber nachdenken zu müssen. Es war zwei Wochen nach Annabels Geburt gewesen, und wir hatten noch nicht wieder Sex gehabt. Wir waren wie benebelt vom Schlafentzug gewesen und trotzdem irgendwie völlig high, weil unser Leben uns so perfekt erschien. Ich war auf ihren Lippen nicht etwa gekommen, weil sie mich so lange stimulierte, sondern weil wir uns seit ein paar Wochen nicht mehr auf intime Weise berührt hatten und ich angespannt war wie eine Sprungfeder.

»Eine ganze Weile«, gab ich zu.

Sie nickte und machte einen Schmollmund, bevor sie sich lächelnd vorbeugte, um zu saugen und küssend eine nasse Linie über meinen Schwanz zu ziehen.

Ich wollte, dass sich ihre Hände um mich schlossen, zupackten, zogen, auf diese Art fiebrig, für die wir nicht mehr die Energie zu haben schienen. Wollte dieses feuchte Gleiten ihrer Zunge über meine Haut und die vibrierenden Laute der Lust, des Drängens. Sara beugte sich vor, leckte eine weitere nasse Linie von der Eichel zu meinen Eiern und lächelte dann mit den Augen zu mir auf, während sie ihre Zunge spitzte und wieder und wieder feuchte Kreise ganz oben um die Kuppe meines Schwanzes zog.

Fuck.

Meine Finger fanden den Weg in ihr Haar, massierten es, führten ihren Kopf näher heran, und ich begann, Blödsinn zu reden; ermutigte, flehte, lobte ihren verdammt perfekten, süßen kleinen Mund.

»Ich liebe diesen Mund. Verdammt, wie ich ihn liebe.« Ich wanderte mit einem Finger von ihrer Schläfe bis zu ihren Lippen, spürte, wie sie sich auf mir vor und zurück schob. »Ich wette, du könntest mich vollkommen in dich aufnehmen, oder nicht?«, sagte ich und gestand damit, was ich mir so, *so* sehr wünschte.

Sie nahm mich tiefer und tiefer in sich auf, bis ihre Augen zu tränen begannen und sie sich schließlich zurückzog, nach Luft schnappte und zu mir hinaufsah. Ich war härter, als ich es seit Jahren gewesen war, bebte geradezu vor Verlangen nach ihr.

Ich brauchte Saras tiefbraune Augen und ihre ruhige, heisere Stimme und ihre Hände, die zugleich sanft und stark waren. Ich sehnte mich danach, dass Saras Rücken sich krümmte, sehnte mich nach dem Geschmack der Nässe zwischen ihren Beinen und wie sie sich zusammenzog, wenn sie mit einem schockierten Schrei um mich herum kam. Ich war Hunderte Male mit ihr zusammen gewesen, und jedes Mal war sie eine andere Frau – eine weitere Entdeckung – gewesen und hatte mir etwas Neues von sich gezeigt.

Mit meinem Ständer im Mund griff sie hinter ihren Rücken und öffnete ihren BH, ließ seine Träger ihre Arme hinuntergleiten und ihn leise auf den Boden fallen.

Ihre Augen funkelten, als sie zu mir hochsah, und als sie eine Hand zu ihrer Brust führte und mit ihrem Nippel spielte, war es um mich geschehen.

Grandioses Saugen, ihr heißer kleiner Arsch war perfekt zu sehen … *Scheiße noch mal.* Ich schloss die Augen und gab mich dem nagenden Sehnen hin, das sich in meinen Oberschenkeln aufbaute und sich nach oben ausdehnte, angespannt …

Aus dem anderen Zimmer klang ein leises Poltern zu uns herüber: Anna drehte sich auf eine Seite der Wiege. Sie hustete ein paarmal.

Ich wollte mich zurückziehen, aber Sara legte mit leichter Dringlichkeit ihre Hände auf meine Hüften. »Es geht ihr gut. Du bist so kurz davor, Süßer, *bleib*.«

Und dann begann Anna zu weinen.

Sara schob ihren Mund wieder über meinen Schwanz, saugte hart und schnell, bat mich mit Blicken, mich zu entspannen, zu kommen, diesen Moment irgendwie lebendig zu halten – aber wie zum Teufel sollte ich ihren Mund ficken, wenn unsere kleine Tochter nebenan weinte?

Das hungrige Weinen, hatte Sara einmal zu mir gesagt. *Hörst du es? Wie anders es sich anhört?*

Ohne auch nur fragen zu müssen, wusste ich, dass ihre Brüste zunehmend schwerer wurden, sich unangenehm anfühlten.

Als ich mich diesmal zurückzog, ließ sie es zu.

Ich fuhr mit dem Daumen über ihre Schläfe, hinunter zu ihrer Wange und über ihre volle, nasse Unterlippe. »Kleines. Geh ruhig.«

Mit einer entschuldigenden Grimasse nahm sie meine Hand und richtete sich auf. Sie sah so verdammt schön aus, wie so vor mir stand – mit nacktem Oberkörper, nur ein kleines Spitzenhöschen am Leib, ihre Beine straff und glatt. Sie reckte sich und küsste mich, sanft und langsam, sperrte meine Erektion zwischen uns ein.

»Bringen wir das hier später zu Ende?«

»Na klar«, murmelte ich und küsste ihre Stirn.

Ihr Hintern, als sie sich umdrehte und ins Kinderzimmer ging, war einfach göttlich. Und dann beugte sie sich hinunter, hob unser Baby hoch und ging zum Schaukelstuhl.

Anstatt mich wie sonst zu ihren Füßen zu setzen, schlenderte ich den Flur hinunter zum Schlafzimmer und ließ meinen Körper sich beruhigen.

Zwanzig Minuten später spürte ich, wie Sara hinter mir ins Bett kletterte. Ihre Hand war warm, als sie über meine Brust glitt, ihr Mund weich und feucht auf meiner nackten Schulter.

»Bist du noch wach?«, flüsterte sie und ließ ihre Hand meinen Bauch hinunterwandern, dorthin, wo ich nackt unter der Decke lag. Mein Körper begann zu reagieren, als sie mich packte, aber ich war so verdammt schläfrig, so erschöpft. Ich nahm ihre Hand in meine und zog sie hoch auf meine Brust, sagte ihr so ohne Worte, dass wir eine andere Gelegenheit finden würden.

»Guten Morgen, Sonnenschein.« Will saß auf meinem Stuhl, die Füße auf meinem Schreibtisch abgelegt.

Ich starrte ihn wütend an und schloss dann die Bürotür hinter mir. »Bequem?«

»Mein Büro ist besser«, antwortete er. »Wie war die gigantische Sexparty?«

»Leicht enttäuschend.«

Sein amüsierter Gesichtsausdruck verdüsterte sich bei meiner vielleicht etwas zu ehrlichen Antwort, und Will richtete sich auf, stützte die Ellbogen auf die Knie. »Was ist passiert?«

Ich stellte meine Laptoptasche in der Nähe meines Büroschranks ab und setzte mich ihm gegenüber. »George war gut, es gab nur eine Menge Updates, eine Reihe von Malheuren beim Restaurant, und danach kam der Sex nicht mehr so recht zustande.«

»Was für Malheure?«

»Alfredo auf der Hose, dazu noch etwas Wasser, Saras Brüste liefen im Kleid aus, der Parkplatzangestellte demolierte meinen Wagen. Du weißt schon, was halt alles bei einem Date so passiert.«

Will hob eine Hand. »Ihre Brüste und das Kleid und *was*?«

Ich seufzte. »William. Manchmal enttäuscht es mich, wie vorhersehbar du bist.«

Aber er schüttelte bereits den Kopf. »Ich bin ehrlich neugierig. Sie … *laufen aus*?«

Ich runzelte die Stirn. »Nun … ja. Natürlich tun sie das. Du weißt schon, wo die Milch herkommt, oder? Wofür Brüste eigentlich da sind? Dass sie nicht einfach nur für dein Vergnügen geschaffen wurden.«

»Bitte keine Blasphemie, Max«, sagte er und hob warnend einen Finger. Er wirkte ein bisschen benommen. »Und sie tropfen, also, die ganze Zeit?«

»Nein, nicht die ganze Zeit, du Idiot. Nur wenn sie Anna ein paar Stunden lang nicht gestillt hat oder wenn sie sie weinen hört …« Ich verzog das Gesicht, sah ihm in die Augen. »Oder anscheinend, wenn ein anderes Baby weint. Damit hatte ich wirklich nicht gerechnet, wenn ich ehrlich bin.«

Ich wusste nicht, was ich sagen sollte. Zwar glaubte ich nicht, Saras Privatsphäre zu verletzen, wenn ich über solche Sachen redete, aber es kam mir vor, als hätte ich Zugang zu einem geheimen Raum in der Männerkneipe und sollte Will besser nicht das Passwort verraten, solange er noch nicht an der Reihe war. Ihn ein bisschen leiden lassen.

Ich schenkte ihm mein herablassendstes Lächeln. »Es passieren so einige Dinge mit dem weiblichen Körper, die selbst du noch nicht gesehen hast.«

Er verdrehte die Augen. »Spiel dich nicht so auf.«

»Wieso?« Ich schnalzte wohlwollend mit der Zunge. »Wo es mir solchen Spaß macht.«

Will legte den Kopf schief und schien zu überlegen, ob er mir etwas erzählen sollte oder nicht. Seine blauen Augen wurden schmaler, und ein schiefes Lächeln formte sich um seinen Mund.

Ich wartete ab, bis ich wusste, dass er es nicht länger aushalten würde. Wir starrten uns noch mindestens zehn Sekunden länger an.

»Na schön«, sagte er schließlich heftig ausatmend. »Ich

bin schon mal mit einer schwangeren Frau zusammen gewesen.«

Nun sah ich ihn leicht angewidert an. »Okay, da ich weiß, dass du noch nie eine Frau geschwängert hast, werde ich es einfach aussprechen: Das ist echt verdammt schräg.«

»Ja … Ich hab damals so manchen Mist gebaut, den ich heute nicht mehr machen würde. Aber ich bin nie mit einer Frau zusammen gewesen, die …« Er sah auf seine Brust hinunter und dann wieder zu mir, mit erhobenen Augenbrauen.

»Okay.« Ich rieb mir den Nacken. Will war ein dermaßen notorischer Busenfetischist, da war es doch, wie mir plötzlich klar wurde, ziemlich merkwürdig, dass er an diesen Aspekt der Mutterschaft bisher noch nicht gedacht hatte.

»Wonach schmeckt es?«, fragte er wie aus heiterem Himmel.

Stöhnend rieb ich mir die Augen. »William.«

»*Maximilian*. Versuch erst gar nicht, so tun, als hättest du es nicht probiert.«

Ich erinnerte mich an das Gespräch, das Sara und ich in der ersten Woche nach unserer Rückkehr geführt hatten. Wir befanden uns noch in der Neugeborenen-Trance, das Geschirr stapelte sich in der Spüle, und wir trugen die gleichen Klamotten wie am Tag zuvor. Sara taten die Brüste weh, und ich tat, was ich konnte, um ihr Erleichterung zu verschaffen: mit den Händen, dem Mund. Sie sah mir zu, Staunen und Dankbarkeit im Blick, und ihre Fingernägel kratzten sanft meinen Schädel, als sie mich fragte, wie es schmeckte.

Ich sah wieder zu Will hinüber. »Es ist … süß«, gab ich zu.

Wimmernd schloss er die Augen. »Ich hab das Gefühl, als müsste ich in der Mittagspause mit Hanna in die Wohnung gehen …«

»Himmel, du bist so was von erbärmlich.«

Er öffnete die Augen wieder und musterte mich. »Du magst es.«

»Ihre Brüste sind wunderbar. *Natürlich* mag ich sie.«

»Nicht nur die. *Es.*« Er lehnte sich vor, zwang mich, seinen Blick zu erwidern. »Das tust du! Du magst es, dass sie tropfen, und du denkst, das wäre schräg. Schämst du dich, sanfter Riese?«

Ich lehnte mich kopfschüttelnd zurück. »Kein Stück.«

»Und mit ›kein Stück‹ meinst du: ›Ich bin vollkommen entsetzt, dass es mir gefällt …‹«

»Ich bin kurz davor, dich aus meinem Büro zu werfen.«

Er lachte, kippelte mit dem Stuhl nach hinten. »Was bedeutet, dass ich kurz davor bin, die Wahrheit ans Licht zu bringen.«

»Die *Wahrheit*, du bescheuerter Wichser, ist, dass gerade einfach ein merkwürdiges Gleichgewicht herrscht.« Ich zögerte einen Moment, versuchte, meine Gedanken zu ordnen. »Ja, natürlich gibt es dabei Dinge, die überraschend heiß sind. Aber vorher gab es nur uns. Max und Sara, die zusammenlebten, sich immer noch kennenlernten. Es war wie jetzt bei dir und Hanna: Ihr könnt so lange aufbleiben, wie ihr wollt, so laut und häufig vögeln, wie ihr wollt, könnt spontan übers Wochenende verreisen. Auf diesem Zug saßen Sara und ich auch, und jetzt gibt es da dieses kleine Mädchen in meinem Leben, das wichtiger ist als alles andere. Und …«

Ich rieb meinen Nacken. »Das hatte ich nicht erwartet. Ich hatte nicht erwartet, so viele Dinge gleichzeitig zu empfinden. Es kommt mir vor, als würde ich herumlaufen mit meinem Herzen außerhalb meines Körpers, und ich weiß, dass das auf Sara noch viel mehr zutrifft. Ich hatte ja keine Ahnung, dass es so hart sein würde, zu sehen, wie sie ihre Energie aufteilt. Also ja, die Tatsache, dass ich sie eigentlich die ganze Zeit über vögeln will, aber Angst habe, dass ich …«

Er saß still da, hörte einfach nur zu. Aber als ich nicht wusste, wie ich die merkwürdige Anspannung in mir erklären sollte, mutmaßte er: »Du fühlst dich schuldig.«

»Ein bisschen.« Ich fuhr mir mit der offenen Hand über den Mund. »Ich meine, sieh mal. Es gibt nicht so viel, wofür ich gerade gebraucht werde. Sara stillt sie, hält sie in den Armen. Anna will ihre Mama, weißt du? Ich kann sie wickeln und ihr etwas vorsingen und sie mit zum Laufen nehmen, aber sie braucht noch nicht *mich*.« Ich verzog das Gesicht; es gefiel mir nicht, wie es sich anhörte, zuzugeben: »Aber ich brauche immer noch viel. Es fühlt sich selbstsüchtig an, die ›gigantische Sexparty‹ zu wollen – wie du es so einfühlsam genannt hast – und dass sie noch genauso wild ausfällt wie sonst. Es geht nicht mehr nur um mich.«

»Komisch, dass du nicht erwähnt hast, wie sehr Sara sich die Sexparty wünscht.«

Ich stöhnte. »Sie will, dass ich wieder etwas härter zupacke, glaube ich.«

Will auf der anderen Seite des Tisches entspannte sich sichtlich. »Wo zum Teufel liegt dann das Problem? Ihr seid auf derselben Seite, du Sack.« Er lehnte sich vor, sein Gesichtsausdruck war bemüht neutral. »Macht ihr noch … diese Club-Sache? Bei *Johnny's*?«

Ich hatte mich immer gefragt, wie viel Will wirklich wusste. Anscheinend wusste er ziemlich viel.

»Wir waren seit Langem nicht mehr da«, gab ich leise zu, »nicht seit ihrer Schwangerschaft. Sie möchte hingehen.«

»Aber du willst es nicht?«, fragte er überrascht.

»Gefällt dir die Vorstellung, dass dir andere Leute mit Hanna zusehen?«

Er begann zu nicken, hielt dann aber inne. »Ja und nein. Mir gefällt die Vorstellung, dass andere zusehen, wie ich sie aus der Fassung bringe, aber ich möchte eigentlich nicht, dass Männer solche Fantasien von ihr haben.«

»Siehst du, und mich stört dieser Aspekt nicht. Aber nimm deine Gefühle und stell dir dann vor, Hanna hätte ein Kind von dir«, sagte ich. »Wenn sie eine stillende Mutter ist … und die ganze Zeit so müde ist … und so zart ist wie Sara. Ja, mir gefällt ihr Körper, wie er gerade ist, außerordentlich, aber es fühlt sich alles so intim an und als ob ich die Welt mit bloßen Händen in Stücke reißen würde, wenn sie sie zu sehr bedrängen würde. Dass die Welt *sie* zerreißen könnte. Während der Schwangerschaft sind mir solche Gedanken nie in den Sinn gekommen, einfach weil es nichts Verletzliches an Sara gab, selbst als sie kurz vorm Platzen war. Sie hatte etwas an sich … als wüsste sie, dass sie fantastisch aussah. Wenn jetzt jemand nicht anerkennen würde, wie sexy sie ist, würde ich ihm meinen Stiefel in den Arsch schieben und ihm die Zähne raushauen.«

Will sah mich regungslos an und tat so, als müsste er gähnen.

»Du denkst also, dass ich den Beschützer zu sehr raushängen lasse.«

»Wie ein Machoarsch«, sagte er. »Und ja, es ist dein Tick. Vielleicht ist es nicht meiner, aber wenn Sara es mag, warum denkst du, sollte es jetzt anders sein, nur weil du zu Hause ein Kind hast?«

Ich lehnte mich kopfschüttelnd auf dem Stuhl zurück. »Das ist ein ziemlich intensives Zweiergespräch, das wir hier führen. Muttermilch, sexuelle Vorlieben, Ehe, Sex, wenn man Kinder hat. Kommst du damit klar? Wann bist du eigentlich zum Mann geworden, William?«

»Ha. Das ist nichts im Vergleich zu manchem Scheiß, über den Hanna gern sprechen möchte«, sagte er und lachte dann. »Mann, guck mal: Anna ist vier Monate alt. Du weißt doch, wenn du zu einer Matinee gehst und wieder rauskommst und es ist draußen noch hell und du bist für ungefähr fünf Sekunden geblendet und ohne Orientierung, bis deine Fotorezeptoren …«

»*Will.* Komm zur Sache.«

»Was ich sagen will, ist, dass du noch in diesen fünf Sekunden steckst. Du bist gerade aus dem Gebäude gekommen und hast noch keine Ahnung, wie es draußen aussieht.«

»Richtig. Gute Metapher.«

»Du willst etwas von deinem alten Leben sehen, das du wiedererkennst. Du willst *Kaum-durch-die-Tür-schon-*

geht's-los-Sex. Du willst Möbel zerstörenden Sex. Du willst Club-Sex. Und du willst das mit diesen fantastischen Titten machen.«

Ich knabberte an meiner Unterlippe und gab schließlich zu: »Richtig.«

»Lass uns auf die Kleine aufpassen. Wir sind ihre Paten, stimmt's?« Er hob die Hand, hinderte mich am Antworten. »Ich meine, ich weiß, dass du dich noch nicht entschieden hast, aber wir sind sehr viel besser als Chloe und Bennett, denn lass uns ehrlich sein: Das sind Arschlöcher.«

Ich lachte laut auf. »Bennett kennt sich allerdings mit Kindern aus. Er hat eine Nichte.«

»Er hat schreckliche Angst vor Neugeborenen. Henry sagt, Bennett hätte Sophia auf Armlänge gehalten, bis sie laufen konnte, und dann hätte er sie nicht mehr aus den Augen verloren. Er ist sich sicher, dass er Anna mit einem strengen Blick zerbrechen würde. Woran ich nicht zweifle, um ehrlich zu sein. Er kann einem manchmal ganz schön Angst einjagen. Hanna und ich … wir werden schon rausfinden, wie man es macht.« Er lehnte sich zurück und zwinkerte mir zu. »Wir sind schließlich *Wissenschaftler*.«

VIER

Sara

Sosehr Max, Bennett und Will sich auch ähnelten, gab es doch viel mehr Aspekte, in denen sie sich unterschieden. Bennetts erster Impuls zum Beispiel war es, immer das Kommando zu übernehmen, herauszufinden, wie er am schnellsten die Oberhand gewinnen konnte, und nie loszulassen.

Max war der Charmeur – ein fantastischer Geschäftsmann, aber süß wie ein Topf Zucker –, so ein Typ, der wusste, dass man mit Honig mehr Fliegen fing als mit Essig.

Will hingegen war der Denker, derjenige, der eine Situation analysierte und herausfand, wo genau das Problem lag, um es dann zu lösen. Weshalb ich sofort einwilligte, als Max vorschlug, dass Will und Hanna auf Anna aufpassten, während wir es mit Dinner-Desaster Nummer zwei versuchten. Will und Hanna waren zwei der klügsten Menschen, die ich kannte; wenn irgendjemand herausfinden konnte, wie man den Baby-Code löste, dann die beiden.

Max und ich waren bereits abmarschbereit, als sie am nächsten Freitagabend bei uns auftauchten.

Will trug ein T-Shirt von einer Serie, von der ich noch nie

gehört hatte, und sah etwas skeptisch aus. Hanna schien – wie immer – Spaß an seiner Nervosität zu haben.

»Du hast doch wohl keine Angst vor einem winzig kleinen Baby, oder?«, fragte sie, als sie eintraten.

»Natürlich nicht«, sagte Will und nahm seinen blauen Schal ab. »Aber zwischen acht und vierzig Prozent der Babys bekommen Koliken, Hanna. Acht und *vierzig* Prozent. Das ist beinahe die Hälfte aller Babys, und wenn du das umrechnest auf die Anzahl von Babys, die jedes Jahr geboren werden, dann ist die Wahrscheinlichkeit, dass Anna …«

»Sie hat keine Kolik, du Hirnie«, sagte Max und zog ihn so weit in die Wohnung, dass er die Tür hinter Will schließen konnte. »Hanna, ich hoffe, er kennt sich zumindest mit deinen Steuern aus oder ist eine Kanone im Bett.«

»Beides, ehrlich gesagt«, erwiderte sie und gab Max ihre Jacke. »Und mach dir keine Sorgen, ich hab als Jugendliche wahnsinnig viel als Babysitterin gearbeitet. Vermutlich hab ich auf jedes Kind in der Nachbarschaft irgendwann mal aufgepasst. Ich bin wirklich gut mit Babys.«

Will trat neben sie, legte seine Arme um sie und drückte ihr einen sanften Kuss auf die Nase. »Wie sollst du das denn hinbekommen haben, wenn du so damit beschäftigt warst, dich nach mir zu verzehren?«, fragte er grinsend.

Hanna schüttelte den Kopf und tätschelte sanft Wills Gesicht. »Süß, wie du denkst, dass sich alles um dich dreht.« Max lachte laut auf. Will war unser notorischer Frauenheld, und zu sehen, dass er endlich die eine Frau gefunden hatte, die ihn auf den Pott setzte, war einfach toll.

»Danke noch mal, ihr Lieben«, sagte ich und schob Will

beiseite, sodass ich Hanna umarmen konnte. »Ich weiß nicht, ob hier Optimismus angebracht ist, also schätze ich, ich wünsche euch am besten viel Glück.«

»Sei nicht albern«, erwiderte Will. »Wir – und mit ›wir‹ meine ich natürlich Hanna – werden uns um alles kümmern. Ich bin nur hier, um Gläser aufzumachen, Spinnen zu töten und Glühbirnen auszutauschen, wenn nötig.«

Hanna nickte.

Trotzdem sorgte ich dafür, dass sie wussten, wo alles war, ging mit ihnen eine Liste von Notfallnummern durch und dankte ihn mindestens zehnmal. »Sie hat gerade erst was gegessen und ist gewickelt worden. Ich bin mir sicher, sie braucht nichts mehr bis … Tatsächlich ist jetzt ungefähr die Uhrzeit, um die sie schlafen geht, sie sollte also für die nächste Mahlzeit erst wieder aufwachen, wenn wir längst zurück sind. Aber für alle Fälle bleiben wir ganz in der Nähe.«

Hanna nickte und hob einen von Annas kleinen Strampelanzügen hoch, von denen ein Stapel auf der Couch lag. »Mach dir keine Sorgen«, sagte sie und strich den Stapel wieder glatt. »Selbst wenn sie wach werden sollte, wird mit Sicherheit das größte Problem sein, ihn hier« – sie zeigte auf Will – »davon abzuhalten, komische Grimassen zu schneiden.«

Max zog sich den Mantel an und half mir in meinen. »Kein Männerbesuch erlaubt, Kinder«, sagte er. »Nur jugendfreie Filme, und wir haben Pizza-Geld auf den Küchentresen gelegt.«

Will verdrehte die Augen und schob uns aus der Tür. »Ich hab euch doch gesagt, es wird alles gut gehen.« Er winkte uns vom Türrahmen aus zu. »Ich bin dreizehn Mal schwerer als sie. Dreizehn Mal. Was kann da schon schiefgehen?«

Diesmal würde es kein schickes Restaurant oder sentimentale Flaschen Wein geben. Stattdessen kehrten wir bei dem kleinen Diner ein paar Häuser weiter ein und setzten uns an den ersten freien Tisch, den wir sahen.

Es lag ein Gefühl der Dringlichkeit in der Luft, ein Gefühl, dass irgendwo die Uhr tickte und dass überhaupt nicht die Möglichkeit existierte, dass wir es durch diesen Abend schaffen würden, vielleicht noch nicht mal durch das Abendessen, ohne dass Will oder Hanna uns wegen irgendeines echten oder eingebildeten Notfalls anrufen würden.

»Glaubst du, sie bekommen alles hin?«, fragte ich Max, der mir gegenübersaß und seine Papierserviette wieder und wieder zusammen- und auseinanderfaltete.

Er sah mich über die laminierte Speisekarte hinweg an und zuckte mit den Schultern. »Natürlich werden sie das. Annabels Temperament ist nur mit dem ihrer Mutter vergleichbar. Ich kann mir nicht vorstellen, dass sie irgendwelche Schwierigkeiten machen sollte.«

Ich lachte. »Gut möglich, dass Sie in beiden Fällen falschliegen, Mr. Stella.«

Der Kellner blieb bei unserem Tisch stehen, und wir bestellten beide etwas, auch wenn ich mir nicht ganz sicher war, warum. Unser Besuch im Restaurant war eine reine Formalität, eine stinknormale Dating-Sache, bevor ich ihm die Hosen runterreißen würde.

Was ich jetzt sofort tun wollte.

Unser Essen kam, und es dauerte nur fünfzehn weitere Minuten, bis Max' Handy auf dem Tisch surrte und er es hochhob, lächelte, bevor er den Bildschirm in meine Richtung drehte.

»Sieh ihn dir an«, sagte er. Es war ein Foto von Will, der Anna im Arm hielt, sein Gesichtsausdruck so stolz, dass man denken könnte, er hätte gerade ein Atom gespalten, nicht eine Windel gewechselt. Er hielt der Kamera den gereckten Daumen entgegen.

Einen ziemlich weißen Daumen, um genau zu sein.

Er hat's geschafft! hatte Hanna getippt.

»Ist das …«, hob ich zu fragen an und blinzelte, als ich mich vorlehnte, um besser sehen zu können. »Ist das Babypuder?«

»Ich glaube schon«, sagte Max und sah es sich selbst genauer an. Will sah aus, als wäre ein Donut mit Puderzucker über ihm explodiert. Es war in seinen Haaren und Augenbrauen, die Wangen waren damit verschmiert, und es bedeckte beide Hände, die eine, mit der er das Baby hielt, und die andere, die er der Kamera entgegenstreckte.

»Er wird ganz schön Mühe haben, sich wieder zu säubern«, sagte ich kopfschüttelnd, bevor ich meinen Burger aufaß.

»Das ist gut für ihn«, sagte Max und antwortete Hanna, bevor er sein Handy wieder hinlegte.

»Glaubst du, Will und Hanna sind bereit für Babys?«

»Ich glaube, Will wäre bereit für einfach alles, was Hanna möchte. Himmel, sie könnte vorschlagen, dass er in einem Strickkreis mitmachte, und er würde sie fragen, welches

Garn farblich am besten zu seiner Haut passt. Ziemlich genial, zu beobachten, dass er so verknallt ist. Etwas sagt mir, dass die beiden genau diesen Abend gebraucht haben.«

»Es ist also möglich, dass wir tatsächlich noch ein paar Stunden für uns haben?«

Max wischte sich den Mund ab und warf die Serviette auf seinen Teller. »Ich will es nicht beschwören, aber ja.«

Seit Wills letzter Nachricht waren zehn Minuten vergangen – sehr viel mehr Zeit als bei George –, und da kam mir eine Idee. Zu Hause war alles bestens, und ich würde eine goldene Gelegenheit wie diese *nicht* ungenutzt verstreichen lassen.

»Was genau machst du da, Kleines?«, fragte Max und zeigte auf mein Handy.

»Oh, ich gucke nur etwas nach.«

»Etwas?«

»Mh-hmm.«

»Könntest du etwas spezifischer werden?«

Stattdessen streckte ich ihm mein Handy entgegen, sodass er den Bildschirm sehen konnte, und ich wusste genau, in welcher Sekunde das Verstehen bei ihm einsetzte. »Zu Hause läuft alles so gut, und wir wären Idioten, wenn wir das nicht ausnutzen würden, also … buche ich uns ein Zimmer, wo du so laut sein kannst, wie du willst, und nicht mit einem Ohr dem Babyfon lauschen musst. Natürlich nur, wenn du interessiert bist«, fügte ich hinzu und grinste ihn frech an.

»Interessiert? Die Rechnung für alle in diesem verdammten Diner geht auf mich, wenn wir so schneller rauskommen«, sagte er und bat den Kellner per Handzeichen um die

Rechnung. »Hab ich schon mal erwähnt, dass ich dich liebe?«

»Ein- oder zweimal«, sagte ich und grinste breit, als der Kellner uns die Rechnung brachte. Ich scrollte weiter durch die Auflistung von Hotelzimmern und hielt inne, als ich das richtige gefunden hatte.

»Also gehören wir jetzt zu den Leuten, die stundenweise in ein Hotel einchecken?«, witzelte Max und stand auf, um unsere Rechnung zur Kasse zu bringen. Er kratzte sich am Kinn. »Der Gedanke macht mir überraschend wenig aus.«

Natürlich fühlten wir uns, als führten wir etwas im Schilde, als wir einen Block weiter in ein protziges kleines Hotel eincheckten, alles andere wäre unmöglich gewesen. Wir besaßen kein Gepäck, hatten die Reservierung vor weniger als fünfzehn Minuten getätigt, und mit Sicherheit suggerierte die Art, wie ich Max ansah – als könnte ich gleich auf dem Rezeptionstresen über ihn herfallen –, dass wir mehr vorhatten, als nur ein Nickerchen zu halten.

Ganz zu schweigen davon, dass der Führerschein, den Max als Beweis seiner Identität vorzeigte, eine postalische Adresse nannte, die weniger als zehn Minuten entfernt lag. Egal. Ich würde meinen Ehemann vögeln, sollten sie doch denken, was immer sie wollten.

»Wenn möglich hätten wir gerne ein Zimmer im leersten Teil des Hotels«, sagte Max. »Wir haben vor, laut zu werden.«

Der Angestellte sah auf Max' Führerschein hinunter und dann wieder gelangweilt zu ihm auf, bevor er die Augen verdrehte und unsere Zimmerkarte durch ein Gerät zog.

Im Fahrstuhl drückte Max mich gegen die Wand und schob seine Hand in mein Haar. »Sag mir, was du willst, süße Sara«, sagte er und strich mit der Nase über mein Kinn. »Dies ist deine Nacht, und ich werde jede dreckige Sache tun, die sich in deinem verdorbenen kleinen Gehirn verbirgt.«

»Ich will dich«, sagte ich. »Über mir, hinter mir.«

Er brummte an meiner Haut, und ich fühlte, wie sich alle Ängste verflüchtigten. Er dachte nicht zu viel nach. Er behandelte mich nicht wie etwas, das er nur mit Glacéhandschuhen berühren durfte.

»Und?«, fragte er.

Ich legte den Kopf schief, sah hoch zur Spiegeldecke des Fahrstuhls. Der Anblick unserer Körper zusammen – selbst angezogen – jagte mir einen Schauer über den Rücken.

»Ich will dein Gesicht zwischen meinen Beinen«, sagte ich ihm. »Ich will dich wild.«

Er atmete aus und gab einen winzigen, gierigen Laut von sich. »Du weißt, wie sehr ich deinen Geschmack liebe. Werde ich dich lecken?«

Jesus und Maria. »Ja.«

»Werde ich gierig sein und an dir lutschen, werde ich mein Gesicht in dir vergraben? Oder willst du, dass ich mir Zeit lasse?«

»Alles. Erst hart und dann noch mal, langsamer. Genüsslich«, erwiderte ich, auch wenn nur Gott wusste, wie viel Zeit wir tatsächlich haben würden. Ich sah zu, wie Max den Kragen meiner Bluse zur Seite schob, um mein Dekolleté bloßzulegen, die Rundung meiner Brüste. Ich konnte mir problemlos vorstellen, wie wir aus dieser Perspektive aussehen würden: ich nackt auf dem Rücken, meine Beine schamlos gespreizt, und Max zwischen ihnen. Ich würde die Bewegung der Muskeln sehen, während er mich vernaschte, meine Finger in seinem schönen Haar, während ich ihn dorthin zog und festhielt, wo ich es wollte. Das Zucken meiner Zehen, wenn mein Orgasmus sich meinen Körper hinaufbewegte und hinaus. Wenn ich schrie.

Der Fahrstuhl hielt an, und Max griff nach meiner Hand, zerrte mich geradezu über den Flur, zu unserem Zimmer. »Alles«, sagte er und zog die Zimmerkarte durch den Schlitz. »Ich werde dir verdammt noch mal alles geben.«

Das Licht leuchtete grün auf, als das Schloss klickte, und er drückte die Tür auf. Drinnen war es an mir, Max gegen die Wand zu drücken. Ich stand auf den Zehenspitzen, um seinen Mund zu erreichen, drückte meine Lippen auf seine und verlor keine Zeit, öffnete seinen Gürtel und begann, sein Hemd aus dem Hosenbund zu ziehen. »Ich will Fotos von dir machen«, sagte ich, und er entzog sich mir lange genug, um mich anzusehen.

»Von mir?«

Ich nickte und lehnte mich vor, um an seiner Unterlippe zu saugen. »Davon, wie du aussiehst, wenn du meine … Muschi leckst.«

Max stöhnte auf und ließ seinen Kopf nach hinten gegen die Tür fallen. »Du hast keine Ahnung, was das mit mir macht, wenn ich dich so reden höre.« Ich fragte mich, ob das vielleicht helfen würde. Ob Chloe vielleicht recht gehabt hatte: Vielleicht würde es ihm leichter fallen, sich gehen zu lassen, wenn ich erst *ihn* benutzte.

Ich ließ eine Hand über seinen Bauchnabel wandern und weiter hinunter, wo er hart war und sich gegen seine Hose drückte. Ich packte seinen Schwanz durch den Stoff hindurch, rieb mit dem Daumen dort, wo ich seine Eichel spürte. »Oh, ich glaube schon, dass ich eine Ahnung davon habe, was es mit dir macht.«

Max begann, uns rückwärtszuführen, hielt kurz vor der Bettkante an. Er zog das Handy aus seiner Tasche und drückte es mir in die Hand. »Lass uns beten, dass es still bleibt, und zwar, weil Will seinen Mutterinstinkt entdeckt hat, nicht, weil unsere Tochter plötzlich festgestellt hat, dass alle genau das tun, was sie will, und sie beide bereits versklavt hat.«

Lachend legte ich es auf den Nachttisch.

»Also, was wirst du mit den Bildern anstellen, meine Süße?«, fragte er und öffnete meine Blusenknöpfe einen nach dem anderen, ließ das Kleidungsstück dann über meine Schultern gleiten.

»Mir sie ansehen. Mich erinnern.«

»Wann? Auf der Arbeit?« Er öffnete meinen BH, zog die Träger meine Arme hinunter und warf ihn dann geistesabwesend auf einen Stuhl an der Wand. »Vielleicht wirst du in einem Meeting sein, und alle um dich herum reden, während du auf dein Handy hinuntersiehst. Sie werden denken, dass du in deinem Kalender blätterst, vielleicht eine E-Mail liest. Sie werden niemals auf den Gedanken kommen, dass du dir Fotos anschaust, auf denen mein Gesicht zwischen deinen Beinen vergraben ist. Auf denen sich meine Klit gegen deine Zunge drückt.«

»Oh Gott«, sagte ich, weil seine Worte exakt widerspiegelten, was ich mir vorgestellt hatte, zu tun. Max' Blick wanderte über mein Gesicht, über meinen Hals und weiter hinunter. Meine Brüste prickelten, meine Nippel wurden hart unter der Intensität seines Blickes. Meine Haut fühlte sich heiß an, die noch verbleibenden Klamotten beengend.

»Würde dich das feucht machen, Kleines?«

Nickend zog ich Max erst das Hemd aus, dann seine Hose. Die Eichel war knapp über dem Bund seiner Boxershorts zu erkennen. Er war so hart, die Spitze glitzerte bereits feucht im schummrigen Licht. Ich leckte mir über die Lippen, konnte beinahe sein Gewicht in meinem Mund spüren, hart und glatt an meiner Zunge.

»Zieh den Rest aus«, wies Max mich an, bevor er nach der Bettdecke griff und sie herunterriss, sodass nur noch das frische weiße Laken zu sehen war. Der Stapel an sorgsam arrangierten Kissen fiel um, und er griff nach einem und legte es in die Mitte des Bettes.

Ich schlüpfte aus meinem Rock und meinem Höschen, gerade bevor er sich wieder umdrehte und mir zustimmend zunickte. »Genau hier«, sagte er und zeigte auf das Kissen. »Ich will die hübsche kleine Muschi hoch oben, sodass ich gut drankomme.«

Selbst jetzt, nach dem Club und der Hochzeit und dem Baby und all dem, was wir zusammen getan hatten, fühlte ich, wie meine Wangen heiß wurden, als ich tat, was er verlangt hatte, und auf das Bett kletterte, darauf achtete, dass das Kissen genau unter meinen Hüften lag. Es hob mich in die Höhe, und ich fühlte mich offen und ausgeliefert, meine

Schenkel waren gespreizt und die Luft kühl an meiner Haut. Ich wusste, wenn ich mich selbst anfassen würde, wäre ich feucht und geschwollen, meine Klit empfindsam selbst für die kleinste Berührung.

Ich hielt den Blick auf ihn gerichtet, als er aus seinen Boxershorts stieg und aufs Bett kletterte, sich mir langsam näherte. Ich streckte die Arme nach ihm aus, wollte ihn in mir spüren und …

Sein Handy vibrierte auf dem Tisch. *Scheiße.*

Ich grapschte blind danach, unfähig, den Blick von ihm und seinem perfekten Schwanz zu lösen, die Art, wie er zwischen uns emporragte. Ich fegte den Wecker vom Nachttisch und etwas, das vermutlich die Karte für den Roomservice war, bis ich schließlich fand, wonach ich suchte, und es ihm hinhielt.

»Sara«, sagte Max, und ich musste mich von dem Anblick seines Körpers losreißen.

»Ja?«

»Das Handy? Du hast die Nachricht gelesen, oder?«, sagte er und legte eine Hand auf mein Knie, ließ seine Handfläche über meine Haut gleiten, bis sie zwischen meinen Beinen liegen blieb. »Ich bin hier ein bisschen beschäftigt, und wenn nicht gerade die Wohnung in Flammen steht oder es sonst irgendeinen Notfall mit dem Baby gibt, dann will ich von niemandem jetzt eine SMS lesen. Antworte einfach.«

»Ich soll antworten, während du …?«, fragte ich, und er nickte.

Meine Kehle fühlte sich trocken an. Ich musste mich auf das konzentrieren, was ich gerade tat, anstatt auf die Art, wie Max seinen Handballen gegen meine Klit drückte.

»Es ist Will«, sagte ich und sah mir die Nachricht an. Sie zeigte eine Nahaufnahme von Annas Gesicht, ihre Nase hochgezogen, ihre Unterlippe zu einer Schnute verzogen. Neben ihrer Wange war der gelb getupfte Rand ihrer Decke zu sehen, weshalb ich vermutete, dass sie noch schlafend in ihrer Wiege lag.

Was ist das für eine Grimasse? stand in der MMS.

Hat sie geweint? fragte ich, kurzzeitig von Max' Fingern abgelenkt, die sich in mich schoben.

Nein. Nur Laute. Wie ein Welpe oder so? Es geht ihr gut, war nur neugierig.

Manchmal jammert sie ein bisschen, während sie schläft, tippte ich und musste aufhören und mich neu sammeln, als ich spürte, wie Max' Finger durch warmen Atem ersetzt wurden.

Sie beruhigt sich meistens von allein. Ich denke, ihr macht das toll!

Vielleicht war das ein bisschen enthusiastischer, als die Situation es erforderte.

Ich wartete, aber als es so aussah, als würde Will keine Antwort mehr schicken, ließ ich das Handy stöhnend auf die Matratze fallen und warf den Kopf nach hinten. »Oh mein Gott.« Ich schob meine Hände in Max' Haar.

»Ja?«, murmelte er und leckte mich ausgiebig.

»Scheiße, ja.«

»Du schmeckst so verdammt gut, Kleines«, sagte er und umkreiste mit der Zunge meine Perle, murmelte die Worte direkt an meiner Haut.

Ich öffnete meine Beine noch weiter und hielt ihn dort,

schob meine Hüften hoch, um seinem Mund entgegenzukommen, bis ich praktisch sein Gesicht vögelte. »Mehr, Max«, stöhnte ich und sah zu ihm hinunter. »Finger?«

Max tat, wonach ich gebeten hatte, und ich spürte, wie er erst einen Finger in mich schob, dann zwei. »Die Kamera, Kleines«, sagte er, und erst jetzt erinnerte ich mich wieder daran, dass das Handy direkt neben mir auf der Matratze lag. Max drückte seinen Mund erneut auf mich, seine Lippen umschlossen meine Klit, während er saugte und saugte, sogar summte. Meine Hände zitterten, als ich die Kamera auf ihn richtete, den Bildschirm mit bebenden Fingern berührte, während ich ein Foto nach dem anderen schoss.

Jedes Mal, wenn die Kamera klickte, gab Max einen kleinen Laut von sich, und der Gedanke, dass dies hier ihn anmachte – dass ich mir die Bilder später ansehen würde und an ihn und das hier denken würde und welche Laute er von sich gegeben hatte –, machte es hart, ihn nicht umzudrehen und hier und jetzt zu ficken.

Während er mit zwei Fingern in mich hineinpumpte, drehte er den Kopf zur Seite und saugte und küsste die blasse Haut meines Oberschenkels. Beinahe hätte ich laut aufgeschrien, als ich seine Bartstoppeln über meine Klit kratzen spürte. Es war so intensiv. Max sah zu mir auf, unsere Blicke trafen sich, als seine Zunge hervorlugte, und ich bewegte die Kamera so, dass sie neu fokussierte, um diesen Moment einzufangen – als eine weitere Nachricht auf dem Bildschirm auftauchte.

Wie erwärmst du die Milch? stand da. *Hanna sagt, wir machen es im Wasserbad, aber ich meine, wir können auch die Mikrowelle nehmen, wenn wir ein digitales Thermometer benutzen und die Milch auf Körpertemperatur oder auf 37,1 C erwärmen. WER HAT RECHT SARA*

Ich brauchte drei Anläufe, um *HÖR AUF HANNA* zu tippen und das Handy wieder wegzulegen, und ich musste mich in den Unterarm beißen, um nicht laut aufzuschreien.

Max hatte innegehalten, besorgt, dass etwas nicht stimmen könnte, aber ich winkte ab.

»Alles gut, alles gut«, sagte ich, peinlicherweise atemlos. »*Hörnichtaufsogutbitte.* Weiter«, begann ich, aber dann musste ich mir über die Lippen lecken und einen weiteren verzweifelten Atemzug nehmen. »*Machweiterbitte* bitte bitte. Ich bin so kurz davor.«

Max verdoppelte seine Anstrengungen, leckte und lutschte meine Klit, und irgendwo, durch den Nebel dessen, was geschah, hörte ich ihn stöhnen, hörte, wie er mit der Hand seinen Schwanz bearbeitete.

»Oh Gott … bist du dabei, zu …?« Ich versuchte, mich hochzustemmen, aber da surrte wieder das Handy.

Ich stöhnte verzweifelt – wo ich doch so kurz davor war. Ich hätte heulen können.

Sie nimmt sie nicht, stand da. *Seid ihr euch sicher, dass sie so viel trinken muss? Nie und nimmer kann ein Mensch so viel essen. Wenn du ihre Körpergröße vergleichst mit den Millilitern an Flüssigkeit, die sie zu sich nimmt …*

»Was zum Teufel will er denn jetzt?«, fragte Max und stemmte sich hoch.

»Anna nimmt das Fläschchen nicht von ihm an«, begann ich, und Max ließ seine Wange auf meine Hüfte fallen. »Max, so langsam glaube ich, dass das hier nichts wird. Ich werde nie einen Orgasmus haben, und du wirst dich an ein Leben mit blauen Eiern gewöhnen müssen.«

»Quatsch«, erwiderte er. »Gib mir noch fünf Minuten, und ich schaff das, ehrlich.«

Keine Chance. Ich wollte ihn – Gott, wie sehr ich ihn wollte –, aber jetzt konnte ich nur noch daran denken, dass mein winziges Baby zu Hause hungrig weinte.

Wir lagen beide einen Moment lang nur still, versuchten, unsere Atmung zu beruhigen und … gewisse Körperteile, bevor wir aufstanden.

»Wir geben auf keinen Fall auf, Kleines«, sagte Max und krabbelte meinen Körper hinauf, sodass er mich auf die Stirn küssen konnte. »Und wir haben ja alle Zeit der Welt.«

Ich wollte Will gerade antworten, dass wir uns sofort auf den Heimweg machten, starrte stattdessen aber entsetzt auf das Handy. Irgendwie, bei alldem Herumhantieren mit der Kamera und den Nachrichten … *verfluchte Scheiße* … hatte ich Will ein Bild geschickt von Max' Kopf zwischen meinen Beinen.

»Oh … oh mein Gott«, stöhnte ich und gab Max das Handy, damit er sehen konnte, was ich angerichtet hatte. »In Zukunft sollte ich nicht mehr verantwortlich für die Kamera sein.«

Ich drückte stöhnend das Gesicht ins Kissen, als Max laut lachte und die Antwort von Will vorlas: *Okay … das war unerwartet, aber die Botschaft ist angekommen. Lasst euch Zeit. Wir kriegen das schon hin mit der Milch.*

FÜNF

Sara

Ich hatte bereits Fotos von Niall Stella gesehen, deshalb war ich natürlich vorbereitet auf die Ähnlichkeit zwischen meinem Schwager und meinem Mann – das gleiche hellbraune Haar, die gleichen warmen braunen Augen, viel zu hübsch, um ehrlich zu sein –, aber ich war nicht vorbereitet darauf, welche Wirkung es auf mich haben sollte, nicht einen, sondern gleich zwei Stella-Männer im Türrahmen stehen zu sehen.

Niall stellte eine Laptoptasche aus schwarzem Leder auf den Boden und richtete sich zu seiner vollen Größe auf, bevor er seinen Bruder breit angrinste.

Er war genauso groß wie Max, wenn auch vielleicht ein bisschen schmaler. Jahrelanges Rugbyspielen hatte bei Max zu breiteren Schultern geführt und Arme und Beine mit dicken Muskelsträngen ausgestattet. Niall war definitiv gut gebaut, aber hagerer, so vom Typ breite Schultern, schmale Hüften. Ein Körper wie dafür geschaffen, einen Anzug zu tragen.

An der Art, wie er unsere Wohnung betrat, wurde ziemlich deutlich, dass er sich wohl in seiner Haut fühlte, aber insgesamt schien er ruhiger zu sein als Max, hatte nicht diese Wildheit, die jeden Raum zu durchfluten schien, sobald Max ihn betrat. Stattdessen strahlte er ein sanftes Selbstvertrauen und einen Hauch an Verletzlichkeit aus, der in mir den Drang weckte, Max zur Seite zu schubsen und Niall in die Arme zu nehmen.

Niall hatte leider nicht zu unserer kleinen, recht spontanen Hochzeitsfeier kommen können – er war mit einer Scheidung und einem neuen Job beschäftigt gewesen –, aber er hatte versprochen, uns so bald wie möglich zu besuchen. Ich wusste, dass er und Max, deren Altersunterschied nur zehn Monate betrug, beinahe so etwas wie Zwillinge waren, und Max hatte sich mehr auf diesen Besuch gefreut, als er es zugeben mochte.

Max liebte Will und Bennett – und ich konnte mir keine Situation vorstellen, in der er nicht alles Menschenmögliche tun würde, um den beiden Jungs zur Seite zu stehen –, aber das war nichts im Vergleich zu der Umarmung, die er seinem jüngeren Bruder schenkte. Die zwei Männer nahmen sich fest in die Arme, und vielleicht spielten mir ja die Hormone einen Streich, aber es könnte durchaus sein, dass die geschlossenen Augen und das kleine Lächeln auf dem Gesicht der beiden mir ein wenig die Tränen in die Augen trieben. Es könnte sein.

Max flüsterte etwas in Nialls Ohr, das ich nicht verstand, dann klopfte er ihm auf den Rücken und zog ihn hinein. Max hatte sich eindeutig mehr Sorgen um seinen Bruder gemacht, als es ihm bewusst gewesen war.

»Es ist viel zu viel Zeit vergangen«, sagte Max und griff nach Nialls Tasche, bevor er die Tür hinter ihnen schloss.

»Vollkommen richtig«, sagte Niall, und oh: *zwei* Briten unter meinem Dach. Da hatte ich keine Chance.

Ich trat vom Flur ins Wohnzimmer und winkte Niall begrüßend zu, als er mich erblickte.

»Und du musst die wunderbare Sara sein«, sagte er und kam durch den Raum, um mich auf die Wange zu küssen. »Wie schön, dich endlich kennenzulernen.«

Niall schien gerne zu umarmen. Er ging leicht in die Knie und schloss seine Arme fest um mich. Als er sich wieder aufrichtete und mich ansah, war mir leicht schwindlig.

»Ich kann sehen, warum er so verzaubert von dir ist«, sagte Niall.

»Wie wahr, wie wahr.«

»Ich glaube, ich muss euch bitten, für eine Weile ein wenig nett zu sein«, sagte ich. »Ich bin mir nicht sicher, ob ich damit klarkomme.«

»Wir werden unser Bestes tun, Kleines«, sagte Max augenzwinkernd und wandte sich wieder an Niall. »Du siehst verdammt gut aus. Die Scheidung scheint dir zu bekommen.«

Max hatte mir die Hintergründe von Niall und Portias Scheidung erklärt, dass sie geheiratet hatten, als sie gerade mal die Highschool beendet hatten und bis letzten Sommer zusammen gewesen waren, als sie beide beschlossen, dass es nicht mehr funktionierte. Max hatte mir auch gesagt, dass »nicht mehr funktionieren« ein anderer Ausdruck war für: *Porta ist ein Biest*.

Falls Max' Kommentar Niall irgendetwas ausmachte, dann zeigte er es nicht. Stattdessen ließ er sich auf die Couch sinken und atmete tief durch – es schien, als hätte er das seit Langem nicht mehr getan.

»Du weißt, dass ich nie schlecht über Portia sprechen würde«, sagte er schließlich und schüttelte lächelnd den Kopf, »aber ja: Ich fühle mich besser denn je.«

Das Babyfon auf dem Beistelltisch übertrug ein leises Geräusch aus dem Kinderzimmer, und ich stand auf, erklärte, dass Anna anscheinend ihren Mittagsschlaf beendet hatte und ich kurz zu ihr gehen würde.

Ich konnte die Männer reden hören, während ich Anna wickelte, hörte das Klirren ihrer Bierflaschen und ihr Lachen und lächelte zu meiner Tochter hinunter.

»Bereit, deinen Onkel kennenzulernen?«, flüsterte ich, und sie gab kleine Laute von sich, lächelte zurück und strampelte mit ihren besockten Füßchen. Ich hob sie hoch, dann machten wir uns auf den Weg zum Wohnzimmer, wo beide Männer ihre Unterhaltung augenblicklich unterbrachen. Max sah aus wie der stolzeste Vater der Welt, während Niall vor Ehrfurcht zu erstarren schien.

»Sie ist atemberaubend«, sagte er schließlich, stellte seine Flasche auf dem Tisch ab und stand auf. »Absolut zauberhaft, Sara. Gut gemacht.«

»Sie ist eine wahre Schönheit, stimmt's?« Max kam durch den Raum, um sie mir abzunehmen, küsste mich auf die Stirn und kehrte mit Anna auf dem Arm zu seinem Bruder zurück.

»Mum muss vollkommen aus dem Häuschen sein«, sagte Niall und strich mit dem Finger über den Saum der Decke.

»Du machst dir keine Vorstellung«, sagte Max. »Wenn ich sie mit Anna besuche, bin ich keine fünf Minuten in ihrer Wohnung, schon hat sie sie mir entrissen.«

Mein Herz schwoll an, als ich die Brüder so zusammen erlebte, und ich ging in die Küche, ließ sie allein, während sie sich auf den neuesten Stand brachten.

Müde von einem langen Reisetag, sagte Niall ungefähr zu dem Zeitpunkt gute Nacht, als ich Annabel in ihre Wiege legte.

Da die Wohnung jetzt göttlich still war, knipste ich das Licht aus und überprüfte noch einmal die Haustür, bevor ich zu Max ins Schlafzimmer ging, der gerade dabei war, winzige rosafarbene Strampler und Socken zusammenzufalten und sie in einen Korb auf dem Bett zu stapeln. Ich legte mich neben ihn und sah zu.

»Du bist ziemlich sexy, wenn du so den Hausmann spielst«, sagte ich und ließ meine Hand über die Rückseite seines Oberschenkels wandern.

»Wenn du das hier heiß findest, dann solltest du mal zusehen, wie ich eine Windel wechsle.«

»Schon geschehen; was glaubst du, warum ich dich geheiratet habe? Deswegen und wegen deines Akzents. Oh, und wegen deines gigantisches Penis.«

»Ganz genau«, sagte er und beugte sich zu mir herüber, um mich zu küssen. »Und ich habe dich geheiratet, weil du so liebenswürdig und schlau und verdammt sexy bist. Nicht zu vergessen, dass du es mit der ganzen Welt aufnehmen kannst.«

»Apropos, es mit der Welt aufnehmen«, sagte ich und faltete ebenfalls ein Paar Socken. »Schätze, ich bin ein bisschen zu früh dazu zurückgekehrt.«

Max stellte den Korb beiseite und kniete sich vor mich auf den Boden. »Bist du noch nicht so weit, Kleines?«

Ich hob eines von Annas kleinen T-Shirts hoch, eines, das ihr vor ein paar Wochen noch gepasst hatte und jetzt bereits zu klein war. Ich erinnerte mich kaum an sie in dem Hemd, und sie war da einfach so rausgewachsen. Was um alles in der Welt würde ich erst verpassen, wenn ich den ganzen Tag fort war? Und trotzdem …

»Doch, das bin ich«, sagte ich ehrlich. »Es fällt mir nur schwer, die Schuldgefühle zu verdrängen, die mich immer wieder befallen, weil ich zur Arbeit zurückkehren *wollte*.«

»Warum um Gottes willen solltest du die verdrängen wollen? Lass es zu, alles gleichzeitig zu empfinden, Sara. Und dann trittst du einen Schritt zurück und stellst fest, dass du tun kannst, was immer du auch willst. Du kannst es mit der Welt aufnehmen *und* immer noch die beste Mutter und Ehefrau der Welt sein. Annabel wird damit aufwachsen, dass du alle Sachen gleichzeitig machst, und sie wird deshalb wissen, dass sie ebenfalls alles kann, wenn sie es will.«

Max stand auf und setzte sich neben mich aufs Bett.

»Und ich hab nachgedacht: Ich weiß, dass du zurück in den Club willst, und ich will, dass du weißt, dass ich das auch will. Mir ist da etwas durch den Kopf gegangen, etwas, worüber wir letztens gesprochen haben. Dass es einmal eine Zeit gegeben hat, in der es sich anfühlte, als würde Annabel nie schlafen, wir es aber so langsam durch diese Phase hindurchgeschafft haben?«

Ich nickte.

»Vielleicht sollte das unsere neue Regel sein. Dass wir unseren Weg beim Gehen finden.«

»Ich weiß, ich hab neulich das Gleiche gedacht. Ich war in den letzten Wochen so damit beschäftigt, zu beweisen, dass ich noch dieselbe bin – dass wir es sind –, aber wir sind es nicht mehr, stimmt's? Und wir müssen es nicht sein. Ich liebe dieses neue Leben, und ich liebe diesen neuen Max, genauso sehr wie den alten. Vielleicht sogar noch ein wenig mehr.«

Max lehnte sich an mich und hob mein Kinn, bevor er mir einen langen Kuss auf die Lippen gab. »Das hört sich gut an«, sagte er. »Also gehst du wieder arbeiten, und wir machen mit dem hier weiter.« Er küsste mich auf beide Wangen und zeigte zwischen uns. »Wir machen das, was für *uns* beide am besten funktioniert. Ich freue mich tatsächlich schon darauf, Anna öfters bei mir im Büro zu haben, und Mum – mal ganz abgesehen von Will – wird begeistert sein.«

Ich zog Max zu mir hinunter und legte ein Bein zwischen seine Oberschenkel. »Weißt du, es schlafen schon alle.«

»Denkst du etwa, du könntest leise sein bei dem, was ich mit dir anstellen würde? Ich bin beleidigt«, sagte er und lächelte dicht an meinem Mund.

»Keine Ahnung. Aber ich bin absolut bereit, es auszuprobieren. Vielleicht könntest du mich ja knebeln?«

Max' Augen weiteten sich, und er begann, mein Kleid

aufzuknöpfen. »Ich denke, wir überlegen uns da was. Tatsächlich …«

Wie auf Bestellung suchte sich Annabel genau diesen Moment aus, um loszuheulen.

»Gib ihr eine Minute. Vielleicht schläft sie ja von alleine wieder ein«, sagte ich und vergrub mein Gesicht an seinem Hals. Er roch so gut: wie der Max, den ich immer gekannt hatte, aber auch ein bisschen wie Anna. Er würde gleich so was von gevögelt werden.

Das Weinen dauerte bereits zwei Minuten an. Ich befreite mich gerade aus Max' Armen, um Anna hochzunehmen, als es plötzlich in der Wohnung still wurde.

Wir sahen uns beide an, bevor wir unsere Aufmerksamkeit wieder dem Flur zuwandten. »Was ist das?«, fragte Max.

Ich lauschte, unfähig, das leise Singen näher auszumachen, das ich aus dem Wohnzimmer hörte. Wir standen beide auf und zogen uns rasch an, bevor wir auf Zehenspitzen den Flur hinunterschlichen.

Wir tapsten um die Ecke. Urplötzlich blieb Max stehen, sodass ich von hinten in ihn hineinlief. »Was geht da vor sich?«, flüsterte ich.

Max trat einen Schritt zur Seite, und da sah ich Niall: Schlips und die oberen Hemdknöpfe geöffnet, ging er auf Socken hin und her durch den Raum und redete leise auf Annabel ein, die ihn mit glänzenden Augen ansah.

»Echt, ich werd nicht mehr«, sagte Max. »Hat ja nicht gerade lange gedauert, dass sie sich in ihn verliebt hat. Nicht, dass mich das wundert, falls ich das sagen darf.«

»So ist's gut, kleines Mädchen«, murmelte Niall und küsste sie sanft auf die pummelige Wange.

Anna starrte ihn weiter wie verzaubert an, und Max und ich sahen einander an.

»Niall ist ein Naturtalent«, flüsterte ich Max zu.

Er sah kurz zu seinem Bruder hinüber, bevor er sich erneut mir zuwandte. »Denkst du das Gleiche wie ich?«

SECHS

Max

Am nächsten Morgen starrte ich meinen Bruder beim Frühstück an, während er von seinem Toast abbiss und den Wirtschaftsteil der Zeitung studierte, ohne meinen Blick überhaupt wahrzunehmen. Es war lange her seit unserer letzten Begegnung – länger, als wir je zuvor getrennt gewesen waren. Ehen begannen und endeten, Karriereleitern wurden erklommen, Kinder geboren, diverse Familienverpflichtungen und eine Myriade an anderen Hindernissen – all das hatte mich von England ferngehalten und ihn von den Staaten. Auch wenn ich nur zehn Monate älter war als er, brauchte ich ihn nur zu sehen, und schon übermannte mich wieder dieser Beschützerinstinkt eines älteren Bruders, den sein ruhiger Stoizismus immer in mir auslöste.

Denn da er nur selten etwas anderes sagte, musste ich sicherstellen, dass es ihm wirklich gut ging.

Er wirkte dünner, aber auch fitter. Ich hatte es ernst gemeint, als ich sagte, dass ihm die Scheidung gut zu Gesicht stand. Anstatt niedergeschlagen zu wirken von dem nervenraubenden Gezerre der üblichen Verhandlungen, kam es mir so vor, als wäre ihm eine sprichwörtliche Last von den

Schultern genommen worden. Er machte nicht mehr solch ein düsteres Gesicht, zog die Mundwinkel nicht mehr so hinunter. Es schien ihm wieder leichter zu fallen, zu lächeln.

Von all meinen Geschwistern waren Niall und ich uns äußerlich am ähnlichsten, aber charakterlich am unterschiedlichsten. Wir waren beide groß, hatten tendenziell athletische Körper und das hellbraune Haar unseres Vaters. Aber während es mich Jahre gekostet hatte, bis ich mir klargeworden war, was ich mit der Schule, den Mädels und diesen gigantischen Was-soll-ich-nur-aus-meinem-Leben-machen-Entscheidungen anfangen soll, hatte Niall von Geburt an wie ein kleiner Ingenieur gedacht: logisch, ruhig, genau.

Ich hatte mit fast jeder alleinstehenden Frau aus Manhattan was am Laufen gehabt; er hatte das erste Mädchen geheiratet, das er küsste.

Ich hatte Schwierigkeiten gehabt, einen Job zu finden, der mir gefiel, bevor ich schließlich Will kennenlernte und mit ihm eine Firma gründete; Niall hatte so früh schon als Bauingenieur brilliert, dass er mit achtundzwanzig bereits der Stellvertreter des Geschäftsführers der Londoner U-Bahn war, bevor er sich dann von einer Privatfirma abwerben ließ.

Ich redete, wie mir der Schnabel gewachsen war, teilte vielleicht etwas zu bereitwillig, liebte zu offenherzig. Niall hingegen überlegte sich jedes Wort drei Mal, bevor er es aussprach, verbarg seine intimen Wahrheiten vor anderen und war leider auch nie mit einer Frau zusammen gewesen, die ihm erlaubte, seine Gefühle in der Öffentlichkeit zu demonstrieren.

»Wie geht es dem Exmonster?«, fragte ich.

»Portia ist größtenteils mit dem beschäftigt, was sie immer tut«, sagte er und lachte leise. »Ab und zu bekomme ich eine Nachricht, dass dies oder das an der Wohnung repariert werden muss.«

Ich spürte die vertraute Hitze des Beschützerinstinkts in meiner Brust aufsteigen. »Dafür kann sie doch jemanden anheuern. Gott weiß, sie hat genügend eigenes Geld, plus deins.«

»Das kann sie tatsächlich«, stimmte er mit dem einzigartigen Lächeln eines befreiten Mannes zu.

Ich hasste es, was Portia ihm angetan hatte. Als sie Niall kennenlernte, war er ein schüchterner, netter, hingebungsvoller Teenager gewesen – zurückgelassen hatte sie eine emotional äußerst reservierte Version desselben Mannes. Es störte mich nicht, dass er so reserviert war; mich störte auch nicht seine neue emotionale Disziplin. Ich vermisste nur den Kerl mit dem ungezwungenen Grübchen-Lächeln und dem neugierigen Blick.

Aber egal. Er war in meiner Wohnung, kehrte endlich ins Leben zurück.

»Du hättest damals auf Robbies Party Teena Smith vögeln sollen, so wie ich es dir geraten habe.«

Niall wirkte kaum überrascht. »*Oi,* das wieder. Ich war bereits mit …«

»Ach, scheiß auf Portia. Teena hätte tagelang deine Rute bearbeitet.«

Er lachte, kratzte sich das Kinn. »Vielleicht aber auch ein bisschen zu eifrig, hm?«

»Ein eifriges Weib mit einem Blowjob-Mund und tollen Titten.«

»Hmh, mit tollen Titten«, stimmte er reumütig zu. »Verdammt tollen Titten.«

»Wer hatte tolle Titten?«, fragte Sara, die in die Küche kam, um sich einen Kaffee einzuschenken.

»Teena«, antworteten Niall und ich gleichzeitig.

»Die Frau, mit der ich hätte poppen sollen«, erklärte Niall.

»Und es ist äußerst bedauerlich, dass er es nicht getan hat«, fügte ich hinzu. »Portia hätte dann das unerträgliche Arschloch Richard geheiratet, und Niall hätte anstatt sich mit einer Ehefrau und Schulden zu belasten, einfach nur mehr guten Sex in der Uni gehabt.«

»Hmh.« Er pustete über die Oberfläche seines heißen Tees, bevor er sich wieder der Zeitung zuwendete. »Vielleicht.«

Sara musterte uns beide mit einem süßen fragenden Grinsen, bevor sie wieder aus der Küche verschwand.

»Also.« Ich hob die Kaffeetasse an meine Lippen.

Er lächelte, ohne aufzusehen. »Hmm?«

»Schön, dich hier zu haben.«

Mein Bruder nickte, nippte an seinem Tee. »Viel zu lange her.«

»Alles gut auf der anderen Seite des Teiches?«

Achselzuckend antwortete er: »Wie immer, schätze ich? Gut möglich, dass ich in ein paar Wochen noch mal zu einem Gipfeltreffen herkomme.«

»Ja?«, sagte ich, ein bisschen begieriger als intendiert.

Er nickte. »Ich werde öfter hier sein, weißt du. Also, spuck besser gleich aus, worauf du eigentlich hinauswillst.«

»Oh, du meinst die Sache, ob du heute Abend auf Anna aufpassen könntest, während ich mit meiner Frau ausgehe, um etwas Spaß zu haben?«

Er biss lächelnd in seinen Toast. »Ja, genau die Sache.«

»Es dürfte spät bei uns werden«, warnte ich.

»Das hoffe ich doch sehr.« Er sah mir in die Augen, der Blick durchtrieben und wissend, während er kaute, hinunterschluckte.

»Ich werde dir nicht sagen, was wir vorhaben, falls du das denkst.«

Lachend schüttelte er den Kopf, während er sich Tee nachschenkte. »Nun, bislang hatte ich gedacht, dass ihr einfach nur essen geht. Jetzt denke ich, dass ich es wohl besser nicht wissen will.«

Sara brachte Anna in die Küche, wollte zu mir kommen, aber Niall wischte sich Mund und Hände an einer Serviette ab und streckte die Hände nach dem Baby aus. »Komm her, Liebes. Weißt du, wer heute Abend auf dich aufpasst?«

Sara legte ihm die Kleine in die Arme und drehte sich zum Kühlschrank um, holte ein Fläschchen Milch raus. »Bist du dir sicher?«

Er nickte. »Möglich, dass ich euch eigenhändig rauswerfe.«

Sie lächelte ihn dankbar an. »Nun, ich werde gegen sechs Uhr gehen, aber es gibt genügend Fläschchen für den Rest des Abends«, sagte sie und sah ihn über die Schulter an. »Wir benutzen diesen Flaschenwärmer. Siehst du?« Sie stellte das

Fläschchen rein, drückte auf den Knopf, und wir sahen alle zu, wie es zu dampfen begann, dann gab es ein Piep, und die Milch war fertig. »Ganz einfach.«

»Wir kommen schon klar«, sagte er, nahm das Fläschchen und schüttelte es wie ein Profi, sodass sich die Wärme gleichmäßig verteilte. Er sah wieder zu Anna hinunter. »Nicht wahr, Prinzessin?«

Während ich ihn beobachtete, dämmerte mir, dass er sehr viel mehr Erfahrung mit Babys hatte als ich: Bei acht Geschwistern gab es insgesamt siebzehn Neffen und Nichten, und Niall war der Lieblingsonkel von ihnen allen.

Sara legte ihm eine Hand auf die Schulter. »Danke, dass du das machst.«

Er winkte ab und gab einen seiner steifen, ablehnenden Grunzer von sich.

»Das ist verlegenes Britisch für ›gern geschehen‹«, sagte ich lachend, während ich darauf wartete, dass Anna die Flasche wegschob und nach Sara weinte.

Niall sah zu ihr hinunter, während er ihr die Milch anbot. »Das ist mein Mädchen. Wer ist ein gutes Mädchen?« Er beugte sich vor und küsste sie auf die Stirn. »Aber unsere Kleine hat ganz schön Hunger, nicht wahr?«

Ich starrte ihn mit offenem Mund an, während ihre kleine Hand seinen Daumen umklammerte und sie zufrieden trank.

Teufel noch mal.

Wenn meine Tochter irgendeine übersinnliche Kraft hatte, dann die, ihre Mutter auch über mehrere Räume hinweg zu erspüren. Sobald Sara sich irgendwo in der Wohnung befand, nahm Anna nicht das Fläschchen von mir an, koste es, was es wolle.

Wütend sah ich Niall an. »Du musst wie eine Frau riechen.«

»Halts Maul«, sagte er, wobei er noch immer seinen babyberuhigenden Tonfall verwendete. »Warum ist dein Daddy so ein Wichser, hm? Ich habe hundert Nichten und Neffen, und er denkt, dass ich dieser kleinen Lady kein Fläschchen geben kann?«

Lachend stand ich auf und deckte den Tisch ab.

»Das kleine Mädchen hier weiß, welcher Onkel sie nach Strich und Faden verwöhnen wird«, flüsterte Niall so laut, dass ich ihn verstehen konnte. »Wer möchte ein Pony? Bist du das? Willst du eins? Ich werde dafür sorgen, dass du ein Pony bekommst.«

Stöhnend schlug ich mir gegen die Stirn, als ich an ihm vorbeiging, um nach Sara zu gucken.

»Gern geschehen, du Arsch«, sang er süßlich.

Ich fand Sara im Badezimmer, wo sie gerade die Diamantenohrringe anlegte, die ihr Vater ihr nach Annas Geburt geschickt hatte.

Ich küsste sie in den Nacken. »Dann werde ich also Scott bitten, uns hier um acht abzuholen …«

»Nein.« Sie drehte sich zu mir um, fuhr mit der Hand über mein Anzughemd, richtete meinen Kragen. »Nicht.«

Blinzelnd legte ich den Kopf schief, das Herz rutschte mir in den Magen. Hatte sie ihre Meinung geändert? »Willst du nicht gehen?«

Ihr Lächeln war angenehm beruhigend. »Natürlich will ich das. Aber ich will, dass wir uns dort treffen. Scott kann mich hinfahren. Du kommst unabhängig dorthin.«

Sie wollte alleine dorthin? »Aber wir sind immer zusammen hingefahren.«

»Ich will, dass wir keinen Ballast mit uns mitschleppen. Wenn Scott uns hier gemeinsam abholt, dann diskutieren wir noch über alles Mögliche wegen Anna, dann reden wir selbst im Wagen noch über sie. Ich denke, ich werde mit ihr etwas raus an die frische Luft gehen und anschließend ein paar Back-to-Work-Einkäufe unternehmen, dann zu deiner Mutter fahren. Am besten, ich spreche mich mit Niall ab. Scott kann mich hier abholen, und ich treffe dich dann bei Johnny. Wir können heute Abend einfach *wir* sein.«

»Bist du dir sicher?«

Sie sog ihre Unterlippe zwischen ihre Zähne und lächelte, bevor sie flüsterte: »Ja, ich bin mir sicher.«

Unschuld, Vorfreude, Lust und etwas Süßeres als purer Zucker. Alles, was ich an Sara liebte, vereinigte sich in diesem einzigen Gesichtsausdruck.

»Na schön. Dann treffe ich dich dort um neun.«

Ich ging mit der Erwartung zur Arbeit, Sara zum Mittagessen zu treffen oder zumindest einen Anruf von ihr zu bekommen, wie ich ihn sonst tagsüber immer bekam, aber irgendwie wusste ich auch, dass es heute anders sein könnte. Es war durchaus möglich, dass Sara heute etwas auf Distanz gehen würde, um sich in die richtige Stimmung zu bringen – und mit dieser Vorahnung sollte ich recht behalten. Das

Büro begann sich schon zu leeren, da bekam ich von ihr eine SMS, in der sie mir mitteilte, dass Niall Anna bei meiner Mutter abholen würde und sie wie geplant im Club auf mich warten würde.

Die Distanz war merkwürdig, aber auch erregend.

Ich ging nach Hause, duschte und zog mich um, dann schlenderte ich durch die Räume meiner leeren Wohnung. Niall hatte angerufen, um zu sagen, dass er in Kürze mit dem Baby da sein würde, und ich musste Sara zustimmen, dass es besser sein würde, wenn ich ginge, bevor sie einträfen. Annabel war in besten Händen, und die Eltern Max und Sara konnten für ein paar Stunden Pause machen.

Es gab nichts mehr zu tun; es war an der Zeit, meine Frau zu treffen.

Mein Handy surrte, als ich gerade das Haus verließ, eine SMS von Johnny: *Benutz die Vordertür.*

Wir waren immer durch den Hintereingang gegangen, der uns direkt zum Raum sechs führte. Nachdem Sara und ich bereits ein Dutzend Mal im Club aufgetreten waren, kannte uns beinahe jeder, der an einem Mittwochabend da sein würde. Wollte Johnny etwa, dass Sara den Club betrat und direkt im Mittelpunkt stand?

Mein Beschützerinstinkt flammte auf.

Hat Sara darum gebeten? antwortete ich.

Schnauze. Bin in einem beschissenen Meeting.

Das war so gut wie ein Ja; wenn es einen anderen Grund dafür gäbe, hätte er es gesagt.

Lachend antwortete ich in acht getrennten SMS:

Echt

Eine
Schande
Für
Deinen
Winzigen
Verschrumpelten
Schwanz.

Nachdem ich mir von unserem Fahrer Scott hatte bestätigen lassen, dass er Sara in der Wohnung meiner Mutter abholen würde, rief ich mir ein Taxi, das mich zum *Red Moon* bringen sollte. Ich hatte mir etwas Schlichtes angezogen, weil ich nicht wusste, wie Johnny den Raum für unsere Rückkehr in den Club arrangiert haben würde. Also trug ich eine schwarze Jeans und ein schlichtes grau kariertes Button-Down-Hemd. Es war so lange her, seitdem wir das letzte Mal durch den mysteriösen Vordereingang gegangen waren, dass ich tatsächlich etwas nervös war – wusste ich noch mit Sicherheit, wie man von dort nach unten kam? Ja, mit einem Code und dann ein paar Treppen hinunter zur Empfangsdame. Nur dass diesmal hinterm Tresen nicht Lisbeth auf meine Ankunft wartete, sondern eine beeindruckende Rothaarige, die mit ausgestreckten Armen um den Tresen herum- und auf mich zukam.

»Ich bin Trin«, sagte sie und hieß mich lächelnd willkommen. »Sie müssen Mr. Stella sein.«

Ich hatte meine Frau gevögelt, während mir alle im Club dabei zusehen konnten. Deshalb kam es mir ein bisschen schräg vor, so formell zu sein. »Max, bitte.«

»Schön, dich kennenzulernen.« Sie zeigte auf eine schwere Stahltür, durch die es in den Club ging. »Mr. French freut sich schon sehr darauf, dich und Mrs. Stella wieder im Ring zu haben.«

Ich hob lächelnd die Augenbraue. »Haben Ponyplay und die Multipel-Menage-Szenarien etwa an Reiz verloren?«

Sie schüttelte lachend den Kopf. »Ich glaube, die Stammgäste mögen Ihre Geschichte einfach«, sagte sie. »Sie ist süß. Und anders.«

Natürlich war sie das. Welches verheiratete Paar stellte schon seine intimsten Momente dermaßen krass vor absolut Fremden zur Schau? Wer lud schon die Welt ein, Zuschauer bei seinem Sexleben zu sein?

Aber wieder hier zu sein, selbst in diesem so wenig vertrauten Vorraum zum eigentlichen Event, fühlte sich köstlich unwirklich an. Ich konnte die Mischung aus Holzpolitur und Leder vom anderen Raum her riechen. Ich konnte den fernen Beat der Musik durch die mächtige Tür hämmern hören. Es war ein echter Sinnesreiz für mich, wieder hier zu sein, zu wissen, wie Sara abgehen würde, wenn sie beobachtet wurde, und wie ich dabei abgehen würde, ihr in voller Blüte zuzusehen. Es erstaunte mich noch immer, wie sehr es sie anmachte, sich zur Schau zu stellen; wenn man bedachte, dass sie in unserem Alltag zwar wunderschön, aber niemals anmaßend war, brillant, aber unendlich bescheiden.

»Wie geht es dem Baby?«, fragte Trin und lenkte damit meine Aufmerksamkeit fort von der Tür, zurück zu ihrem Gesicht.

»Es geht ihr gut, ja«, sagte ich und spürte, wie ein Grinsen sich meines Gesichts bemächtigte. »Sie ist zu Hause, mit meinem Bruder.«

Trin hob frech die Augenbrauen. »Du hast einen Bruder?«

»Ja, hab ich«, erwiderte ich lachend. »Er ist groß und megaintelligent, und er hat genügend unterdrückte sexuelle Energie, um diesen Club mit Strom zu versorgen. Vielleicht sollte ich dir mal seine Telefonnummer geben.«

Sie neigte den Kopf zur Seite, überlegte kurz und zog schließlich aus der obersten Schublade ihres Schreibtischs eine Karte hervor mit ihrem Namen und ihrer Telefonnummer. »Gib ihm die.« Dann machte sie mir ein Zeichen, dass ich zur Tür gehen sollte. »Mrs. Stella ist bereits drinnen. Ich will dich nicht länger aufhalten.«

Hinter der Tür breitete sich der Club in einen großen Hauptraum aus, der nur schwach von Wandleuchtern erhellt wurde und den eine dicke Tapete mit subtilen Streifen und Kreisen zierte. Samtvorhänge hingen neben einer Reihe von kleinen Alkoven, die niedrige Tische umgaben, sodass der gesamte Raum zugleich luxuriös und leicht mittelalterlich wirkte. In der Ecke stand eine kleine Bar, wie ich es in Erinnerung hatte, aber das Design des Raums war so verändert worden, dass sich die Bühne jetzt direkt in der Mitte befand, anstatt sich an einem Ende des riesigen Saals aus dem Fußboden emporzuheben.

Sara saß in einem Alkoven in der Mitte einer langen Wand, nippte an einem Cocktail und schien überraschenderweise überhaupt keine Schwierigkeiten damit zu haben, ganz alleine dort zu sein. Sie sah sich die Show an – eine Frau strippte zu einem langsamen Beat, während hinter ihr ein Mann nackt auf einen Stuhl gefesselt war.

Es war surreal, wie schnell mein Verstand von der täglichen Routine von Windeln und Investoren, Fläschchen und Verträgen zu der aktuellen Gegenwart eines privaten – und ziemlich illegalen – Raums wechselte, wo nur die bestvernetzten und reichsten Kunden hinkamen, um ihren dunkelsten voyeuristischen Fantasien zu frönen. Es war nicht weiter befremdlich, dass die Frau, die da strippte, nichts am Leib trug bis auf eine lange Perlenkette, die schwer zwischen ihren kleinen Brüsten baumelte, oder dass der Mann sie leise anflehte, ihm endlich Lust zu bereiten. Überall um uns herum nippten die Leute an ihren Drinks und unterhielten sich leise oder saßen einfach nur da und sahen sich die Hauptshow an, warteten darauf, dass sich die individuellen Räume für das Publikum öffneten.

Es gab in diesem Club sechs weitere Räume, die mit dem Hauptraum durch einen langen Flur verbunden waren. Das Setup war einfach: Jeder Raum beinhaltete eine andere Szenerie, mit Tischen vor einem Fenster, durch das man hineinschauen konnte. Die Kunden konnten etwas trinken, während sie einen perfekten Einblick hatten, wie einige der dunkelsten, süßesten und schmutzigen Fantasien zum Leben erweckt wurden.

Einige der Darsteller im Club waren Stammgäste – erfahrene Doms, Broadway-Darsteller mit exhibitionistischen Tendenzen, die sich ein gutes Trinkgeld nebenher verdienten, oder Tänzer, die bereit waren, alles auszuprobieren –, und einige waren Halbbekanntschaften von Johnny, die ihn angebettelt hatten, einmal in seinem angesehenen Club auftreten zu dürfen. Sara und ich waren die einzigen Freunde von ihm, denen er ein festes Zeitfenster zusicherte: An den Mittwochabenden gehörte uns der Raum sechs, solange wir wollten.

Auch wenn wir nie Geld nahmen – anders als einige andere, die in diesem Club ›auftraten‹ –, wurde die Mittwochnacht in Raum sechs zu einem der beliebtesten Acts und damit zu einer recht profitablen Show für Johnny. Wir wussten das allerdings nur, weil Johnny es uns sagte. Wir sahen nie auch nur ein einziges Gesicht aus unserem Publikum; anders als am ersten Abend und dem heutigen Abend waren wir immer durch den Hintereingang in den Club gekommen.

Und als ich das kurze Stück von der Stahltür bis zum Tisch ging, hörte ich, wie Bewegung in die Menge kam, hörte, wie die Leute sich aufrecht hinsetzten, als es ihnen dämmerte. Ich konnte die subtilen Gesten spüren, hörte es flüstern: *Sie sind zurück*.

Hatte Sara das auch wahrgenommen?

Hatte es ihr gefallen? Ich spürte einen Schauer meine Wirbelsäule hinaufklettern, spürte, wie mein Herz zu hämmern begann bei der Vorstellung, dass Sara hier saß und wie oft diese Leute zugesehen hatten, wenn ich sie vögelte. Bei der Vorstellung, dass sie allein bei dem *Gedanken* daran feucht wurde.

Als Trin mich zu ihr führte, sah Sara hoch und stand auf. In meinen Adern gefror das Blut.

Sie trug ein kurzes schwarzes Kleid, schlicht, aber mit einem Perlendetail, das ihm etwas leicht Funkelndes verlieh. Es würde fantastisch unter den Lichtern aussehen, begriff ich, und dann lächelte ich, als mir in den Sinn kam, dass es noch besser ausgezogen aussehen würde, als Häufchen auf dem Boden liegend. Ihre Augen waren mit einem warmen Braunton umrandet, ihre Lippen verführerisch rot. Die Art, wie sie sich heute Abend zurechtgemacht hatte, war eigentlich nicht sonderlich ungewöhnlich, doch die Hitze in ihrem Blick – das teuflische Feuer, der herausfordernde Zug um ihren Mund, die Art, wie sie mir nur kurz ins Gesicht sah, bevor sie meinen Körper musterte – brachte meine Haut zum Glühen.

Ich beugte mich zu ihr hinunter, küsste sie auf die Wange. »Hallo, Kleines.« Ich atmete die Süße ihrer Haut ein, ließ meine Lippen zu ihrem Ohr wandern. »Du siehst verflucht *schön* aus.«

»Hallo, Fremder.« Sie setzte sich wieder auf die Bank und sah auf den Platz neben sich, als ob sie mir klarmachen wollte, dass ich direkt neben ihr sitzen sollte, nicht auf der anderen Seite des Tisches. Es gab ein paar feste Regeln im Club. Nicht mehr als zwei Drinks, keine Berührung zwischen den Kunden, jeder war freiwillig hier, und das erste Anzeichen des Gegenteils würde dafür sorgen, dass die Faust Gottes – à la Johnny – hinuntersausen würde.

Ich wusste, dass ich Sara eigentlich nicht hier, im Hauptraum, anfassen sollte, aber galten diese Regeln wirklich auch für uns, wenn wir doch so offensichtlich zur Show gehörten? Es hatten mehr Leute den Blick auf uns an unserem winzigen Tisch gerichtet als auf die nackte Frau, die inzwischen den Schwanz des weiterhin auf einen Stuhl gefesselten Mannes tief in den Mund genommen hatte.

Ich setzte mich neben sie, lehnte mich an sie und leckte an ihrem Hals.

»Max«, warnte sie.

»Sie gucken uns zu«, erwiderte ich. »Denkst du, sie wollen zusehen, wie ich hereinkomme und mich dann an die Regeln halte?« Ich küsste mir einen Weg zu ihrem Mund, teilte ihre Lippen mit meinen und saugte an ihrer Zunge, bevor ich flüsterte: »Ich hab dich den ganzen Tag über nicht gesehen und werde dich verdammt noch mal genau so begrüßen, wie ich es meinem Gefühl nach tun muss. Scheiß auf Johnny und seine Regeln.«

Und tatsächlich hatte ich recht: Niemand kam an unseren Tisch und bat uns zu gehen.

Niemand gab mir ein warnendes Zeichen quer durch den Raum.

Stattdessen fühlte es sich an, als würden alle den Atem anhalten und uns zusehen.

»Wie lange bist du schon hier?«, fragte ich.

Sie zuckte die Schultern, schob sich eine lange Haarsträhne hinters Ohr. Das war auch eines der Dinge, die sich im Verlauf des vergangenen Jahres geändert hatten. Ihr Haar war lang geworden und lockig. »Vielleicht zehn Minuten vor dir.«

Ich musterte ihr Gesicht – das Erröten ihrer Wangen, das rasche Einatmen, die Art, wie sie ihren Blick kaum von meinem Mund abwenden konnte. »Hast du gespürt, dass sie dich beobachten?«

Sie nickte.

»War das komisch?«

Sie schüttelte langsam den Kopf, bevor sie flüsterte: »Nein.«

Ich schob meine Hand unter das Tischchen, zwischen ihren nackten Schenkeln hinauf bis zu der weichen Spitze ihres Höschens darunter. Ich konnte die Hitze durch den Stoff hindurch spüren, er wärmte meine Finger. »Hat es dich feucht gemacht?«

Sie sah auf meinen Mund. »Ja.«

»Woran, glaubst du, erinnern sie sich am meisten?« Ich rieb meine Finger über ihre Klit unter der Spitze, küsste ihre Wange und dann ihre Lippen, küsste die rundeste Stelle ihres so verdammt perfekten Mundes.

»Vielleicht an das Mal, als ich dich gefesselt habe«, sagte sie und nahm mein Gesicht in ihre Hände, sodass sie meinen Kopf etwas neigen und mit den Zähnen über mein Kinn fahren konnte. »Oder vielleicht, als wir zum ersten Mal …« Sie hielt inne, lächelte wissend.

Ich nickte. Hier hatten wir das erste Mal Analsex gehabt. Irgendwie hatte es sich sicherer angefühlt, bedächtiger. Ihr Hunger, ihre Überraschung, ihre Lust war so unverfälscht gewesen. Und ja: Sobald sie es ausgesprochen hatte, war ich mir sicher, dass niemand der heute Anwesenden, der es damals gesehen hatte, jemals ihren weich geschwungenen Mund vergessen würde, als sie mich tief in sich spürte und als sie härter kam, als sie meines Wissens jemals zuvor gekommen war.

Die Aufmerksamkeit im Raum ebbte kurz ab und kehrte dann wieder zurück, wanderte zwischen dem Hauptakt und uns hin und her. Wir waren die ruhigere Option, waren immer der stille Akt gewesen. Was wir anboten, war kein harter Fick, es waren einfach nur *wir* – eine Beziehung, die sich vertiefte, Vertrauen, das sich festigte, intensivierte, sexuelle Entdeckungen, die fortschritten. Im Gegenzug erhielten wir einen sicheren Ort, wo wir *alles* ausprobieren konnten.

Wir tranken normalerweise vor der Show nicht viel, aber da es bei dieser besonderen Situation darum zu gehen schien, alle Regeln zu brechen – getrennt anzukommen, durch die Vordertür einzutreten und uns im Hauptraum zu berühren –, winkte ich die Kellnerin mit einer leichten Handbewegung zu uns. Sie brachte mir ein Wodka-Gimlet, und Sara bestellte ein Club Soda mit Limette.

Ich war so aufgeregt wegen dem, was folgen würde, dass meine Hand beinahe zitterte, als ich das Glas an meinen Mund führte, weshalb ich es erst recht tun musste. Ich musste ruhig sein, mich wieder an die Atmosphäre gewöhnen, bevor wir in unseren Raum gingen. Wir nippten an unseren Drinks und beobachteten die anderen Leute um uns herum, einigten uns wortlos darauf, die wahre Show für Raum sechs aufzuheben.

Eine große Frau in einem wallenden pinkfarbenen Negligé, unter dem nichts als glitzernde, ebenfalls pinkfarbene Nippel-Pasties zu sehen waren, kam an unseren Tisch und gab uns ein Zeichen, dass es jetzt so weit war.

Sara stand auf, und ich folgte ihr, spürte, wie es im Raum still wurde. Während wir zum Flur gingen, hörte ich das leise Scharren der Stühle, die von den Tischen geschoben wurden, die Schritte, die uns mit respektvollem Abstand folgten.

»Bist du bereit für das hier?«, fragte ich Sara.

Ich konnte sie lächeln hören. »Ja.«

Das Herz schlug mir bis in den Hals. Wir gingen an den Szenerien der anderen Räume zu unserer Linken vorbei.

Eine Orgie von Männern.

Eine ältere Frau, die einen Mann stimulierte, der unglaublich jung aussah – als wäre er vielleicht erst an dem Tag achtzehn geworden.

Ich beobachtete, wie Sara selbstsicher an Gästen vorbeiging, die sie ansahen, als ob sie sie kennen würden. Ich fühlte ihre Blicke auf meinem Gesicht.

Zu unserer Linken wurde eine Frau gerade auf der anderen Seite des Fensters gefesselt und für anale Penetration vorbereitet.

Hinter einer leichten Kurve sah ich die Tür zu unserem Raum, und bei diesem Anblick schien mein Körper zum Leben zu erwachen.

Ich wusste vorher nie, was ich bezüglich der Raumdeko zu erwarten hatte; an manchen Abenden hielt Johnny den Raum sechs schlicht, mit einem Bett und sonst nichts. An anderen Abenden sah er aus wie mein Wohnzimmer, ein luxuriöses Hotelzimmer oder, einmal, wie ein Bungalow in den Tropen.

Heute Abend hatte sich Mr. French für eine schlichte Variante entschieden: ein schimmernder silberner Rollwagen mit einer Karaffe Scotch und etwas Schokolade, ein weicher Teppich, der den größten Teil des glatten Holzfußbodens bedeckte, und ein riesiges Bett mitten im Raum. Weiche pflaumenfarbene Laken bedeckten die Matratze, die ansonsten nackt war.

Ich ging zu dem Rollwagen, sah über die Schulter zu Sara.

Die Erregung, hier zu sein, übermannte mich bereits: Ich musste mich von mir selbst ablenken durch eine Aktivität, die nichts damit zu tun hatte, dass ich Sara am liebsten auf die Matratze werfen und schänden wollte.

»Willst du was trinken?«, fragte ich, während ich mir selbst ein bisschen Scotch einschenkte, und sah zu ihr auf.

»Sicher. Ein klein bisschen davon.« Sie nickte zu der Karaffe in meiner Hand. Sara trank nur selten harten Alkohol, aber erneut: Heute ging es darum, Regeln zu brechen. Jetzt schien sie so in ihrem Element zu sein, so verflucht begeistert. Ich konnte an der Röte ihres Halses sehen, wie sehr der Gang den Flur hinunter sie erregt hatte.

Ich goss ihr ein kleines Glas Whisky ein, und sie nahm es mir ab, tauchte einen Finger hinein und zeichnete damit eine nasse Linie über ihren Hals.

Eine Einladung.

»Fangen wir also an?«

Ihr Lachen war ein leises, heiseres Etwas. »Wir haben doch schon vor einer Stunde angefangen.«

Ich kippte meinen Scotch hinunter, trat einen Schritt auf sie zu und beugte mich vor, um über ihren Hals zu lecken.

»Als wir das letzte Mal hier waren, war ich schwanger«, flüsterte sie, und ich fragte mich, wie fest sie die Aufmerksamkeit durch das Spiegelglas hindurch auf ihrem Rücken spürte.

»Du warst wunderbar«, korrigierte ich sie.

»Erzähl mir, was wir an dem Abend gemacht haben.«

»Wir haben uns hingelegt«, sagte ich und sah ans andere Ende des Raums, wo das Bett damals gestanden hatte, direkt an dem verspiegelten Fenster, das andere hineinschauen ließ, während wir nicht hinaussehen konnten. »Ich hatte mich von hinten um dich geschlungen, dich so genommen.«

»Auf sanfte Weise«, unterbrach sie mich lachend.

Ich lächelte an ihrer Schulter, knabberte daran. »Trotz deiner Bemühungen, ja, auf sanfte Weise. Aber ich habe zugesehen, wie du mit einem Schrei gekommen bist, in Richtung des Spiegels, was sie bestimmt auch gesehen haben.«

Ihre Finger wanderten meine Brust hinauf und berührten die nackte Haut unter dem Kragen meines Hemdes. »Und was ist dann passiert?«

Tief einatmend, schloss ich die Augen angesichts der Erinnerung, die mein Herz heftiger schlagen, sich schneller zusammenziehen ließ. »Auf dem Weg nach Hause hattest du im Wagen einen Blasensprung.«

»Und dann was?«

Und dann was.

Und dann waren wir umgedreht, waren in einem berauschendem Nebel aus Furcht und Vorfreude zum Krankenhaus gefahren, und ich war in die Notaufnahme gestürmt, Sara auf den Armen tragend, und hatte um Hilfe gerufen, als wäre sie angeschossen worden und hätte nicht einfach nur zu gebären begonnen.

»Und dann wurde dreißig Stunden später Annabel Dillon Stella geboren.«

»Wir haben ein *Baby* bekommen, Max.« Sie hob das Kinn zu einem überwältigenden, stolzen Lächeln.

Ich lächelte zu ihr hinunter, spürte, wie meine Brust sich weitete, bis sie die gesamte Welt in sich aufnahm. »Ja, das haben wir, verdammt noch mal.«

Sie fuhr mit der Hand meinen Oberkörper hinunter und umfasste die geschwollene Spitze meines Schwanzes mit der Hand, drückte und strich sie langsam durch meine Hose hindurch. Einfach so. Es gab keine Überleitung. Keine Notwendigkeit für sie, eine Distanz zwischen die Erinnerung an die Geburt und eine solche Berührung zu legen. Kein Unterschied zwischen Sara, der Mutter, und Sara, meiner Geliebten.

»Und jetzt sind wir wieder hier«, sagte sie und reckte sich, um meine Kehle zu küssen. »Allein in diesem Raum zu sein macht mich schon wild. Ich liebe es so sehr.«

Ich schloss die Augen und stöhnte. »Ich liebe *dich*.«

»Und ich liebe dich.« Ich spürte, wie sie sich streckte, mit den Zähnen über meinen Hals fuhr. »Was glaubst du, wie es für sie ist, uns heute Abend zuzusehen?«

Ich blickte kurz über ihre Schulter zu dem riesigen Spiegel hinüber. »Ich glaube, es ist eine abgeschwächte Version davon, wie es sich für uns anfühlt, heute Abend hier zu sein.«

»Als ob sie sich mit uns auf dieser Reise befänden, irgendwie.«

»Ja«, stimmte ich zu. »Hast du gemerkt, wie sie uns den Flur hinunter gefolgt sind?«

»Sie alle.« Sara legte den Kopf in den Nacken, packte mit den Händen mein Haar, als ich mich vorbeugte und sie weiter unten küsste, durch ihr Seidentop hindurch auf ihr Brustbein. »Mir war immer klar, dass uns Leute zusahen. Mir war nur nicht klar, dass es beinahe *alle* sind.«

Als ich den Reißverschluss ihres Kleides öffnete und es Zentimeter für Zentimeter ihre Schultern hinunterschob, hatte ich das Gefühl, als würde ich ihren neuen Körper durch die Augen der Zuschauer wahrnehmen. Ich wusste, dass sie sehen konnten, was ich sah – die volleren Brüste, die Rückkehr ihrer schmalen Taille. Sie würden heute Abend alle Vorteile der Veränderung sehen – von üppig und schwanger zu ihrem jetzigen Körper: schmal, reif und verdammt verrucht. Halb nackt in ihrem kostbaren Kleid war sie eine Sirene, ihre Nägel ein zartes Pink, ihre Lippen voll und feucht. Weich. Alles an ihr war so verdammt *weich*.

Ich sah zur Seite, kurz in die Richtung der Zuschauer, und ich wusste, dass jeder von ihnen meinen knallharten Beschützerinstinkt und meinen Stolz erkennen konnte.

Seht sie euch an, dachte ich, als ich ihren BH öffnete. *Seht euch diese verdammt schöne Frau an.*

Ihre Brüste waren fest, als ich eine mit der Hand umschloss, und eine Flut der Wärme schoss durch mich, als ich begriff, dass sie nicht abgepumpt hatte, bevor sie hierhergefahren war.

»*Himmel*, Sara.«

»Jetzt steh schon dazu, Stella.« Mit einem hinterhältigen kleinen Lächeln zog sie das Hemd aus meiner Hose. »Wenn wir heute Abend spielen, dann wollen wir doch richtig spielen.«

Sie öffnete die Knöpfe meiner Jeans und schob eine Hand in meine Boxershorts. »Hier drinnen wirst du nicht so tun, als würde es dich nicht verrückt machen, an ihnen zu saugen oder deine Handflächen nass werden zu lassen. Du wirst nicht so tun, als ob mein Körper, so wie er jetzt ist, nur für sie sei. Er ist auch für dich. Du hast es getan. *Steh* dazu.«

Sie drückte ihren Handballen an mich und gab ein leises Stöhnen von sich. Ich war so hart, dass es an der Grenze zwischen Lust und wahrem Unbehagen war. *Das* war es, was sie mit mir machte. Sie riss jeden Gedanken und jede Empfindung aus mir heraus, sodass sie mich mit nichts als diesem brennenden Verlangen nach ihr ausfüllen konnte.

»Sie werden dir zusehen und sich fragen, wie es sich anfühlt«, sagte sie. »Ob es dir gefällt.« Sie dämpfte ihre Stimme zu einem Flüstern, während sie mit dem Nagel ihres Zeigefingers über mein Schlüsselbein strich. »Sie werden sich fragen, wie oft du sie fickst.«

Ich konnte sie kaum so ansehen – euphorisch und sexy und im vollen Bewusstsein ihrer selbst –, ohne einen heftigen Schwall an Emotionen in meiner Brust aufsteigen zu fühlen; ich schluckte, meine Hände zitterten, als ich ihr Kleid ihre Hüften hinunterschob. Ihr Verlangen war spürbar, wuchs und erfüllte den Raum, und es begann, auch mich zu verschlingen: Ich wusste, wie es sich in dem kleinen Spalte Haut zwischen ihren Beinen anfühlte. Wie glitschig und feucht sie sich an meinen Fingern anfühlen würde.

Der Stoff fiel zu Boden – er sah genauso gut aus, wie ich es vorhergesehen hatte –, und ich hielt mich nicht groß damit auf, ihr Spitzenhöschen auszuziehen, sondern schob sofort meine Hand hinein, mit suchenden Fingern. Sie war bereits klitschnass.

»Fuck.«

»Sie fragen sich, warum dein Mund noch nicht an meiner Brust ist«, flüsterte sie und zog meinen Kopf hinunter, bis ich an der harten pinkfarbenen Spitze leckte, bis ich die

Süße an meiner Zunge fühlte. Ich stöhnte auf, drückte sie mit einer Hand, die angefangen hatte, sich gierig anzufühlen und mehr als ein bisschen wild. Sie schob ihre Hände meinen Rücken hinunter. »Sie fragen sich, wie es wohl ist, mit ihnen so zu spielen.«

Stöhnend saugte ich an ihren Nippeln und drehte Sara so um, dass ihr Blick auf den Spiegel gerichtet war und sie sehen konnte, was auch unser Publikum sah: mich, der sich nach vorne beugte, um ihre Brüste zu erreichen, sie zu einem feuchten Glanz zu lecken, sie noch voller und fester werden zu lassen.

»Ich werde sie ficken«, flüsterte ich.

»Ja«, keuchte sie.

»Ich werde über und über an diesem hübschen Hals kommen und dann deine Möse so tief lecken, dass sie an meinem Gesichtsausdruck erkennen, wie süß du schmeckst.«

Sie schob mich, bis ich die Matratze erreicht und mich hingesetzt hatte, und dann setzte sie sich auf mich, beugte sich vor, um meinen Mund mit ihrem zu verschließen. Ich gab einen Laut von mir, der eine Mischung war aus einem Stöhnen und einem Flehen nach mehr, als sich ihre Zunge in meinen Mund schob, winzig und süß, aber fordernd, hungrig, gierig danach, zu empfinden und zu beherrschen. Ich liebte meine Sara, wenn sie so war, kommandierend und stark, ihre Fäuste in meinem Haar, sodass sie meinen Kopf nach hinten ziehen und mich so positionieren konnte, wie sie es wollte. Sie beherrschte jede einzelne verdammte Zelle in meinem Körper, jeden Atemzug, jeden Reflex.

Ich konnte meine Hände kaum von ihren Brüsten lösen,

die ich bearbeitete, knetete, ich liebte es, wie straff sie sich unter meinen Fingern anfühlten, liebte die Nässe auf meinen Handflächen. Ich drehte sie so, dass ihr Rücken zum Spiegel zeigte und unser Publikum sehen konnte, wie meine Hände über ihre Rippen glitten, ihren Rücken, zu ihrem Hintern hinunter.

Sie hockte sich über meinen Schwanz und drückte mich dann runter, bis ich auf dem Rücken lag und sie mir mit einem schwungvollen, entschiedenen Ruck die Hose und die Boxershorts ausziehen konnte.

»Socken«, befahl ich leise, und sie kicherte, während sie mich komplett auszog.

Meine Frau warf mir einen Blick zu, der einige ziemlich versaute Absichten kommunizierte, bevor sie sich meine Beine hinaufleckte und sie dann auseinanderdrückte, um mit der Zunge über meine Eier zu fahren.

»Du kleine dreckige Schlampe«, sagte ich lachend und schloss die Augen, während sie mit glitschiger Zunge über meinen Schwanz fuhr. Ich packte ihre Haare mit der Faust und führte sie, weil sie sich so wild und ungestüm auf mir bewegte. Ich stützte mich auf einen Ellbogen und schlug mit der anderen Hand fest auf ihren Hintern, stöhnte, als sie sich in Reaktion darauf nur tiefer über meinen Schwanz schob, die Spitze tief in ihren Rachen aufnahm.

Es war *zu* gut – zu viel Nässe und Saugen und Ziehen, als dass ich es lange aushalten konnte –, und ich rückte ein wenig von ihr ab und drehte sie auf den Rücken. Ihr überraschtes Kichern brachte mich zum Grinsen, und ich schob mich über sie, drückte ihre Brüste um meinen Schwanz. Ich war noch glitschig von ihrem Mund und bewegte mich hektisch auf ihr vor und zurück, vögelte sie mit einer wilden Hingabe, die ich mir so lange nicht mehr zugestanden hatte. Vielleicht würde ich Spuren bei ihr hinterlassen, doch das kümmerte uns beide nicht, dessen war ich mir sicher. Ich konnte auf ihrem Hals abspritzen, sie schänden, spüren, wie die Spitze meines Schwanzes die zarte Haut an ihrer Kehle traf, und es war diese derbe und besitzergreifende Art, das sah ich an ihrem Gesichtsausdruck, die sie brauchte.

Sie hatte es vermisst, mich so zu sehen, das wusste ich. Sie hatte es vermisst, mich so besessen und eroberungshungrig zu sehen, wild, von meiner Begierde übermannt. Musste sie wirklich daran erinnert werden?

Ich sagte ihr jeden Tag, dass sie wunderschön war. Jeden Abend spürte sie mein Verlangen nach ihr, wenn sie sich an mich kuschelte. Aber natürlich war es hier anders: Hier waren wir nackter, als wir es selbst in unserem Schlafzimmer waren, als ob wir hier ständig die Latte höher legten: Was waren wir bereit, mit diesen Leuten auf der anderen Seite des Fensters zu teilen?

Wir boten ihnen eine Show, ja, aber es war nie etwas Falsches daran. Es ähnelte mehr einem Spiel, bei dem wir jeden dunklen oder verruchten Gedanken, den wir hatten, offenlegen konnten, jeden gierigen Impuls, jede Verletzlichkeit, der Aufmerksamkeit geschenkt werden musste.

Siehst du? sagte sie mit ihrem Blick. *Du hattest vergessen, wie sehr ich es liebe, wenn du wild nach mir bist. Du hattest vergessen, dass wir hier mit Fetischen und Grenzen spielen.*

Aber ich erinnerte mich.

Und es war das *beste* Spiel. Ich erkannte den Augenblick, als sie es auch spürte, denn ihr Mund öffnete sich zu diesem beschwingten Lächeln, und sie lachte, glitt mit den Fingern über mich und bog den Rücken durch, um meinen Schwanz stärker an ihre Haut zu drücken.

Ich war kurz davor, ich konnte das Ziehen hinter meinem Bauchnabel spüren, wie es sich aufbaute und kreisend nach unten bewegte, bis ich wild war – eine Hand neben ihrem Kopf aufgestützt, während ich sie mit aller Macht fickte, die Hüften bewegten sich schneller und härter über ihr, bis ich ein knurrendes Geräusch hörte, das meine eigene Stimme war, die sie warnte, sie anflehte, ihr sagte, wie hart ich kommen würde und wo.

Auf ihrem Hals.

Auf ihren Titten.

Auf ihrem Kinn und ihrer Unterlippe, als sie sich mit großen Augen vorbeugte, zusah, wie ich mich auf ihr ergoss.

Noch immer keuchend, glitt ich ihren Körper hinunter, wischte mit der Hand über ihre feuchte Hand und legte meine Handfläche auf ihren Bauch, als ich mich zwischen ihren Beinen niederließ, ihre Hüfte küsste, ihren Schenkel und dann schließlich die Süße genau zwischen ihren Beinen. Ihre Hände fanden ihren Weg zu meinen Haaren und zogen an ihnen, ihre Hüften hoben sich von der Matratze, kreisten, während ich an ihr saugte und leckte. Ich wusste, wie ich es ihr rasch besorgen konnte, entlockte ihrer Kehle heisere Schreie, als sie kam. Und dann wurde ich langsamer, sah lächelnd zu ihr hinauf. Sie hatte die Augen geschlossen, wirkte erlöst, ihre Oberlippe glänzte vor Schweiß.

Ich richtete mich auf die Knie auf und schob meine Finger in sie, sah von oben zu, wie ich sie in sie pumpte, sie fickte. Ich hatte sie auf alle erdenkliche Weise nackt gesehen – mit weit gespreizten Schenkeln unter mir wie jetzt oder alleine unter der Dusche, während sie mich um mehr Lust oder weniger Schmerz anbettelte, vollkommen konzentriert auf meine Berührung, sodass sie mich kaum wahrnahm –, und es war etwas so Intimes, so Sicheres daran, diesen Anblick von ihr zu teilen und dennoch der Einzige zu sein, der sie jemals anfassen konnte, der jemals jeden einzelnen ihrer stilleren Momente kennen würde.

Niemand sonst würde jemals sehen, wie sie unser Kind auf die Welt brachte oder sich im Badezimmer vorbeugte und sich die Beine rasierte. Niemand sonst würde sie jemals schlafend sehen, an ein Kissen in unserem Bett gekuschelt, oder wie sie unsere Tochter morgens früh um vier Uhr stillte. Deshalb war keiner dort draußen, der ihr jetzt zusah, wie sie sich unter meiner Berührung auflöste, jemals in der Lage, ihr zu geben, was ich ihr gab. Denn nichts törnte Sara dermaßen an wie meine vollkommene, alles andere auslöschende Bewunderung.

Jede Sekunde, in der ich sie liebte – eine Liebesgeschichte seit ewigen Zeiten, komprimiert in weniger als zwei Jahre –, verschmolz zu dieser einen Berührung. Meine Hand wurde langsamer, die Finger zogen sich vorsichtig aus ihr zurück, während ich mich vorbeugte und ihren Körper mit meinem bedeckte, ihre Lippen mit meinen. Ich war fast schon wieder hart genug und schob mich in sie, wollte in ihr sein, wenn sie in tausend Stücke zerbarst.

Ihre Beine schlossen sich um meine Hüften, ihre Hände glitten meinen Rücken hinunter, und sie raunte mir perfekte, sanfte Laute direkt in mein Ohr, sagte mir, dass sie kurz davor war, dass ich mich schneller bewegen sollte, sie saugen sollte, härter und härter.

Sie war klebrig von meinem Orgasmus und ihrer Milch, von Schweiß und Scotch. Die Lust baute Stein auf Stein, bis sie ein Gefühl erreichte, das zu intensiv war, um es einfach nur Lust zu nennen, und das beinahe schmerzte, weil es so gut war. Ich küsste sie noch einmal, ein sanftes Grummeln und ein kleiner Biss, bevor ich die letzte Zurückhaltung verlor und in Raserei verfiel, sie in einem Sturm aus Stößen vögelte, ungestüm und nass.

Ich versenkte mich in ihr, die Spannung baute sich in mir auf, bis sie explodierte und ich mich aufbäumte, mit einem harten Stöhnen kam. Unter mir gab Sara heisere, wimmernde Schreie von sich, zuckte und krampfte sich rhythmisch um mich herum zusammen.

»Max«, flüsterte sie und zog mich dicht an sie heran. Dabei berührte ich ihre überempfindliche Haut, und sie erschauerte bei der Reibung. Ich begann mich zurückzuziehen, als ihre Hände über meinen verschwitzten Rücken glitten, mich innehalten ließen. »Bleib bei mir.«

Ich holte in dem engen Raum neben ihrem Hals Luft, versuchte halbherzig, mein Gewicht von ihr fernzuhalten. Ihre Nägel kratzten leicht über meinen Rücken, ihre Beine umklammerten noch immer meine Hüften.

»Alles in Ordnung?«

Sie nickte.

»Das hat Spaß gemacht«, flüsterte ich verschmitzt und spürte ihr Lächeln, als sie mich auf die Wange küsste.

»Willkommen zurück, Mr. und Mrs. Stella«, sagte sie.

Wir saßen auf der Fahrt nach Hause beide hinten, während Scott uns durch die Straßen von Manhattan navigierte. Ich hatte das Gefühl, als wäre der Korken gezogen worden, als könnte ich zum ersten Mal seit Monaten den Druck herauslassen, und es kam mir erst jetzt in den Sinn, dass ich ziemliche Angst gehabt hatte: Ich hatte nicht gewusst, ob Sara und ich jemals den direkten Kontakt zueinander wiederfinden würden oder ob von nun an immer etwas – Kinder, Beruf, die stetigen Reparaturarbeiten, die das Leben so mit sich brachte – zwischen uns stehen würde.

Ich wäre schon damit klargekommen, wenn es so gewesen wäre, wenn das Geheimnis, dass wir miteinander geteilt hatten, sich langsam aufgelöst hätte und wir gelernt hätten, auf andere Weise Intimität aufzubauen. Aber zu wissen, wie leicht wir wieder zu dem hier zurückkehren konnten, befreite mich von den dunklen Schuldgefühlen, die ich tief in meinem Inneren empfunden hatte.

»Was denkst du gerade?«, fragte sie, wie sie es immer genau dann tat, wenn ich meine Gedanken am wenigsten preisgeben wollte.

»Etwas ziemlich Dämliches.«

»Ooh, dann *musst* du es mir erzählen.«

Ich wandte mich ihr zu, nahm ihre Hand in meine. »Ich hab gerade gedacht, wie erleichtert ich bin, dass wir das noch immer haben. Wenn es verschwunden wäre, wäre ich schon damit klargekommen, aber ich glaube, anfangs wäre ich schon etwas deprimiert gewesen. Ich kann dich mit einer Vielzahl von Kindern teilen, solange es diesen einen Teil gibt, der weiterhin nur mir gehört.«

»Es gibt mehr als nur einen Teil, der nur dir gehört«, sagte sie und sah leicht überrascht aus. »Darum geht es doch in unserer Ehe. Wir müssen auf diese Sache zwischen uns achtgeben, weil wir wissen, dass es irgendwann wieder nur uns zwei in dieser riesigen Wohnung geben wird.«

»Wenn du mehr Kinder willst, dann weißt du schon, dass wir nicht für immer in Manhattan bleiben können«, sagte ich zu ihr.

Sie legte mir einen Finger auf den Mund. »Schschsch. Lass uns diese neue Ausgangslage erst einmal für eine Weile genießen.«

Wir setzten uns beide aufrecht hin, weil wir beide gleichzeitig zu bemerken schienen, dass wir unsere Handys nicht ein einziges Mal gehört hatten, während wir im Club gewesen waren.

»Scheiße«, flüsterte sie und kramte in ihrer Handtasche. »Hab ich meins vielleicht ausgestellt?«

»Das habe ich mit Sicherheit nicht«, sagte ich und zog meines aus der Jackentasche. Nur dass es keine SMS gab, keine verpassten Anrufe, nichts.

Ich schrieb Niall rasch eine SMS: *Alles gut? Wir sind auf der Rückfahrt.*

Seine Antwort kam binnen von Sekunden: *Alles bestens. Anna schläft. Bis gleich.*

Niall lag ausgetreckt auf der Ledercouch im Wohnzimmer und guckte sich im Fernsehen John Oliver an. Anna schlief auf seinen langen Beinen, eine Faust im Mund und die andere um ihre Löwendecke geklammert.

»Hattet ihr einen schönen Abend?«, fragte er leise und sah zu, wie wir unsere Mäntel in den Garderobenschrank hingen.

»Den allerbesten«, sagte ich zu ihm und betrachtete die Szene vor mir. »Bist du dir sicher, dass du nicht gegenüber einziehen willst? Da ist eine Wohnung zu verkaufen. Es wäre sehr praktisch für uns.«

Niall lachte. »Klingt verlockend. Euer Haus ist ziemlich schick, und diese Kleine hier ist einfach fantastisch.«

»Danke, Bruderherz«, sagte ich leise. »Du hast es geschafft, dass wir ganz vergessen haben, uns Sorgen zu machen.«

Er lächelte zu mir hinauf, warf mir einen Blick zu, der mir sagte, dass er dachte, ich wäre ein sentimentaler Depp, und ließ eine Hand auf Annas Bauch ruhen. »Es war echt nett. Vielleicht kannst du dich ja bei Gelegenheit revanchieren.« Sein Lächeln verschwand für eine Sekunde, und in diesem kleinen Flackern spürte ich, wie sehr ihn seine Ehe enttäuscht hatte.

»Ganz sicher«, erwiderte ich sanft.

Sara ging, um sich umzuziehen, und ich nahm Anna mit der Zuversicht eines Vaters hoch, der erwartet, dass sein Kind weiterschläft. Nur dass sie das nicht tat: Sie wachte sofort auf, als sie bewegt wurde, und ihr süßes kleines Gesicht verzog sich wütend, dann fing sie an zu weinen.

»Oh, entschuldige, entschuldige«, flüsterte ich und wiegte sie sanft. »Nur eine Minute, kleine Lady, deine Mama ist gleich so weit.«

Anna wollte nicht gehalten und gewiegt werden, sie wollte Sara, und ihre verärgerten Schreie hallten schmerzhaft in meiner Brust nach. Aber es kümmerte mich nicht mehr so sehr, wie es das noch vor wenigen Tagen getan hätte. Ich fühlte mich frisch aufgeladen, wie eine Batterie, voller Geduld und Ruhe und der Ausgeglichenheit, die von tiefer Zufriedenheit herrührt.

Sara kam in den Flur, nahm mir das Baby ab, und ich folgte den beiden ins Kinderzimmer, sah zu, wie sie es sich im Schaukelstuhl gemütlich machten.

»Ihr seid ein wunderbarer Anblick, meine zwei Mädels.«

»Sie ist vermutlich das süßeste Baby der Welt«, sagte Sara und grinste zu mir hinauf. So entspannt, so verdammt glücklich. Es war, als hätte sie die ganze Zeit über gewusst, dass wir dort enden würden, an diesem Abend.

Ich beugte mich vor, küsste Annabels weiche Wange, als sie sich beruhigt hatte und zu trinken begann. »Du hast deine empfindsame Seite von deinem Papa«, flüsterte ich. »Tut mir leid, kleines Mädchen. Aber du hast auch die eiserne Stärke deiner Mama, also wird schon alles gut für dich werden.«

– ENDE –

Christina Lauren

Beautiful Boss

Roman

Aus dem Amerikanischen von
Ira Severin

mtb

EINS

Will

Eine Fahrt nach Boston – überstanden.

Eine Probe, ein Testessen, eine wilde Junggesellenparty mit den Freunden – überstanden.

Morgen war die Hochzeit … und meine künftige Ehefrau schlummerte am anderen Ende des Flurs.

Mich ließ das Gefühl nicht los, dass dieser Plan nicht funktionieren würde. Hanna hatte es fast so sehr wie ich gehasst, als sie wegen der Bewerbungsgespräche an den Unis auswärts schlafen musste. Und für die Nacht vor unserer Hochzeit bucht ihre Mutter uns getrennte Zimmer, »aus Traditionsgründen, um Spannung aufzubauen«?

Vergiss es!

Es würde nicht klappen.

Ich griff hinter mich, schüttelte die Kissen auf und streckte mich dann auf dem extrabreiten Doppelbett aus.

Mein Handy vibrierte auf dem Nachttisch. »Habe ich es doch gewusst«, teilte ich dem leeren Zimmer mit, bevor ich das Gespräch annahm. »Hanna, meine Liebste.«

Sie sparte sich die Begrüßung. »Ich bin nervös.«

Ich lächelte ins Telefon. »Das überrascht mich nicht. Du

wirst versprechen, mir zu gehorchen und für den Rest unseres Lebens meine Sexsklavin zu sein. Und du weißt, ich werde regen Gebrauch davon machen.«

Sie schenkte mir nicht einmal ein kurzes Lachen. »Darf ich in dein Zimmer kommen?«

»Natürlich«, erwiderte ich. »Ich hatte gehofft, du würdest kommen …«

»Nein«, unterbrach sie mich energisch. »Nein, ich kann nicht. Das war ein Test, Will. Pech gehabt, hättest du sagen müssen!«

»Aber ich bin Atheist«, erinnerte ich sie. »Ich glaube nicht an Glück oder Pech. Ich glaube, man sollte Dinge ausprobieren. Ich glaube an Sex vor der Ehe. Und am meisten glaube ich daran, dass du nur drei Türen entfernt bist und vor Freude total ausflippen würdest, wenn du herkämest, um mit mir zu reden. Und ich würde dann meinen Penis in dich schieben. Ich würde dich die ganze Zeit über ansehen, und unsere Ehe würde dennoch die unglaublichste Ehe auf der …«

»Meine Brüste sehen in meinem Hochzeitskleid riesengroß aus.«

Stöhnend legte ich mir den Arm übers Gesicht. »Willst du mich umbringen?«

»Ich wollte dich nur warnen.« Ihre Stimme wurde ein wenig undeutlich, und sofort sah ich vor mir, wie sie nervös an einem Fingernagel kaute. »Vielleicht habe ich es mit dem Kleid übertrieben. Ich wollte, dass es wirklich perfekt wird, für uns beide – deine Busenobsession, unsere Hochzeit … ich meine, du …«

»Hanna«, warf ich ein. »Ich verspreche, mir die allergrößte Mühe zu geben, dir auf dem Weg zum Altar nicht den Kopf zwischen die Brüste zu stecken und dabei Geräusche wie ein Motorboot zu machen.«

»Das meine ich nicht.«

»Pfläumchen. *Atme.*« Tatsächlich kamen durchs Telefon erst ein langes Einatmen und anschließend ein langsames Ausstoßen der Luft. »Sag es mir«, forderte ich sie ruhig auf. »Was meintest du?«

»Einfach nur … was, wenn ich aussehe …«

»Wenn du perfekt aussiehst?«, schlug ich vor.

Sie ließ einen Schwall Luft aus ihren Lungen und gestand hastig: »Viel zu üppig – wie eine vollbusige, als Braut verkleidete Hure.«

Ich unterdrückte ein Auflachen, weil ich wusste, dass es für mich zwar lächerlich klang, ihr es aber ernst war. »Reden wir gerade wirklich über dieses Thema? Ist das hier dein Nervenzusammenbruch vor der Hochzeit? Du hast Angst, dass deine Brüste morgen zu fantastisch aussehen könnten?«

Hanna hatte die Hochzeitsplanung nebenbei erledigt und die Details ihrer Mutter überlassen, während sie wegen der Vorstellungsgespräche im ganzen Land herumgereist war. Sie hatte sich bei Unis in fast jeder Ecke der Vereinigten Staaten vorgestellt und war manchmal in einer Woche in zwei verschiedene Orte gefahren. Und sie hatte sich kein einziges Mal darüber beklagt, wie verrückt es während der vergangenen paar Monate zugegangen war.

Ich wusste, meine Hanna war ein entspannter Typ, aber – verdammt noch mal – angesichts unserer Situation hätte ich erwartet, dass *irgendetwas* geschieht. Zum Beispiel, dass sie durchdrehte, während wir packten. Nein, wir veranstalteten nur eine spielerische Wäscheschlacht, die mit Sex auf dem Flur endete. Oder dass wir uns zumindest auf der Fahrt nach Boston um irgendwelche Kleinigkeiten stritten. Nein, sie blies mir unterwegs einen. Oder dass ihre ganze Wut sich entlud, als wir das Hotel erreichten? Nein. Sie grinste und stellte sich auf die Zehenspitzen, um mich zu küssen, und rief: »Los geht's!«

Ich sah mich in dem leeren Hotelzimmer um und sagte: »Ich glaube, ich finde das gar nicht so dramatisch.«

Ihr leises Stöhnen brachte mich zum Lächeln, doch meine Mundwinkel senkten sich sofort wieder, als sie mit hoher, angespannter Stimme sagte: »Was, wenn alle nur meine Brüste sehen und mein Kleid gar nicht wahrnehmen und du der Einzige bist, der es nicht für obszön hält?«

»Für mich wär es auch vollkommen in Ordnung, wenn du oben ohne zum Altar schreiten würdest. Und meine Meinung ist die einzige, die morgen zählt.«

»Und warum haben wir dann noch hundertvierundsechzig andere Leute eingeladen?«

»Hanna. Halt jetzt den Mund. Komm in mein Zimmer, damit ich dich flachlegen kann.«

Die Verbindung wurde unterbrochen, und einige Sekunden später hörte ich Schritte vor meiner Tür, es folgte eine lange Pause, ein leises Klopfen.

»Mach die Augen zu«, rief sie vom Flur aus.

Ich durchquerte das Zimmer, schloss die Lider und öffnete die Tür.

»Lass sie zu«, warnte sie mich.

Gehorsam kniff ich die Augen noch fester zu.

Ihre Hände berührten meinen Hals und glitten aufwärts zu meinem Gesicht, wo sie nervös herumfummelte, bis es ihr schließlich gelang, mir mit etwas die Augen zu verbinden. Dann verhielt sie sich ganz ruhig. Ich konnte sie nicht sehen, konnte sie nicht fühlen.

Ich streckte die Arme vor, ertastete ihre Taille und zog sie an meine nackte Brust. »Sag mir, was hier wirklich vorgeht.«

»Es gefällt mir nicht, in der Nacht vor unserer Hochzeit nicht mit dir zusammen zu sein«, gestand sie, während sie den Mund an meine Haut presste. »Ich brauche dich.«

Blind strich ich mit den Händen an ihren Seiten aufwärts, über ihre Schultern und an ihrem Hals entlang, bevor ich schließlich ihr Gesicht umfasste. Unter meinen Fingern spürte ich glatte Seide und folgte ihrer Spur bis zu einem Knoten an ihrem Hinterkopf.

Hanna hatte sich ebenfalls mit einem Schal die Augen verbunden. Aha, so sollte die Sache also laufen.

Lachend küsste ich sie auf den Kopf. »Dann bleib bei mir.«

Sie stöhnte. »Diese blöde Tradition kotzt mich an, aber mir scheint, wenn ich mich an irgendwelche Traditionen halten sollte, dann an die, bei denen es darum geht, diese Ehe nicht zu vermasseln. Wir dürfen uns bis morgen früh nicht sehen.«

Ich hielt ihr Gesicht in meinen Händen und drehte es in meine Richtung, damit ich sie küssen konnte. Zuerst traf ich mit dem Mund ihre Nasenspitze, bevor ich weiter südlich mein Ziel fand. »Es gibt absolut keine Möglichkeit, das hier zu vermasseln«, sagte ich direkt an ihren Lippen. »Selbst wenn wir morgen nicht heiraten würden, wärst du die Liebe meines Lebens. Ich werde bei dir bleiben, bis wir beide sterben, wenn ich hundert bin und du dreiundneunzig.«

Sie wurde wieder still, während sie die Hände über meine Brust gleiten ließ. »Hast du dir die Zähne geputzt?«

Wie bitte?

»Ja?«

»Okay.« Sie drehte mich um, führte mich zum Bett und zog mich vorsichtig hinunter auf die Matratze. Dann schob und drückte sie, bis ich auf dem Rücken lag, und hockte sich aufrecht dicht neben meine Hüften.

»Sind deine Augen etwa offen?«, fragte ich sie neckend.

»Ich habe die Binde nur eine Sekunde zur Seite geschoben, jetzt sind sie aber wieder zu. *Irgendjemand* musste uns schließlich sicher hierherbringen.«

»Ich glaube, die Regel lautet, dass der Bräutigam die Braut nicht sehen darf, stimmt's? Du darfst mich anschauen«, flüsterte ich.

Sie verharrte einen Moment bewegungslos. »Wirklich?«

»Sicher, Pfläumchen.«

Nachdem sie kurz gezögert hatte, hörte ich das Rascheln ihrer Augenbinde, während sie sie entfernte, anschließend ihre ruhigen Atemzüge.

»Da bist du ja.« Sie strich mit einer Hand an meiner Brust aufwärts und weiter über meinen Hals, bevor sie mit einer Fingerspitze die Linie meines Mundes nachzeichnete. »*Ehemann.* Ist das nicht verrückt?«

Meine Haut glühte vor Verlangen. »Hann…«

Sie legte ihren Mund auf meinen, verschloss ihn mit ihren feuchten und unglaublich vollen Lippen, ihre Hände zerrten die Boxershorts von meinen Hüften. Sie leckte an meinem Hals, ihre Haare kitzelten an meiner Haut, während sie sich an meiner Brust abwärts arbeitete, weiter über meinen Bauch …

»Ich habe gehört, dass es Glück bringt, dem Zukünftigen vor der Hochzeit einen zu blasen«, behauptete ich, während sie ihre Hand um meinen Schwanz legte, erst mit der Zunge in der Nähe der Wurzel spielte und sie dann aufwärts zur Spitze gleiten ließ. »Wir machen gerade also scheinbar alles richtig.«

Ihr Kichern vibrierte auf mir, während sie küsste und saugte und mich leckte, bis ich in ihrer Hand so hart war wie ein verfluchter Stein.

»Verdammt«, flüsterte ich, während meine Hüften sich vom Bett hoben. »Pfläumchen, diese Augenbinde … deine Zunge. *Fuck.*«

Sie spielte so lange mit mir, bis ich zuckend auf der Matratze lag. Dann spürte ich, wie sie zur Seite rückte, ihr kurzes Nachthemd über die Hüften nach oben schob und sich mit gespreizten Beinen auf mich setzte.

Ihr Mund näherte sich meinem Ohr. »Fass auf keinen Fall meine Möpse an.«

»Was auch immer du sagst«, schwor ich sofort. »Wenn du nur bloß nicht aufhörst.«

»Du neigst dazu, meinen Möpsen blaue Flecke zu verpassen. Und mein Kleid zeigt ziemlich viel von meinen Brüsten.«

»Das erwähntest du bereits.«

»Wenn du mir blaue Flecke machst, werde ich dir ein ganzes Jahr lang keinen blasen.«

Obwohl sie wahrscheinlich scherzte – das hoffte ich jedenfalls –, setzte mein Herz für ungefähr drei Schläge aus.

»Ich schwöre«, erklärte ich ehrfürchtig.

Wieder packte sie meinen Schwanz und strich mit der Eichel über die wunderbar glitschige Haut zwischen ihren Beinen. Ich krallte mich mit beiden Händen in das Laken, auf dem ich lag.

»Hanna?«, stieß ich atemlos hervor.

Sie hielt inne. »Ja?«

»Darf ich wenigstens deine Hüften anfassen?«

Ich konnte spüren, wie sie über mir kurz erstarrte, bevor sie anfing zu lachen. »Welches Kleid sollte, um alles in der Welt, meine *Hüften* zeigen?«

»Tut mir leid«, sagte ich, ebenfalls lachend. »Ich kann nicht mehr denken. Verdammt noch mal, Pfläumchen, setz dich endlich auf meinen Schwanz.«

Doch sie tat es nicht. Ich konnte ihre Hitze spüren, so nah. Sie schob sich langsam an meinen Hüften abwärts, während sie die Hände über meinen Bauch gleiten ließ.

»Ist alles in Ordnung mit dir?«, erkundigte ich mich, richtete mich unter ihr auf und tastete wieder ungeschickt nach ihrem Gesicht. »Flippst du schon wieder wegen des Kleides aus?« Ich versuchte, mit den Daumen über die Haut unter ihren Augen zu streichen, um sicherzugehen, dass sie nicht weinte, aber sie duckte sich weg.

»Ich weine nicht!«

Ich nickte und war vorsichtshalber still.

»Ich bin einfach nur nervös«, erklärte sie.

Meine Brust zog sich zusammen. »Weißt du, nur weil wir heiraten, bedeutet das nicht, dass sich irgendetwas zwischen uns ändert, nicht wahr? Wir sind immer noch Will und Hanna. Wir sind immer noch wir.«

»Es fühlt sich jetzt schon anders an«, sagte sie, legte die Fingerspitzen auf meine Lippen, als ich den Mund öffnete, um zu widersprechen, und fügte hastig hinzu: »Ich meine das nicht auf negative Art. Ich meine, es fühlt sich *intensiver* an. Wichtiger. Vorher habe ich deinen Körper angesehen und gedacht: Wow, damit kann ich jetzt die ganze Nacht spielen! Jetzt betrachte ich deinen Körper und denke: Wow, ich kann damit spielen! Und gleich anschließend: Oh, mein Gott, wenn ihm irgendetwas passiert und …«

»Hanna. Atme«, forderte ich sie unter ihren Fingerspitzen hervor sanft auf.

Während sie tief einatmete, ließ sie ihre Hand an meinem Hals abwärtsgleiten, als würde sie einer Spur zu meinem Herzen folgen. »Ich bin erst fünfundzwanzig«, sagte sie nach einer langen Pause. »Und ich weiß, mein Leben wäre vorbei, wenn ich dich verlöre.«

Dieser Gedanke bohrte sich scharf wie ein Messer in meine Eingeweide. »Du wirst mich niemals verlieren.«

Sie antwortete nicht, sondern zeichnete nur mit ihren Fingerspitzen winzige Kreise auf meine Brust.

»Komm schon, Pfläumchen. Wir passen jetzt schon so gut aufeinander auf. Das hier macht es nur offiziell.«

Ihre Finger strichen wieder aufwärts und zeichneten zärtlich die Linie meiner Unterlippe nach. Mein Blut geriet in Wallung.

»Ich passe auf dich auf?«, fragte sie.

»Das tust du. Und wenn du nicht genau weißt, wie, fragst du mich.«

Nach ein paar stummen Atemzügen sagte sie: »So wie jetzt gerade?«

Ich hasste und liebte gleichzeitig die Dunkelheit unter der Augenbinde. Ich wollte ihr Gesicht sehen, doch beim Klang ihrer Stimme konnte ich es mir vorstellen: wie sie sachte auf ihrer Unterlippe kaute, während ihr Blick starr dorthin gerichtet war, wo ihre Finger meine Haut mit einer Sanftheit berührten, die mich vor Verlangen in den Wahnsinn trieb. So hatte es zwischen uns begonnen. Sie fragte, ich führte.

»Du bist dir nicht sicher, wie du dich jetzt gerade um mich kümmern sollst?«

»Ich bin heute Abend so nervös«, flüsterte sie. »Es hilft, wenn du mir sagst, was ich tun soll.«

Mein Herz schien erst aus dem Takt zu geraten und dann zu explodieren. Es war eine Weile her, seit wir diese Rollen gespielt hatten.

»Setz dich wieder auf mich«, leitete ich sie mit rauer Stimme an.

Ich spürte, wie sie sich bewegte, dann fühlte ich ihre Hitze, unglaublich intensiv, obwohl sie meinen Schwanz kaum berührte. Ich unterdrückte ein Stöhnen.

»Nimm mich. Ganz langsam. Reize mich ein bisschen.«

Ihre Hand schob sich zwischen unsere Körper, stützte meinen Schwanz, während sie sich über mich hockte, rieb ihn, senkte sich auf ihn herab, Stückchen für Stückchen.

Heilige, verdammte Scheiße!

Beinah verlor ich die Beherrschung. »So. Genau so.«

»Will …«

Wir hatten uns schon bei tausend verschiedenen Gelegenheiten geliebt. Vielleicht auch noch öfter. Und es machte mich vollkommen fertig, dass ich jedes Mal aufs Neue bis zehn zählen und verzweifelt an etwas anderes denken musste, damit ich nicht in dem Moment explodierte, in dem sie mich in sich aufnahm.

»Auf und ab«, sagte ich. »Spiel jetzt keine Spielchen mehr. Lass mich jeden einzelnen Zentimeter fühlen.«

Ihr Atem war ein heißer Schauer auf meinem Hals, ihre Haare strichen über meine Schultern und kitzelten mich, und sie tat genau das, was ich ihr sagte. Obwohl sie mich hätte problemlos in einem einzigen Schwung nehmen können. Denn sie war nass wie das Meer.

Ich geriet kurz aus dem Konzept, weil mich eine Erkenntnis mit aller Gewalt traf: Da waren wir also, auf dem Höhepunkt dieses wilden, verdammten Abenteuers – und in meinem ganzen Leben hatte ich noch nie etwas mehr gewollt als das hier.

Und als Hanna sich langsam auf mir bewegte und sich dann sachte hin und her wiegte, immer sicherer wurde, sich selbst vergaß, sich verlor, schlug die Wahrheit wie eine Welle über mir zusammen: Wie viele Menschen finden die eine Person, von der sie sich schmerzlich wünschen, sie zu berühren, ihr nahe zu sein, zu ihr zu *gehören*? Wie viele Menschen heiraten ihren besten Freund, die eine Person, die sie am meisten von allen Menschen auf der Welt bewundern?

Ich zerrte mir die Augenbinde herunter und sah sie genau in dem Moment an, in dem sie kam: den Blick auf mein Gesicht geheftet, die Lippen zu einem atemlosen Stöhnen geöffnet. Erleichterung zeichnete sich in ihren Zügen ab, als unsere Blicke sich trafen – sie brauchte es, mich zu sehen, von meinem Blick gehalten zu werden. Und ich wusste, sie konnte meine Gedanken ebenso deutlich lesen wie ich ihre.

Traue niemals den Traditionen anderer Leute, dachte ich, während ich spürte, wie die Anspannung in meinem Körper wuchs, wie ich dem Abgrund näher und näher kam. *Vertraue mir. Vertraue uns, dass wir den richtigen Weg finden.*

Schauer des Verlangens und der Lust durchströmten mich, heiß und drängend. Ich grub die Finger in ihre Hüften, schob sie über mir wild vorwärts und rückwärts, bis ich dicht davor war, direkt an der Kante. »Ich liebe es, dir dabei zuzusehen, wie du kommst«, flüsterte sie, und ihre Worte versetzten mir den endgültigen Stoß.

Mit einem rauen Stöhnen kam ich in ihr, während ich mich mit meinem Blick an ihr festhielt.

»Das morgen ist eine Formalität«, flüsterte sie, während sie ihr schweißnasses Gesicht gegen meinen Hals presste. »Ich habe das Gefühl, als hätten wir eben gerade geheiratet.«

»Das morgen ist bereits eine Formalität, seit du mir bei dieser ätzenden Studentenparty einen runtergeholt hast.«

Sie kicherte.

Als ich erwachte, war Hanna fort, und die eilig hingekritzelte Nachricht, die sie auf meinem Kopfkissen hinterlassen hatte, sorgte dafür, dass ich in dem leeren Zimmer laut lachte: *Wir sehen uns um zwei!*

Meine Verlobte – was für eine verdammte Romantikerin!

Der Vormittag war vollgepackt mit einem Frühstück mit den Trauzeugen und mit der Begrüßung der Gäste, die im Hotel eintrafen. Außerdem suchten meine Mutter und meine Schwestern mich dauernd heim, um sich bezüglich der Sitzordnung, wegen irgendwelcher Lieferungen oder Fragen der Musiker Rat zu holen. Da er ahnte, dass ich verdammt noch mal dringend duschen und mich auf meine Hochzeit vorbereiten wollte, griff Jensen ein und nahm die beiden mit, um gemeinsam die Kommandozentrale zu suchen: Hannas Mutter Helena, die überglücklich war, wenn sie den lieben langen Tag Aufgaben verteilen konnte.

Eine heiße Dusche, eine gründliche Rasur und drei Tassen Kaffee später hörte ich es an die Tür meines Hotelzimmers klopfen. Ich überlegte kurz, ob es Hanna sein könnte, doch dann wurde mir klar, dass sie in diesem Fall ihrer Schwester Liv entwischt sein müsste und ihrer Mutter und George, aber auch Chloe und Sara. »Dem Rudel«, wie Jensen sie gern nannte, als würde es sich um eine Gruppe von Löwen handeln. Falls ihr das irgendwie gelungen war, lagen jetzt irgendwo Tote herum, und es wäre unsere geringste Sorge, ob wir uns vor der Hochzeit sahen.

»Ich bin's«, hörte ich meinen Beinaheschwager sagen.

Ich öffnete Jensen die Tür zu meiner Suite. Er war bereits fertig angezogen und trug einen Smoking, der ihm verdammt gut stand. Obwohl ich den ganzen gestrigen Tag mit ihm verbracht hatte, war mir im Stress der Probentermine entgangen, dass er um die fünfzehn Kilo abgenommen haben musste, seit ich ihn zuletzt gesehen hatte.

»Trainierst du regelmäßig? Mann, du siehst gut aus!«

»Du heiratest meine Schwester«, sagte er und trat an mir vorbei ins Zimmer. »Baggere mich also bitte heute nicht an.«

Lachend wandte ich mich wieder dem Spiegel zu, um meine Fliege zu binden.

»Heiraten«, wiederholte er und stieß einen kurzen Pfiff hervor.

»Ich weiß.«

Sie würde meine Frau sein, und ich würde sie so vorstellen.

Das ist meine Frau.

Die Worte hallten in meinem Kopf wider, und ich genoss es. *Meine Frau.* Es fühlte sich gut an. Es fühlte sich echt an. Es weckte den Wunsch in mir, mich auf sie zu werfen und es wieder und wieder in ihr Ohr zu sagen, es in ihre Gedanken einzubrennen.

Du bist meine Frau, Pfläumchen.

Jensen riss mich aus meinen Träumen, indem er mir mit der Hand auf die Schulter schlug. *»Verheiratet, Will.«*

Ich sah ihn an und erwiderte lächelnd: »Ich weiß, Jensen.«

»Mit meiner kleinen Schwester.« Er kniff die Augen zusammen, während er mir mit dem Finger drohte. »Das ist gruselig, stimmt's?«

Wir hatten dieses Gespräch schon bei einer anderen Gelegenheit geführt: beim Dinner, nachdem Jensen uns zusammen erwischt hatte – mich unter dem Küchentresen, über den Hanna sich beugte, den Rock ihres alten Abschlussballkleids bis zur Taille hochgeschoben, während ich sie leckte. Glücklicherweise hatte er nicht viel sehen können … aber ganz sicher genug, um zu begreifen, was dort vor sich ging. Nach typischer Hanna-Art hatte sie sich ihre Sneaker angezogen und uns dazu gebracht, mit ihr in den vietnamesischen Imbiss zu gehen, um dort *Phở* zu essen und dabei etwaige Unstimmigkeiten zwischen uns zu beseitigen. Jensen hatte sich erstaunlich unbeeindruckt gegeben, bis er plötzlich in der Mitte der Mahlzeit die Essstäbchen leise gegen seine Suppenschale schlug und verkündete: »Heilige Scheiße. *Du wirst mein Schwager.*«

Hanna und ich wussten beide, dass wir irgendwann heiraten würden, doch damals waren wir noch nicht dazu bereit gewesen. Wir hatten auf Jensens Worte mit einem Lachen reagiert. Doch nun waren wir ganz sicher bereit.

Jensen ging hinüber zu einem der Ledersessel am Fenster und setzte sich. »Hast du dir jemals vorgestellt, wie dieser Tag ablaufen wird? Der Tag deiner Hochzeit, wenn ich hier bei dir bin, während du dich fertig machst, und Hanna sich am anderen Ende des Flurs vorbereitet, zusammen mit dem Rudel?«

Ich zuckte mit den Schultern. »Früher war ich der Meinung, entweder finde ich die richtige Frau für mich – oder eben nicht. Ich glaube, ich habe nicht allzu viel über diese Sache nachgedacht.« Um meine Bemühungen im Spiegel begutachten zu können, hob ich das Kinn. »Und jetzt erscheint es mir unmöglich, in diesem oder irgendeinem anderen

Universum Hanna *nicht* zu begegnen. Was, wenn sie mich nicht angerufen hätte? Was, wenn ich mich an dem Morgen damals nicht zum Laufen aufgerafft hätte?« Während ich ihm den Kopf zuwandte, musste ich bei dieser Vorstellung heftig blinzeln. »Gott, das wäre furchtbar.«

Er hätte mich mit dieser für meine Verhältnisse ungewöhnlich sentimentalen Anwandlung aufziehen können, doch das tat er nicht. »Ich kann dir versichern, das hatte ich nicht im Sinn, als ich ihr vorschlug, dich anzurufen, um gemeinsam etwas zu unternehmen«, erklärte er und strich sich mit der Fingerspitze über eine seiner Augenbrauen. »Doch da sind wir nun. Wenn du sie das nächste Mal siehst, wird sie durch den Mittelgang der Kirche auf dich zuschreiten.«

Quer durch den Raum warf ich ihm einen Blick zu. Während der vergangenen Tage hatte ich mich immer wieder gefragt, wie sich dieses Ereignis für ihn anfühlen mochte. Hanna und ich würden in demselben Garten heiraten, in dem Jensen seiner Collegeliebe das Jawort gegeben hatte. Und wo Liv, Hannas ältere Schwester, ihren Rob geheiratet hatte. Unglücklicherweise hatte Jensens Ehe mit seiner Jugendfreundin nur vier Monate gehalten.

Jensen unterbrach meine Gedanken, bevor ich mir eine Antwort auf seine Bemerkung überlegen konnte. »Hast du eine Vorstellung davon, wie sie auf ihrem Weg zum Altar aussehen wird?«

»Natürlich. Ich frage mich, ob sie schnurstracks zum Altar kommt oder ob sie auf halbem Weg stehen bleibt, um jemanden zu umarmen, den sie jahrelang nicht gesehen hat. Hanna ist immer für eine Überraschung gut.«

»Oder ob sie sich gar nicht damit aufhalten wird zu schreiten und einfach zu dir rennt.« Er lachte leise vor sich hin. »Und ich werde nicht aufhören, es seltsam zu finden, dass du sie Hanna nennst.«

»Ich kann mir nicht vorstellen, Ziggy zu ihr zu sagen«, gestand ich, und mir schauderte. »Das fühlt sich pervers an.«

»Weil es das ist«, stimmte er mir zu. »Du warst siebzehn, als sie zehn war. Als meine kleine Schwester zehn war, hast du mit der Mutter eines deiner Bandkollegen geschlafen.«

Ich warf ihm einen empörten Blick zu. »Willst du erreichen, dass ich mich ekle?«

»Genau das.« Lachend stand er auf, um mir noch einmal auf die Schulter zu klopfen. In diesem Augenblick hämmerten Bennett und Max an die Tür meines Hotelzimmers.

ZWEI

Hanna

Ich trat einen Schritt zurück und starrte mich im Spiegel an.

»Das ist … eine Menge Weiß«, murmelte ich und zupfte am Rock meines Kleids herum. Hinter mir schnappten Mom und Liv nach Luft, ihre Gefühle schienen sie zu überwältigen.

»Sind wir uns ganz sicher, dass ich nicht lieber Blau hätte wählen sollen? Oder Rot? Irgendetwas, das ausdrückt ›Ich habe diesen Mann täglich gevögelt‹ im Gegensatz zu ›Ich bin noch Jungfrau‹?«

Mom hauchte ein leises »Hanna«.

»Was? Kein Mensch, der Will im Smoking sieht, wird mir abkaufen, dass ich nicht über ihn her…« Ich stockte mitten im Satz, als mein Blick auf Chloe fiel. »Oh mein Gott, Chloe. Du … weinst doch nicht etwa?«

Chloe griff nach einer Schachtel Papiertaschentücher – einer von vielen, die in der großen Braut-Suite verteilt waren –, zog eins heraus und tupfte damit vorsichtig ihre perfekt mit Eyeliner umrandeten Augen ab.

»Nein«, lachte sie. »Es ist nur so staubig hier drinnen.«

Liv verharrte mit dem Lockenstab in der erhobenen Hand und sah über ihre Schulter nach hinten. »Mir ist klar, dass ich neu in der Runde bin, aber etwas sagt mir, dass sie sich seltsam verhält«, flüsterte sie.

Angesichts der Tatsache, dass meine süße Schwester Chloe erst seit sechs Stunden kannte und ihr dennoch bereits klar war, dass Freudentränen für sie keineswegs normal waren, musste ich ein Lachen unterdrücken.

»Oh, Süße, allerdings«, stimmte George ihr zu und schob Livs Hand weg, bevor sie einige der Locken, in die sie meine Haare bereits gelegt hatte, wieder zerstörte. »Früher einmal wurden wir auf dem Times Square Zeugen, wie eine Herde Rehkitze von einem Müllwagen überfahren wurde. Sie hat keine einzige Träne verloren.«

»Oh, mein Gott, *was*?«, keuchte Liv entsetzt.

»George«, rief Sara mahnend vom anderen Ende des Zimmers aus.

»Okay, es war im Pausenraum, und jemand zerquetschte ein paar Kakerlaken mit einem riesigen Lehrbuch über Finanzierung. Aber nichtsdestotrotz. Nur eine einzige Person im Zimmer war angesichts dieser Geschichte entsetzt. Und dafür werde ich jetzt getadelt? Ihr seid doch alle Monster!«

»Erstens: Ich habe dir gesagt, dass ich nicht weine, du kleiner Schisser«, sagte Chloe. »Und zweitens: Warum rede ich überhaupt mit dir? Habe ich dich heute Morgen nicht gefeuert?«

»Zwei Mal«, sprang ich in die Bresche. »Du hast ihn im Fahrstuhl im Auftrag von Sara gefeuert, als er dich vor diesem Pfarrer ›Herrin der Dunkelheit‹ nannte, und ein weiteres Mal, als er anbot, Jensen in der Halle einen zu blasen.«

Mom stieß einen kleinen, überraschten Quietscher aus.

»Du bist stets eine große Hilfe, Hanna«, erklärte George gelassen und zog ein wenig zu heftig an einer meiner Locken. »Und zu meiner Verteidigung: Er sah ziemlich angespannt aus. Ich wollte nur helfen. Tut mir leid, dass ich es versucht habe. Ich finde auch, man hätte mich vorwarnen sollen, dass Hannas Bruder so ein Hingucker ist, *wirklich*. Groß, skandinavischer Typ *und* Single. Wenn man ernsthaft darüber nachdenkt, bin ich derjenige, dem Unrecht getan wurde.«

Liv bückte sich und sah mir im Spiegel in die Augen. »Deine Freunde sind seltsam.«

»Falls du mit seltsam wunderbar meinst, dann ja«, erklärte ich und grinste sie an, bevor ich mich zu Chloe umdrehte. »Ernsthaft. Was ist hier los, Chloe? Du produzierst eindeutig im Bereich deiner Augen irgendeine Flüssigkeit, und das habe ich bei dir noch nie zuvor gesehen.«

Chloe betupfte ihre Augen und schniefte in ihr Taschentuch. »Eindeutig, mein Gesicht muss irgendwo undicht sein oder irgendwas in der Art. Gott, was zum Teufel stimmt mit mir nicht?«

»Vielleicht ist es wie beim Grinch, als sein Herz an diesem einen Tag um drei Nummern wuchs. Oh, Chloe, ist dir ein Herz gewachsen?«, fragte George.

»Ich werde dich mit einem Hammer erschlagen«, drohte sie und funkelte ihn böse an. »Sogar in diesem schicken Anzug.«

»Weißt du, ich glaube nicht, dass ich dich jemals habe weinen sehen«, bemerkte Sara und beugte sich vor, um die Sache genauer zu betrachten, bevor Chloe sie hastig wegschubste.

»Und dich werde ich auch erschlagen«, sagte Chloe zu Sara und warf ihr Taschentuch auf den Tisch. »Glaub ja nicht, die Tatsache, dass du zum fünfzehnten Mal schwanger bist, hält mich davon ab.«

»Zum fünfzehnten, vielleicht auch zum zweiten Mal«, erwiderte Sara in trockenem Ton, rollte mit den Augen und lehnte sich gegen die Couch. »Wenn du mich nicht davon überzeugen kannst, dass gerade irgendwo da draußen Vollmond ist, rufe ich Bennett an.« Sie zog ihr Handy hervor und zeigte damit in Chloes Richtung. »Weil du mir langsam ein bisschen Angst machst.«

»Du rufst Bennett nicht an! Lieber Himmel, ich bin heute einfach nur ein bisschen sentimental.«

»Nun, aus welchem Grund auch immer du dieses Leck hast«, sagte ich zu ihr. »Ich bin nicht mehr nervös, also vielen Dank dafür.« Ich hielt meiner Schwester eine Handvoll Haarnadeln hin.

»Was um alles in der Welt solltest du denn für einen Grund haben, nervös zu sein?«, erkundigte sich Liv, nahm eine Klammer aus meiner Hand und schob sie in meine Haare. »Will betet dich ohne jeden Zweifel an.«

»Hanna«, sagte George. »Falls mich jemals ein Mann so ansieht, wie Will dich anguckt, mache ich ihm auf der Stelle einen Antrag, heirate ihn und bitte ihn, Kinder mit mir zu zeugen. Da wir gerade beim Thema sind ... Wünscht sich dein Bruder Kinder?«

»Ich kann es nicht glauben, dass ich einer Meinung mit George bin, aber der geile Bock hat den Durchblick«, erklärte Chloe. »Es wundert mich, dass Will dich nicht überredet hat, mit ihm nach Vegas durchzubrennen.«

»Weil unsere Mutter ihm dann alle liebgewonnenen Körperteile abschneiden würde«, sagte Liv.

»Das würde ich ganz bestimmt tun«, meldete sich Mom vom anderen Ende des Zimmers – in sicherer Entfernung von George und seinem Gerede über Blowjobs.

George hob gebieterisch die Hand. »Ich fürchte, das kann ich nicht zulassen. Ich habe nur unter der Bedingung zugestimmt, dass Hanna heute den Mann unserer Träume heiratet, dass sie mir alle intimen Details verrät. Dazu brauchen wir diese Körperteile.«

Ich würde heute heiraten. Ich.

Ich hätte mich kneifen sollen, aber falls das hier ein Traum war, wollte ich niemals daraus erwachen.

Ich sah zur Tür, in die Richtung von Wills Zimmer, und spürte dasselbe Ziehen in meiner Brust wie in der vergangenen Nacht.

»Ist es immer noch ein Geheimnis, wo ihr zwei heute Abend hinfahrt?«, erkundigte sich Sara.

»Ja – weißt *du* es?« Ich sah sie ängstlich an, aber sie schüttelte nur den Kopf.

»Oh nein«, sagte sie grinsend. »Selbst wenn ich es wüsste – was nicht der Fall ist –, würdest du es nicht aus mir herausbekommen. Warst du nicht diejenige, die ihm gesagt hat, er solle dich überraschen?«

»Ja, aber es hat sich herausgestellt, dass die Vorstellung

von einer Überraschung sehr viel besser ist als das Warten darauf«, gestand ich.

Die Hochzeit zu organisieren war relativ einfach gewesen; die Flitterwochen hatten sich als das eigentliche Problem herausgestellt. Wir hatten alles perfekt geplant – eine Woche in einem prächtigen Haus in Maine, splitterfasernackt, solange wir dort waren –, aber einige Vorstellungsgespräche für Jobs, um die ich mich auf gut Glück beworben hatte, entpuppten sich als große Chancen. Und bevor ich wusste, wie mir geschah, hatte ich Termine im ganzen Land und nicht die geringste Idee, wo ich am liebsten arbeiten wollte. Nach einigen Diskussionen und gefühlten hundert Überschneidungen im Terminplan hatten wir beschlossen, die Flitterwochen zu verschieben und nur die Hochzeitsnacht zusammen in Boston zu verbringen. Mein nächstes Vorstellungsgespräch war in zwei Tagen, also würden wir das Beste aus der Nacht machen, die uns hier blieb … und morgens zurück nach Hause fahren.

Das war in Ordnung so. Wir würden einen Schritt nach dem anderen tun – ein Vorstellungsgespräch nach dem anderen –, und es würde funktionieren. Neuer Job, neuer Bundesstaat, neue Ehe. Ich musste nur zwischendurch mal Luft holen. Will und ich würden zusammen sein; *wo* und *wie* waren Einzelheiten, um die sich eine andere Hanna zu einem anderen Zeitpunkt kümmern konnte.

Ich würde schon sehr bald den Mann meiner Träume heiraten. Alles andere würde sich finden.

Eine Hochzeit überstanden.

Eine stotternde, zappelige Braut. Ein grinsender Bräutigam mit feuchten Augen.

Zwei Platinringe dort, wo sie hingehören.

Ein Haufen betrunkener Freunde.

Und wir waren verheiratet.

Genau wie ich es mir vorgestellt hatte, zogen die Hochzeit und der Empfang wie Traumbilder an mir vorbei. Nachdem wir beide Ja gesagt hatten, gingen wir, begleitet vom Applaus unserer Familien und unserer Freunde, hinaus in den Garten mit seinen riesigen Bäumen und funkelnden Lichtern. Meine Wangen schmerzten vom Lächeln, und ich packte Wills Hand fester, weil ich das Gefühl hatte, dass nur er allein mich am Boden hielt und ich ohne ständigen Kontakt mit ihm einfach davonschweben und wie ein Luftballon im Nachthimmel verschwinden würde.

Ich war dankbar, dass ich den Ratgebern geglaubt hatte, die mir erklärt hatten, in zwanzig Jahren würde ich mich ohnehin nur noch an ihn erinnern. Denn genauso war es: Von dem Moment an, in dem ich auf den Altar zugegangen war, hatte sein Blick mich fast den ganzen Abend über festgehalten. Und wenn er doch einmal kurz wegschaute, dann nur, weil er mich dicht an sich herangezogen hatte und seine Hände es übernahmen, den Kontakt zu halten, indem sie jeden erreichbaren Zentimeter meiner Haut liebkosten. Der ganze Empfang fühlte sich an wie ein endlos in die Länge gezogenes Vorspiel, und als ich den Brautstrauß warf, bebte ich buchstäblich vor Verlangen, endlich mit ihm allein zu sein.

Erst im Auto auf dem Weg zu dem Ort, den Will als Überraschung für unsere Hochzeitsnacht ausgesucht hatte, blieb uns ein Augenblick zum Durchatmen.

»Ich kann nicht glauben, dass ich die ganze Sache hinter mich gebracht habe, ohne sie total zu vermasseln«, sagte ich, noch immer so breit grinsend, dass mein ganzes Gesicht wehtat.

»Dass alles glattgegangen ist, kann man nun wirklich nicht behaupten«, neckte mich Will und wich mit Leichtigkeit dem Schlag aus, den ich ihm auf den Arm verpassen wollte. »Ich mache nur Spaß.« Er legte einen Finger unter mein Kinn und hob mein Gesicht seinem entgegen. »Habe ich dir nicht gesagt, alles würde perfekt sein? Dass du perfekt sein würdest?«

»Das hast du getan«, stimmte ich ihm zu und ließ mich gegen ihn fallen. »Und ich liebe dich so sehr dafür, dass du mich beruhigt hast.«

»Wir sind beide immer füreinander da.«

Zur Bekräftigung seiner Worte presste er den Mund auf meine Lippen, und ein Kuss folgte auf den anderen, bis wir hörten, wie der Fahrer sich auf dem Vordersitz räusperte. Lachend rückte ich weg und sorgte für etwas mehr Abstand zwischen uns. Ich würde mich im Fond des Wagens auf dem Weg zum Hotel nicht mitreißen lassen; schließlich blieb mir noch die ganze Nacht mit ihm. Ich hatte vor, jeden einzelnen Moment zu genießen.

»Ist dir aufgefallen, wie viel Champagner Jensen getrunken hat?«, fragte ich.

Mein ältester Bruder mochte wie der Pflichtbewussteste von uns Geschwistern wirken, aber letztendlich spielte er in derselben Liga wie Will. Ich war mir ziemlich sicher, dass der gute alte Jensen nicht halb so unschuldig war, wie er tat.

»Ich habe gesehen, wie er mit der Rothaarigen sprach, die in deinem Labor arbeitet«, erwiderte Will nickend. »Es wird nicht so leicht für ihn sein, heute allein nach Hause zu gehen.« Er beugte sich zu mir herüber, um mir einen Kuss auf die Wange zu geben und auf mein Kinn, bevor er den Weg zu meinem Mund fand. »Möglicherweise bin ich nicht der Einzige, der heute Nacht Glück hat.«

Ich verzog das Gesicht. »Ich werde so tun, als hätte ich nicht gehört, dass du gerade einen Witz darüber gemacht hast, ob mein Bruder flachgelegt werden könnte.« Obwohl ich nur so dahinschmolz, ließ ich meinen Kopf zur Seite fallen, bevor ich mich wieder auf dem Sitz zurücklehnte.

Will lachte mit dem Mund an meiner Kehle, und ich bekam eine Gänsehaut von seinem warmen Atem. »Und wir wissen beide, dass mein Bruder keinen Sex hat, weil … stopp.« Ich verschluckte den Rest meines nervösen Geplappers. »Warum redest du nicht einfach darüber, dass mein Vater heute Abend kaum die Hände von meiner Mutter lassen konnte?«

Will richtete sich auf und starrte mich amüsiert an. »Und was ist mit dir? Wie viel Champagner hattest du heute Abend?«, fragte er, während er die Hände um meine Hüften legte. »Du liegst nicht schlafend auf dem Boden, deshalb gehe ich davon aus, dass es nicht zu viel war.«

»Liv hat mir nur ein halbes Glas erlaubt. Sie sagte, es sei ihr Geschenk an dich und du könntest ihr an Weihnachten dafür danken.«

Will lachte, und wir wandten uns beide dem Fenster zu, als der Wagen langsamer wurde und schließlich zum Stehen kam. Er rutschte auf dem Sitz in Richtung Tür und wandte sich mir dann wieder grinsend zu.

»Bist du bereit?«, erkundigte er sich, und ich fragte mich, ob jemals drei Worte so bedeutungsschwer geklungen hatten.

War ich bereit? Nicht in einer Million Jahre! Ich war kaum in der Lage, an einem ganz normalen Tag mit Will Sumner umzugehen, ganz zu schweigen, wenn er einen Smoking trug und ich mit ihm allein in einem Hotelzimmer war, in unserer Hochzeitsnacht, wenn er außerdem noch diesen Ausdruck in den Augen hatte.

Er sah mich an, als wäre ich eine köstliche Delikatesse.

Ich hatte nicht die geringste Chance.

Die Tür öffnete sich, Will stieg aus, drehte sich rasch um und reichte mir die Hand. Ich folgte ihm und war sofort umhüllt von den Geräuschen von Rowes Wharf, dem riesigen Gebäudekomplex am Hafen von Boston, direkt neben der Innenstadt.

»Das hast du also für uns geplant«, stellte ich fest und ließ meinen Blick von den Booten, die sich sanft an der Hafenmauer wiegten, zu dem wunderschön beleuchteten Gebäude direkt vor uns wandern. »Und du hast es tatsächlich geschafft, es vor mir geheim zu halten, du Plappermaul.«

Er grinste. »Du sagtest, ich soll dich überraschen.«

»Wie, um alles in der Welt …?«, begann ich, schüttelte dann aber einfach nur den Kopf, weil mich plötzlich eine

Welle der Nostalgie überrollte, die all meine Worte fortspülte. Ich war als Kind im Boston Harbor Hotel gewesen und hatte mir immer gewünscht, noch einmal herzukommen. Allerdings hatte ich keine Ahnung, woher er das wusste. »Hat meine Mutter dir einen Tipp gegeben, hat sie dir von diesem Ort erzählt?«

»Na ja, die Mädchen haben mir ein bisschen geholfen, alles zu organisieren, aber deine Mutter hat mir nichts erzählt. Du warst es«, sagte er, legte seine Hand auf meinen Rücken und führte mich zum Hoteleingang.

»Ich erzähle dir jeden Tag ungefähr dreihundert Nebensächlichkeiten. Ich habe keine Ahnung, wie es dir gelingt, dich auch nur an einen Bruchteil davon zu erinnern«, sagte ich.

Unser Gepäck war schon im Laufe des Tages hergeschafft worden, also gingen wir schnurstracks zu den Aufzügen, nachdem wir unsere Keycards bekommen hatten.

Während er den Knopf drückte, um den Fahrstuhl herbeizurufen, beugte Will sich zu mir herab und drückte mir einen langen Kuss auf die Wange. »Dein Dad brachte dich zum Nachmittagstee hierher, als du acht warst, und deine Mutter zwang dich, ein schreckliches Kleid anzuziehen und Strumpfhosen, die dich ständig in deine – falls ich mich an den richtigen Hanna-Begriff dafür erinnere – *geheimsten Stellen* kniffen? Könnte natürlich sein, dass ich es etwas anders formuliere.«

»Könnte sein«, erwiderte ich und musste bei der Erinnerung grinsen. »Ich hasste dieses Kleid. Es gehörte Liv, habe ich dir das schon erzählt?« Als er langsam nickte, wurde mir ganz warm im Bauch. »Auf dem Tischtuch lagen Rosenblätter.«

»Roséfarbene, wenn ich mich recht erinnere.«

Ich nickte, und mein Blick hielt seinen fest, während ich mich seinem herrlichen Mund näherte. Ich wollte diesen Mund küssen, wollte von ihm kosten und mich auf einem riesigen Bett ausstrecken, während seine Lippen mich verwöhnten. Wir hatten uns erst in der vergangenen Nacht geliebt, und trotzdem fühlte es sich an, als wäre es schon viel zu lange her.

»Ich habe das Gefühl, als wäre ich heute kaum dazu gekommen, mit dir zu reden«, erzählte ich ihm. »Wie seltsam das ist! Es ist unsere Hochzeit, und es fühlt sich an, als hätten wir fast den ganzen Tag nur mit anderen Leuten gesprochen.«

»So kam es mir auch vor«, stellte er fest. »Zwischen den Gästen und den Fotos, deiner Familie, meiner Familie und den Männern, die alle mit dir tanzen wollten … Ich habe dich den ganzen Abend eigentlich nur angestarrt.«

Ich zog ihn zu einem weiteren Kuss herunter und spürte, wie seine Lippen auf meinen vibrierten. »Bist du jetzt interessiert an etwas Zeit zu zweit?«, erkundigte ich mich. »Ich möchte dir gern zeigen, wie gut mir deine Überraschung gefällt.«

»Daran bin ich sehr interessiert.«

Die Fahrstuhltüren öffneten sich, wir traten in die Kabine und stellten uns ganz nach hinten, um Platz für einige Mitfahrer zu machen, die uns zulächelten und Gratulationen murmelten.

Jedes Mal, wenn mir einfiel, dass Will jetzt mein Ehemann war, detonierten in meiner Brust winzige Bomben.

Ich drückte mein Gesicht gegen seine Schulter und atmete seinen Duft ein, während der Fahrstuhl aufwärts fuhr. Er roch unglaublich, das Aroma der Orchideen, das die Rezeption umgeben hatte, haftete an ihm. Für einen Augenblick war ich wie benommen. Die Nervosität und die Heiterkeit waren verschwunden, und blankes Verlangen raste durch meine Adern.

Mit einem schnellen Blick vergewisserte ich mich, dass niemand uns beachtete, dann stellte ich mich auf die Zehenspitzen, um ihm direkt ins Ohr flüstern zu können.

»Ich weiß, dass wir morgen früh nach Hause aufbrechen werden«, raunte ich und fürchtete mich in diesem Moment schon vor dem Wecker, der uns um acht Uhr aufscheuchen würde, damit wir rechtzeitig am Flughafen waren. »Also müssen wir unsere Zeit gut nutzen. Im Bett, auf dem Fußboden, auf der Couch … ich will, dass du mich überall nimmst.« Ich machte eine Pause und fügte noch ein bisschen leiser hinzu: »Ich will dich überall *fühlen.*«

Will richtete sich mit einem raschen Einatmen auf und sah sich um. »Himmel, Hanna.«

»Was? Ich flüstere doch.«

Er unterdrückte ein Lachen. »Hast du dich jemals flüstern hören? Es ist ein Bühnengeflüster, das einfach nur wegen des komischen Effekts benutzt wird und dazu gedacht ist, dass auch die Leute in der letzten Reihe es noch verstehen.«

Ich schüttelte den Kopf. »Auf keinen Fall. Ich bin so leise wie ein Ninja.«

Will lachte immer noch, als die Türen sich im zweiten Stock öffneten und alle zusammenrückten, um ein älteres Paar aussteigen zu lassen. Ich hätte es nur ungern zugegeben, doch nach den Blicken zu urteilen, die uns alle Anwesenden über die Schultern zuwarfen, hatte Will vielleicht doch nicht so ganz unrecht.

Als der Aufzug sich wieder in Bewegung setzte, bückte Will sich und drückte die Lippen an mein Ohr. »Ich versichere dir, Pfläumchen, es sind nicht deine Pläne, mit denen ich ein Problem habe.«

Ein Schauer lief an meinem Rückgrat hinunter, und sein zufriedener Gesichtsausdruck zeigte deutlich, dass er um die Wirkung seiner Worte wusste.

»Wir haben acht Stunden, bis der Wecker klingelt«, sagte ich. »Und ich will keine Sekunde davon verschwenden.«

»Das hört sich wunderbar für mich an.«

»Ich habe eine Liste gemacht und will sichergehen, dass wir jeden Punkt abhaken.«

»Du hast eine *Liste*?«

Blinzelnd sah ich ihn an. »Du nicht?«

»Hanna«, sagte er lachend. »Du bist wunderbar.«

Eine Glocke ertönte, als wir unser Stockwerk erreicht hatten und die Türen sich öffneten. Ich hatte erst wenige Schritte vorwärts gemacht, als er nach mir griff, mich hochhob und laut über meinen überraschten Aufschrei lachte, der im leeren Flur widerhallte.

»Du trägst mich jetzt?« Ich schlang die Arme um seinen Hals. »Daran könnte ich mich gewöhnen.«

»Natürlich tue ich das. Wir sind frisch verheiratet.«

Ich konnte seine Schritte auf dem weichen Teppich hören, doch es gelang mir nicht, meinen Blick von seinem Gesicht zu lösen.

»Sehen Männer immer so selbstgefällig aus, wenn sie ihre Bräute tragen?«, erkundigte ich mich, fasziniert von seinem Mund und seinen Wimpern und dem Gefühl, das er in mir auslöste, als meine Finger durch seine Haare glitten.

»Oder wenn sie in ihre Braut eindringen«, neckte er mich. »Pfläumchen, ich habe alles auf der Welt, was ich immer wollte, warum sollte ich nicht selbstgefällig aussehen?«

»Oh, das war süß. Du wirst dann wohl in Zukunft vor lauter Arroganz nicht mehr zu ertragen sein.«

Will blieb vor einer Tür stehen, und es gelang ihm irgendwie, die Keycard in den Schlitz zu schieben, die Klinke herunterzudrücken und die Tür vor uns aufzustoßen.

»Nun, Mrs. Sumner-Bergstrom, dann ist es wohl eine gute Sache, dass wir jetzt verheiratet sind und ich dich am Haken habe.« Er hielt inne, hauchte einen sanften Kuss auf meine Lippen, der dem Moment eine besondere Bedeutung gab, und trug mich dann über die Schwelle.

Wieder traf es mich wie ein Schlag: Wir waren verheiratet. Will war meine Ehemann – *mein Ehemann* –, und ich war mir ziemlich sicher, dass ich es nie über haben würde, das zu hören.

In den letzten drei Monaten hatten wir in unserer Freizeit ständig an den Details der Hochzeit gefeilt und kaum über etwas anderes gesprochen. Ich war froh, dass ich jede Hilfe angenommen und mich immer wieder selbst daran erinnert hatte, dass es nur ein einziger Tag war, von dem ich wahrscheinlich nicht besonders viel mitbekommen würde.

Ich erinnerte mich kaum noch an die Blumen oder die Tischdekoration beim Empfang oder daran, was wir gegessen hatten, oder an die Zeremonie selbst. Aber ich erinnerte mich an Wills Gesicht, als ich ihn zum ersten Mal neben dem Altar stehen sah, wo er auf mich wartete. Ich erinnerte mich daran, wie glücklich er ausgesehen hatte, während er mir entgegenblickte, als ich durch die Kirche zu ihm ging, und wie auch die kleinsten Selbstzweifel, die ich wegen meines Kleids oder meiner Brüste oder der Tatsache gespürt hatte, dass so viele Leute mich sahen, einfach verschwanden, als ich spürte, wie sein Blick über meinen Körper glitt. Ich wäre nackt zum Altar gerannt, wenn er mich darum gebeten hätte. Seine Stimme zitterte, als er sein Gelübde ablegte, und ich werde nie die Tränen in seinen Augen vergessen, als er Ja sagte.

»Ich bin jetzt bereit für Sex«, erklärte ich ihm, weil ich nicht wusste, ob ich noch eine Minute länger warten konnte.

Will schüttelte lächelnd den Kopf und legte die restlichen Schritte zum Schlafzimmer unserer Suite zurück. »Mit dir wird das Leben nie langweilig sein, Pfläumchen.«

Ich bin sicher, unser Zimmer war prächtig – weiche Teppiche, riesige Fenster und wunderschöne Möbel, genau wie der Rest des Hotels –, doch ich sah nicht das Geringste davon, weil es mir nicht gelang, meine Lippen von seinem Hals zu lösen, während er mich aufs Bett legte und mein Kleid zwischen unseren Körpern zerdrückt wurde.

Will streckte den Arm aus und schaltete die Kristalllampe neben dem Bett an. Dann war er da, direkt über mir.

»Ich liebe dich«, sagte ich.

»Ich liebe dich auch.«

Ich war so sehr bereit für diese Hochzeitsnacht … doch er rührte sich nicht.

Ich wartete, blinzelte zur Seite und sah dann wieder zu ihm hinauf. »Ist alles in Ordnung?«

»Alles ist verdammt perfekt.«

Ein weiterer Augenblick verstrich. Ich sog sein sanftes Lächeln in mich auf, die Art, wie sein Blick jeden Zentimeter meines Gesichts streichelte, bevor er meinen Mund fixierte. »Dann … Was machst du denn?«

»Dich ansehen. Ich sehe meine Frau an.«

»Das ist süß von dir. Aber im Grunde ist es das Gegenteil von Sex.«

Will lachte und schüttelte den Kopf. »Wir sind verheiratet, Hanna«, sagte er, und es hörte sich an, als würde auch er immer noch darüber staunen.

»Ich habe mich schon gefragt, warum du in diesem Smoking rumläufst.« Ich schob die Hand unter den Knoten seiner Fliege und zog ihn näher zu mir heran. »Es sei denn, du liebst es, dich äußerst elegant anzuziehen. Allerdings hast du da diesen Ring am Finger.«

»Ich möchte sehr zärtlich zu dir sein.« Er strich mit den Handflächen über meine Schultern und ließ seine Hände dann zwischen meine Brüste gleiten. Durch den dünnen Stoff spürte ich das Gewicht, den Druck seiner Berührung. Obwohl seine Stimme sanft war, schwang darin Leidenschaft mit und Lust. »Ich habe das Gefühl, heute Nacht sollte ich sehr zärtlich sein.«

Das sanfte Licht warf Schatten auf sein Gesicht, und ich

zog wieder an seiner Fliege und hörte erst auf, als sein Mund direkt über mir war. »Du bist immer zärtlich zu mir, Will. Du gibst mir an jedem einzelnen Tag das Gefühl, geliebt zu werden und respektiert und geschätzt. Ich liebe diese Seite an dir.«

Sein Lächeln wurde breiter, und seine Stimme klang fröhlich, als er in der Dämmerung sprach: »Das klingt, als würde ein großes Aber folgen.«

»Aber – du kannst beim zweiten Mal zärtlich sein.«

Mehr musste er nicht hören.

Will dabei zuzusehen, wie er seine Zurückhaltung aufgab, war, als würde man eine Lunte beim Abbrennen beobachten. Er warf sich nach vorn, und jeder Zentimeter, der uns noch voneinander getrennt hatte, war sofort verschwunden. Die Hitze seines Körpers durchströmte mich, und ich stöhnte auf und zog ihm das Jackett aus.

»Kleider«, murmelte ich zwischen den Küssen, zwischen dem Geschmack seiner Zunge und den scharfen Bissen seiner Zähne. »Aus.« Ich zerrte an seinem Hemd, meine Finger fummelten an den Knöpfen und an seiner Fliege herum, suchten nach seiner Haut.

Will nickte und half mir, ihn von seinem Hemd zu befreien, bevor er meinen Oberkörper gerade weit genug hochzog, um den Reißverschluss meines Kleids zu öffnen und es nach unten zu zerren. Ich wollte ihn bitten, vorsichtig zu sein, wollte ihn daran erinnern, wie viele Shopping-Stunden mit meiner Mutter ich durchleiden musste, bis wir endlich dieses Kleid gefunden hatten. Wollte ihm sagen, dass der Stoff empfindlich war und leicht reißen konnte. Doch nie zuvor im meinem Leben waren Kleider mir gleichgültiger gewesen. Plötzlich war ich wie rasend; so wie es war, wenn Uni und Arbeit zu viel wurden und ich das Gefühl hatte, meine Muskeln würden meine Haut zum Bersten bringen, wenn ich nicht sofort einfach losrannte und mich bewegte.

Wir mussten uns beide ziemlich verrenken, doch schließlich gelang es Will, mit einem letzten Ruck den Stoff über meine Hüften und an meinen Beinen hinunterzuziehen. Sofort kniete ich mich hin, suchte mit meinen Lippen seine Haut und versuchte mit meinen gierigen Händen, ihn wieder über mich zu ziehen.

»Ich liebe dich so sehr«, sagte ich zwischen den Küssen. »Heute war alles so perfekt ... das hier ... heute Abend ... alles. Du.«

Auf meinen Lippen konnte ich sein Lächeln spüren, und unser Kuss wurde unbeholfen – wegen der Zähne und der geflüsterten Worte und all des Glücks, weil wir endlich hier waren, zusammen.

»Du hast keine Ahnung, wie lange ich auf das hier gewartet habe«, sagte er, während er mein Gesicht sanft zwischen seinen Händen hielt.

»Seit dem Abend, an dem du in meine Wohnung kamst?«, fragte ich, doch er schüttelte schon den Kopf.

»Früher. Vielleicht schon seit dem Tag, als wir joggen waren? Du in dem ausgeleierten Sweatshirt deines Bruders und ...«

»Und meinem schrecklichen BH?« Ich lachte an seinem Kinn. »Ich werde mich mein Leben lang darüber amüsieren, dass du Chloe mit mir zum Einkaufen geschickt hast. Es muss furchtbar peinlich für dich gewesen sein.«

»Du musstest die ganze Zeit deine Brüste festhalten, und sie haben mir furchtbar leidgetan. Ich wollte anbieten, sie für dich zu halten – dir meine Unterstützung anbieten und mich bei ihnen dafür entschuldigen, wie gemein du sie behandelt hast«, sagte er und strich mit dem Daumen über meinen Nippel.

»Gott, ich hätte den Verstand verloren.« Mein Kichern wurde zu einem leisen Stöhnen, als er den Druck verstärkte. Dann kam ein Kuss und gleich darauf ein zweiter, einer auf jeden meiner Mundwinkel, bevor er meinen Kopf zur Seite drückte, indem er den Daumen gegen mein Kinn presste.

Er ließ die Hand nach unten gleiten, und ich hörte ihn fluchen, als seine Finger die zarte Seide berührten, die nur knapp meine Brüste bedeckte, und er begriff, was ich anhatte.

»Chloe«, sagte ich, und weitere Erklärungen waren überflüssig.

Er schluckte und wischte sich mit der Innenseite seines Arms die Stirn trocken. Dann atmete er schwer und tief ein und löste den Blick für keine Sekunde von meinen Brüsten, die der dünne Stoff nur mühsam im Zaum hielt. »Erinnere mich an das hier, wenn Chloe Geburtstag hat«, stieß er hervor.

»Ich quelle praktisch aus dem Ding heraus«, erklärte ich ihm.

»Genau das meine ich«, raunte er, schob mich sanft von sich weg und drückte mich hinunter aufs Bett. Meine Beine fielen auseinander, er kniete sich hin und schob die Hüften zwischen meine gespreizten Schenkel. Das große Fenster rahmte seine Silhouette ein. Ich sah zu ihm auf, überwältigt von der Erkenntnis, wie viel größer er war als ich und wie seine breiten Schultern und sein starker Rücken mühelos die Lichter der Stadt verdeckten.

Ich streckte die Hand nach oben, spürte seine Erregung, immer noch in seiner Hose gefangen, und drückte, ein bisschen zu fest, genau wie er es mochte.

Mit einem Ächzen senkte er den Kopf und beugte sich herab, um seine Zunge durch die Vertiefung unter meiner Kehle gleiten zu lassen. Die Decke verschwamm über mir, und ich schloss die Augen, verlor mich in dem Gefühl, das sein Mund und seine Zähne in mir auslösten, das Kratzen seines Kinns, der Druck an der Stelle, wo er seinen Finger in mich schob …

Ich keuchte, wölbte mein Rückgrat über der Matratze und schrammte mit meinen Fingernägeln an seinen Schultern entlang und quer über seinen Rücken, kräftig, aber nicht zu kräftig. Ich war mir nicht sicher, ob er dafür schon bereit war. Will mochte manchmal den Schmerz, bat mich darum. Und es war auch dieses Gefühl, das ihm den letzten Kick versetzte, wenn er dem Höhepunkt so nahe war, dass er kaum noch atmen konnte oder denken oder gar sagen, was er brauchte. Er wusste dann nur, er wollte mehr.

Will hatte offenbar die Frage in meinen Augen gesehen, denn er schluckte und atmete zitternd ein. »Tu mir weh«, sagte er.

Ich grub meine Finger in seine Haare, verzweifelt und tief und gerade heftig genug, dass seine Hüften überrascht nach oben zuckten.

Dann rollte ich ihn auf den Rücken und hob ein Bein, um mich auf seine Hüften zu setzen. Im sanften Licht erkannte ich die Überraschung in seinem Gesicht und sah, wie seine Zähne sich in seine Unterlippe bohrten, während er den Arm hob und meinen BH öffnete.

Ein kalter Luftzug strich über meine Brüste, und meine Nippel wurden hart. Will befreite sich selbst von seiner Hose und zerrte meinen Slip nach unten, bis über meine Füße, sodass ich ihn nicht mehr spürte. Seine Haut unter mir war warm, seine Schenkel fest und bedeckt von weichen Härchen. Sein Schwanz ruhte hart an meinem Bauch.

Ich kniete mich hin und schob seine Spitze dorthin, wo ich ihn haben wollte, presste ihn gegen mich, reizte ihn.

»Willst du das hier?«, fragte ich ihn.

Nickend bewegte er seinen Kopf auf dem Kissen, presste seine Daumen gegen meine Hüften und krallte die Finger in meinen Hintern. Ich ließ mich tiefer herab …

… langsam …

… ganz langsam …

… bis er vollkommen in mir war.

Will stöhnte hilflos und stieß in mich hinein, während ich mich über ihm bewegte. Er streckte die Hände nach oben, um meine Brüste zu umfassen und zu heben, drückte sie zusammen, bevor er sich aufrichtete und einen meiner Nippel in den Mund nahm.

»Will.«

Er stöhnte mit meinen Brustspitzen zwischen den Lippen, saugte heftiger, bevor er mich freigab und mit seiner Zunge Kreise um den Nippel malte. Er war so tief in mir, und ich konnte an nichts anderes denken und nichts anderes fühlen als ihn. Sein Bauch war dort, wo er sich an meinem rieb, nass vor Schweiß, seine Schenkel drückten sich fest gegen meinen Po. Seine Finger glitten ab, als er versuchte, mich fester zu halten und unser Tempo zu beschleunigen, während er mich herabzog und wieder nach oben schob.

Mit einem Keuchen drehte er uns um, warf mich auf den Rücken, senkte den Kopf, und seine Haare fielen ihm in die Stirn. Er sah zu, wie er sich in mir bewegte, hinein und heraus. Härter. Schneller.

Eine Ewigkeit, aber es war nie lange genug.

»Verdammt, Pfläumchen«, sagte er und küsste mich so ausdauernd, zu ausdauernd, bis mein Mund praktisch wund war. Mit einer Hand hob er mein Bein und drückte es gegen meine Brust.

»Herr im Himmel«, ächzte er und stieß mit seinen Hüften noch schneller vor und zurück, berührte bei jedem Eintauchen etwas in meinem Inneren, ließ mich funkelnde Sterne sehen.

Ich streckte die Arme nach hinten und tastete mit den Fingern nach dem Kopfteil, denn ich brauchte etwas zum Festhalten. Jedes Zucken seiner Hüften schob mich ein Stückchen weiter auf der Matratze nach oben und noch näher zu jenem Ort in meinem Kopf, an dem nichts war als ein großes Rauschen, gleichzeitig wurde der Druck in meinem

Unterleib stärker, die Reibung und die Hitze zwischen meinen Beinen waren nun unmöglich zu ignorieren.

»Will«, keuchte ich in seinen offenen Mund. Ich war dicht davor zu kommen, und ich musste zusammen mit ihm kommen, musste fühlen, wie er sich in mir verströmte und dann wieder und wieder, auf meinen Brüsten und meinem Bauch und meinen Lippen.

Will packte die Ecke der Matratze, drückte mein Bein noch fester gegen meine Brust, und da geschah es: Hitze explodierte zwischen meinen Beinen und strömte durch meinen ganzen Körper, sorgte dafür, dass ich die Zehen krümmte und so heftig kam, dass ich nicht einmal aufschreien oder seinen Namen sagen konnte. Er stieß ein letztes Mal in mich hinein, so tief, dass die Luft aus meiner Lunge gepresst wurde, und ich konnte ihn deutlich fühlen, zwischen meinen angespannten Muskeln, wie er in mir kam.

Will fiel zurück aufs Bett und zog mich mit sich, hielt mich neben sich im Arm. »Verdammt noch mal.«

Ich blinzelte hinauf zur Decke und wartete darauf, dass mein Atem sich wieder normalisierte. Meine Knochen fühlten sich an, als wären sie aus Gummi, und ich spürte, wie der Schweiß meine Haut kühlte. Bevor ich nach dem Wecker neben dem Bett griff, sah ich Will an. Noch sechs Stunden und zweiundzwanzig Minuten. Nicht schlecht.

Ich richtete mich auf und füllte zwei Gläser aus der Flasche mit gekühltem Wasser, die auf dem Nachttisch stand, leerte meines in einem Zug und kletterte dann auf Wills Schoß.

Sein Blick wanderte über meinen nackten Körper, bevor er mir das andere Glas aus der Hand nahm. Ich sah ihm beim Trinken zu und bewunderte die Bewegungen seiner Kehle beim Schlucken, seine nackte Brust und seine zerzausten Haare. Dieser Körper? Gehörte mir. Als er mit dem Trinken fertig war, nahm ich ihm das leere Glas ab und drückte ihn wieder hinunter aufs Kissen.

»Nun«, sagte ich und zog eine Augenbraue hoch, »was die Liste betrifft …«

DREI

Will

»Bist du sicher, dass es dir nichts ausmacht, wenn wir die Flitterwochen noch aufschieben?« Hanna, die neben mir auf der Couch saß, hob mir ihr Gesicht entgegen und blinzelt dabei in die Spätnachmittagssonne, die durch unser Wohnzimmerfenster schien. »Fühlt es sich nicht irgendwie an, als würde etwas fehlen?«

Wir hatten eine wilde Hochzeit, eine schlaflose Hochzeitsnacht und ein weiteres Vorstellungsgespräch von der Liste abgehakt. Nun, eine Woche später, waren wir bereits zurück in unserer Wohnung, zurück im Alltag.

Es hatte etwas Beruhigendes, den großen Schritt zu tun und dann sofort wieder in die tägliche Routine zu fallen. Es bestätigte das, was ich Hanna die ganze Zeit gesagt hatte: Unsere Gefühle füreinander würden sich nicht verändern. Wir konnten immer noch genau die sein, die wir vorher gewesen waren. Jetzt waren wir eben verheiratete Leute, die an einem Samstagnachmittag faul in ihrer Unterwäsche herumhingen.

»Es macht mir nichts aus, noch zu warten.« Ich küsste sie auf die Nase und zog sie dichter an mich heran. »Solange du die Zeit nicht nutzt, um noch mehr Reisen zu noch mehr Vorstellungsgesprächen zu vereinbaren.«

Unsere aufgeschobenen Flitterwochen waren bereits für einen Zeitpunkt etwa vier Wochen nach der Hochzeit gebucht – im späten Oktober. Vorher hatten wir eine Woche ohne Vorstellungsgespräche, um zu packen, alles Wichtige im Labor zu erledigen und alle wichtigen Meetings abzuhalten. Bis dahin wollte ich so viel Zeit wie möglich mit Hanna zu Hause verbringen.

Ich spürte ihre Reaktion auf meine Bemerkung in ihrem winzigen Zögern, sah es an ihrem leichten Zusammenzucken. »Hanna?«

»Nicht mal, um zur *Caltech* zu fahren?«, erkundigte sie sich in sanftem Ton.

Es war ein total absurdes Gefühl. Ich hatte es echt satt und hätte am liebsten mit den Augen gerollt, weil meine Frau – heilige Scheiße, *meine Frau* – einen Termin für ein Vorstellungsgespräch bei der verdammten *Caltech* bekam, der berühmten Eliteuniversität in Pasadena.

»Und wann wäre das?«, fragte ich.

»Gegen Ende Oktober? Wir hätten immer noch ein paar Tage Zeit, um uns auf die Reise vorzubereiten.« Ihr Lächeln war so süß, so unendlich hoffnungsvoll, wie hätte ich da Nein sagen können?

Wieso sollte ich das überhaupt wollen? Es ging um ihre Karriere, ihren Traum. Hanna wurde von akademischen Instituten auf der ganzen Welt umworben. Ihre ersten Vorstellungsgespräche hatten im näheren Umkreis stattgefunden: Princeton, Harvard, MIT, John Hopkins. Doch dann waren die Einladungen von weiter her gekommen: Stanford, Max-Planck-Institut in Deutschland, Oxford in Großbritannien. Und nun das California Institute of Technology.

Tatsächlich war es so, dass wir niemals darüber gesprochen hatten, was geschehen würde, wenn sie umziehen wollte. Das Thema befand sich bereits in der Warteschleife, doch wir hatten noch schnell die Pausentaste gedrückt.

Anstelle einer Antwort küsste ich sie noch einmal auf die Nase.

»Heißt das, du bist einverstanden?«, erkundigte sie sich und musterte mich mit einem verhaltenen Lächeln.

»Es heißt, dass ich niemals Nein sagen würde, Pfläumchen. Ich denke, du solltest allen Universitäten, die du in die engere Wahl ziehst, Besuche abstatten.« Nachdem ich sie auf den Mund geküsst hatte, fragte ich: »Hast du schon einen Favoriten?«

Daraufhin kräuselte sie die Nase. »Nicht wirklich.«

Ich sah, wie sie ein paarmal nervös zwinkerte und leicht panisch etwas schneller atmete. Diese Bewerbungsphase zerrte an ihren Nerven. Ich erinnerte mich gut daran, wie ich mich an diesem Punkt gefühlt hatte: Meine Postdoc-Stelle lief aus, und ich war bereit, die nächste Stufe meiner Karriere in Angriff zu nehmen. Allerdings konnte ich nicht glauben, ganz gleich wie gut meine Publikationen waren oder wie viele Einladungen zu Vorstellungsgesprächen ich bekam, dass ich es aushalten würde, tagein, tagaus ein Labor zu leiten. Forschung ist furchteinflößend. Akademische Forschung ist gnadenlos.

Das ist einer der Gründe, warum ich in die Wirtschaft

ging: Ich traute eher meiner Fähigkeit zu erkennen, ob eine Technologie sich als profitabel erweisen würde und wie man sie auf diesen Stand brachte, als ich meiner Begabung traute, etwas vollkommen Neues zu erschaffen.

Auch Hanna kannte ihre persönlichen Stärken: Ihre technische Kreativität war nahezu grenzenlos, und sie besaß die seltene Fähigkeit, problemlos alles, was sie las, in den richtigen wissenschaftlichen Kontext zu stellen. Sie würde eine tolle Professorin werden. Ich befürchtete nur, das würde ihr mehr abverlangen, als sie erwartete.

Aber mit diesem Problem befassen wir uns am besten erst, wenn es akut wird.

Sie atmete tief ein und sah an mir vorbei hinauf zur Decke. »Die Dekanin bei der Caltech scheint großartig zu sein und voll in ihrer Arbeit aufzugehen. Ich habe mir irgendwie vorgestellt, es wimmelt an dieser Fakultät von alten, schrulligen Nerds, aber offenbar ist es nicht so.«

»Nein?«

»Jedenfalls nicht auf den ersten Blick. Ich bin sicher, es gibt dort immer noch eine Menge komischer Nerds.« Kopfschüttelnd fuhr sie fort: »Ihr Name ist Linda Albert. Sie gab mir das Gefühl, ich würde auch Zeit für Dinge außerhalb des Labors haben, was mir bei allen anderen Gesprächen nicht so erschien. Sie fragte auch nach dir, nach deinem Job und wie du damit umgehst, dass ich jetzt all diese Vorstellungsgespräche habe.«

»Das hat sie getan?«

Hanna nickte und nippte an ihrem Teebecher, bevor sie sich reckte, um ihn zurück auf den Couchtisch zu stellen.

Dann kuschelte sie sich wieder in meine Arme. »Ich habe ihr gesagt, du wärst einfach wunderbar. Ich sagte ihr, dass du der kompetenteste Mann bist, den ich kenne.«

Ich lehnte mich zurück und sah zu ihr herunter. Meine Mundwinkel zuckten. »Hast du das genau so gesagt?«

Verwirrt schüttelte Hanna den Kopf. »Genau wie?«

»Als gäbe es verschiedene Stufen der Kompetenz, und ein kompetenter *Mann* gehörte zu einer niedrigeren Stufe.«

Lachend hob sie ihre Hände. »Nein, nein, ich …«

Ich beugte mich vor und kitzelte sie an der Taille, bis sie sich rückwärts auf die Couch fallen ließ. »So wie in: Du bist gar kein schlechter Fahrer … für einen Hund.«

Noch heftiger lachend, wehrte sie sich gegen meine aufdringlichen, kitzelnden Finger.

»Im Grunde hast du also der Dekanin der Biotechnischen Fakultät an der Caltech erzählt, dein Ehemann sei ein Eichhörnchen, das Wasserski fahren könne.«

Grinsend sah sie mich von unten an, und ich stellte meine Kitzel-Attacke ein und beugte mich stattdessen über sie, um sie zu küssen, um meine Lippen über ihre gleiten zu lassen und zu spüren, wie sich ihr Mund unter meinem öffnete.

Ich strich mit einer Hand von ihrer Taille aus aufwärts und ließ meinen Zeige- und Mittelfinger direkt über ihrem Schlüsselbein ruhen, dort, wo ich ihren Puls fühlte.

»Ich liebe dich«, murmelte sie träge, mit geschlossenen Augen.

»Ich liebe dich auch.«

Während ich den Geräuschen der Autos und Menschen von draußen lauschte, beobachtete ich, wie sie sich auf unserer Couch entspannte. Die frühherbstliche Brise wehte durchs Fenster, kühler nun, da der Abend nahte.

»Es ist so gut, wenn es ruhig ist«, sagte Hanna.

»Es ist *immer* gut.« Ich lächelte und summte geistesabwesend einen Song, von dem ich wusste, dass sie ihn vor Kurzem sehr gemocht hatte. Dabei lauschte ich dem Rhythmus ihrer Atemzüge.

Mit einer Fingerspitze zeichnete sie das Pflaumen-Tattoo auf meinem Arm nach und ließ dann den Finger tiefer gleiten, zu dem schwarzen H auf meiner Hüfte, ihrem Lieblings-Tattoo.

»Was möchtest du heute Abend machen?«, fragte sie.

Ich zuckte mit den Schultern und strich mit der Hand durch ihre weichen, wuscheligen Haare. »Genau das. Verheiratet sein. Vielleicht hier einen Film gucken. Etwas zu essen bestellen. Ins Bett gehen und ein wenig vögeln.«

»Darf ich die Reihenfolge ein bisschen ändern?«, erkundigte sie sich und schob die Finger unter das Taillengummi meiner Boxershorts.

Als hätte das Universum von unseren Plänen gehört und über diesen Quatsch laut gelacht, waren plötzlich vom Hausflur her Schritte zu hören, bevor zahlreiche Fäuste gegen unsere Wohnungstür trommelten.

Hanna fuhr zusammen und richtete sich kerzengerade auf. »Was zur Hölle …?« Sie sah mich an.

»Bergstrom-Sumners!«, rief Max vom Flur aus. »Macht die Tür auf!«

»Ich dachte, sie haben sich für Sumner-Bergstrom entschieden«, hörte ich ihn George korrigieren.

Mein Magen sank bis in die Fußspitzen.

Vor der Hochzeit hatten wir keine Zeit für Partys gehabt: Hanna war auf Reisen, ich arbeitete, wir waren zu beschäftigt für die unerlässlichen Junggesellen- und Junggesellinnen-Abschiede. Und um ehrlich zu sein, brauchte das ohnehin keiner von uns; wir brauchten keinen speziellen Abschied von unserer Zeit als Singles – was unsere Freunde übertrieben und *lautstark* bedauert hatten. In der vergangenen Woche waren wir zu unserer Alltagsroutine zurückgekehrt und hatten ein ruhiges Wochenende zu Hause nach der Hochzeit geplant. Hanna wollte, dass wir zusammen in unserer Wohnung Zeit verbrachten, bevor eine Reihe weiterer Reisen anstanden.

Unsere Freunde wussten das.

Sie wussten, dass wir zu Hause waren.

Verdammt.

Sie hatten uns eine Party nach der Hochzeit versprochen.

»Ich glaube, ich weiß, was das ist.« Ich stand auf und ging zur Wohnungstür, ohne auch nur einen verfluchten Gedanken daran zu verschwenden, dass ich nichts als meine Boxershorts am Leibe trug. Sie hatten sich dafür entschieden, hier unangemeldet aufzutauchen? In diesem Fall bekamen sie das, was sie verdienten.

Die Tür schwang auf, und davor standen Chloe und Bennett, Max und Sara und George, den Arm voller Flaschen mit Alkohol.

»Überraschung«, riefen sie alle zusammen.

Alle bis aus George, der meine Boxershorts anstarrte. »Es ist, als hättest du geahnt, dass ich vorbeikomme.«

»Wow. Hallo, Leute«, sagte ich matt.

»Du hast keine andere Wahl, als dich von uns betrunken machen zu lassen und bei unseren Späßen mitzuspielen«, erklärte Chloe und hielt eine Auswahl an seidigen Wäschestücken hoch. »Ein paar davon sind für Hanna, aber die meisten hat George für dich ausgesucht.«

»Was zur Hölle … na dann kommt halt rein«, sagte ich und trat zur Seite.

Max und Bennett trödelten im Hausflur herum und sahen aus, als hätten sie ein schlechtes Gewissen. Ich zog die Brauen hoch und sah sie erwartungsvoll an. »Kommt ihr zwei auch hinein, oder …?«

Sie zögerten und wechselten einen Blick.

»Die Frauen dachten eben …«, begann Max und musterte mein minimalistisches Outfit.

»Nein, hey, alles gut«, sagte ich und zwang mich zu einem breiten Lächeln. »Meine frisch gebackene Ehefrau und ich waren im Begriff, etwas von diesem wunderbaren Sex zu genießen, den man als frischverheiratetes Paar hat, aber, heeey, das hier ist doch *bei Weitem* besser.«

»Hör mal«, sagte Bennett, »wir hätten wahrscheinlich vorher anrufen sollen, aber … Chloe.«

»Vorher anrufen?« Ich lachte, schlug ihnen kraftvoll auf die Schultern und zog sie in die Wohnung. Ich würde diese Sackgesichter nun so abfüllen, dass sie nicht in der Lage sein würden, nach Hause zu laufen. »Es ist nicht nötig anzurufen! Ihr seid zu jeder verdammten Zeit willkommen, wenn ihr herkommen und mit mir und meiner Ehefrau in Unterwäsche herumhängen wollt.«

Max schlich herein und lachte leise vor sich hin. »Tja, so eine Kacke.«

»Die ersten Drinks gehen an diese beiden Gentlemen«, erklärte ich und legte jedem von ihnen einen Arm um die Schultern. »Sie brennen darauf, die Festlichkeiten in Schwung zu bringen.«

Chloe folgte George in die Küche, während Sara ins Wohnzimmer ging, die immer noch von Schreck erstarrte Hanna umarmte und Musik anmachte. Ein fröhlicher Rocksong schallte durch die Wohnung, und die beiden kamen zu uns anderen in den Eingangsbereich.

Hanna schlang die Arme um meine Taille, und ihr Blick suchte meinen. »Was ist gerade passiert?«, erkundigte sie sich lachend bei mir.

In ihrer Miene konnte ich die Frage lesen: *Wollen wir dabei mitmachen?*

Aber schließlich war es so, dass wir ein ganzes Leben lang ruhige Samstagabende miteinander verbringen konnten. Der Freude in den Gesichtern unserer Freude war nur schwer zu widerstehen.

Ich bückte mich und küsste sie. »Ich fürchte, der heutige Abend wird ziemlich schnell aus dem Ruder laufen«, sagte ich dicht vor ihren Lippen.

Sie lachte. »Da könntest du recht haben.«

Chloe kam mit einem Tablett voller Tequila Shots aus der Küche und reichte mir, Hanna und George je einen davon, Bennett und Max je zwei.

»Sehr gut«, lobte ich Chloe.

Sara schraubte fröhlich ihre Wasserflasche auf, und Chloe

scheuchte uns dichter zusammen. »Alle hierher, erhebt eure verdammten Gläser.« Sämtliche Gläser stießen gegeneinander. »Auf die Frischverheirateten, Will und Hanna Sumner-Bergstrom. Macht euch darauf gefasst, ein Leben lang coole Säue zu sein.«

Der Tequila wärmte den Weg von meinen Lippen zu meinen Eingeweiden, und ich sah Hanna an und bemerkte gerade eben noch den Schauer, der sie durchlief, und ihr angeekeltes Gesicht.

»Oh Gott, das ist schrecklich«, stöhnte sie.

»Dann musst du einfach noch mehr trinken«, erklärte George, eilte in die Küche und kehrte wenige Minuten später mit der nächsten Runde zurück.

»Das ist verrückt«, teilte ich ihnen mit. »Ihr seid erst vor fünf Minuten hier angekommen, und wir stehen im Flur und schütten Shots in uns hinein wie eine Horde unreifer Studentenverbindungstypen.«

Bennett stimmte mir mit einem Nicken zu, griff aber dennoch nach seinem dritten Shot.

»Du hast dich vor den Qualen gedrückt, die so ein Junggesellenabschied mit sich bringt«, tadelte Max mich und erhob sein Glas. »Bennett hatte einen in Vegas. Ihr habt meinen in dieser Absturz-Bar im Meatpacking District organisiert.«

»Eine sehr treffende Beschreibung, wenn mich die Erinnerung nicht täuscht«, ergänzte Bennett. »Ich glaube, mehr als eine Handvoll der Gäste hatten an diesem Abend Sex auf der Toilette.«

»Und außerdem: Wann waren wir das letzte Mal alle zusammen betrunken?«, fragte Chloe.

Wir alle wurden still.

»Ich glaube, nie?«, versuchte sich Hanna an einer Antwort, bevor sie den nächsten Shot hinunterschüttete, würgte und die Augen zusammenkniff. »Ich glaube, ich mag keinen Tequila.«

Ich betrachtete sie – die Wangen gerötet, die Lippen feucht vom Alkohol – und ging in die Küche, wo ich mir eine Limette und einen Salzstreuer schnappte und beides zu Hanna trug.

»Hier«, sagte ich und zog sie zu mir heran.

»Oh, *ja*«, gurrte George, der irgendwo hinter uns stand. »Wir sind kaum angekommen, schon gibt es Shots mit Körperkontakt.«

»Leck meinen Hals«, befahl ich ihr, und sie war offenbar schon beschwipst, denn sie tat es ohne jedes Zögern, direkt vor unseren Freunden. »Schütte etwas Salz dorthin.«

Ich spürte, wie das Salz über meine nackte Brust rieselte.

»Okay«, sagte Hanna. »Und jetzt?«

»Leck das Salz ab, trink einen Shot und sauge diese Limette aus meinem Mund.«

»Können wir an dieser Stelle bitte alle unser Augenmerk darauf richten, dass Will immer noch nichts außer seinen Boxershorts anhat?«, rief Sara von der anderen Seite des Zimmers, wo sie gerade die Stereoanlage lauter drehte. »Ist sonst noch jemand peinlich berührt?«

»Das gibt wunderbares Futter für meinen Snapchat-Account«, murmelte George und machte ein Foto, bevor ich den Arm ausstrecken konnte, um ihm das Handy aus der Hand zu schlagen.

Hannas Mund wanderte, begleitet von lauten Pfiffen und Applaus, an meinem Hals aufwärts, dann nahm sie den Shot, leerte ihn und beugte sich vor, um die Limettenspalte zwischen meinen Lippen auszusaugen.

Oh, verdammt.

Sie trat zurück, und ich sah zu, wie sie an dem Limettenstück lutschte und mich gleichzeitig anlächelte.

»Besser?«, erkundigte ich mich.

Sie warf die Schale fort und schüttelte den Kopf. »Nein, immer noch eklig.«

Als sie mich küsste, schmeckte sie nach Tequila und Limette. Selbst wenn ich ihre Lippen den ganzen Tag spürte, war ich doch immer auf der Jagd nach mehr.

Doch sie legte die Hand gegen meine Brust und schob mich sanft weg. »Geh und zieh dir Hosen an. Du hast dich ein bisschen zu sehr … hineingesteigert.« Grinsend machte sie eine Kopfbewegung in Richtung meiner Shorts, und ich bemerkte plötzlich, dass ich auf halbmast gehisst hatte. Dabei stand ich umringt von meinen Freunden mitten in unserem Appartement.

Bennett lachte und wandte sich ab.

»Ach, fickt euch doch alle«, sagte ich und boxte ihn gegen die Schulter, bevor ich ins Schlafzimmer ging.

Innerhalb kürzester Zeit waren alle bis auf Sara sturzbetrunken. Sogar Hanna, die ich nur bei wenigen Gelegenheiten beschwipst gesehen hatte, hörte nur auf zu kichern, wenn sie von heftigem Schluckauf geschüttelt wurde. Der Couchtisch war übersät mit Strohhalmen, Spielkarten, Schnapsgläsern und Bierflaschen. Eine Tüte mit Tortilla-Chips lag ein Stückchen von einer fast leeren Schüssel entfernt, und es schien niemanden zu kümmern, dass die Tischplatte dazwischen gleichmäßig mit Salsa bespritzt war.

»Hanna. Wie steht es bei der Job-Jagd?«, erkundigte sich Bennett in der typisch herausfordernden Art, die er an den Tag legte, wenn er betrunken war.

Hanna hob drei Finger. »Ich habe noch zwei weitere Vorstellungsgespräche.«

»Wo?«, fragte Sara und schob ein Wasserglas in Hannas Nähe.

Meine bezaubernde Frau konzentrierte sich mit Mühe auf ihre Finger und zählte ab: »Berkeley. Caltech.«

Chloe starrte sie finster an. »Wenn du an die Westküste ziehst, mache ich hieraus ein Gewehr.« Betrunken schwenkte sie einen Strohhalm und suchte dann den Rest des mit zahllosen Dingen beladenen Tisches ab. »Und aus diesen Erdnüssen und diesem Glas, und dann schieße ich dir in den Schwanz, Will.«

Ich zuckte bei der Vorstellung zusammen. »Wow …«, begann ich.

»*In den Schwanz,* Will.«

»Okay. Wow. Das war … sehr anschaulich. Ich bin allerdings nicht derjenige mit den Bewerbungsgesprächen.«

»Aber du hast ein Wörtchen mitzureden«, erinnerte mich Max.

»Es spielt keine Rolle.« Benommen wedelte ich mit der Hand, während ich spürte, wie leichte Panik in mir aufstieg. »Hanna wird sowieso praktisch im Labor leben.«

»Pah.« Sie drehte ihren Kopf, damit sie mich ansehen konnte. »Das ist nicht fair.«

»Es ist aber wahr.« Ich stützte mich mit einem Ellbogen auf den Tisch und lehnte meine Wange gegen meine Faust. Es fühlte sich an, als hätte ich all die Zeit zuvor die Sorgen in meinem Kopf unter einem Laken versteckt, das nun, durch den Alkohol gelüftet wurde. »Ich möchte, dass du eine ganz normale Lehrtätigkeit annimmst, damit ich dich tatsächlich auch mal sehe. Aber solche Jobs interessieren dich überhaupt nicht.«

Sie warf den Kopf zurück und kniff die Augen zusammen. »Ich will keine ›ganz normale Lehrtätigkeit‹. Ich will auch ein Labor leiten.«

»Ich weiß«, erwiderte ich achselzuckend. »Das habe ich verstanden. Dann ist das wohl deine Entscheidung.«

Der winzige klare Teil meines Gehirns schlug Alarm. Ein leises Stimmchen in meinem Hinterkopf sagte mir, dass ich mich wie ein Arsch verhielt.

Aber das war mir egal. Es stimmte doch, oder? Der Gedanke, dass Hanna einen Job an einer großen Forschungseinrichtung annehmen könnte, machte mir Angst. Das war einer der Gründe, weshalb ich selbst eine solche Position nicht angetreten hatte: Der ständige Druck, in den anerkanntesten Fachzeitschriften zu veröffentlichen, würde mich umbringen. Daneben bliebe nämlich für absolut nichts anderes mehr Zeit.

Bis sie eine unbefristete Professorenstelle hatte – und das würde *Jahre* dauern –, würde sich ihr ganzes Leben um ihr Labor drehen.

Außerdem vereinbarte sie überall Vorstellungsgespräche und hatte mir immer noch nicht den leisesten Hinweis gegeben, wohin sie gehen wollte. Möglicherweise mussten wir innerhalb der nächsten Monate unser Zuhause aufgeben und auf die andere Seite des Landes ziehen! Und ich hatte bis jetzt nicht die geringste Ahnung, wo wir landen würden.

Wir hatten erst vor einer Woche geheiratet, und schon musste ich mich darauf vorbereiten, ihrer Karriere gegenüber den Kürzeren zu ziehen.

»Lasst uns weiter *Wahrheit oder Pflicht* spielen«, schlug George vor und bewahrte uns damit lautstark, einen Streit vom Zaun zu brechen.

»Du bist dran«, sagte Bennett zu Hanna.

»Gut.« Sie musterte mich wütend. »Aber mit dem Thema sind wir noch nicht durch.«

»Könnt ihr damit warten, bis wir fort sind?«, fragte Bennett. »Gott, es tut mir leid, dass ich gefragt habe.«

»Sagt der Mann, der sich an jedem verdammten Tag mit seiner Frau in der Öffentlichkeit streitet«, bemerkte Max.

Hanna schlug die Hände vor der Brust zusammen, um unsere Aufmerksamkeit wieder auf das Spiel zu lenken. »Wahrheit oder Pflicht, Mr. Sumner-Bergstrom?«

Lächelnd beugte ich mich vor. »Oooh, Pflicht.«

Hanna konnte ihr entzücktes Kichern nicht unterdrücken. »Ich befehle dir, George zu küssen.«

Wir alle wandten die Köpfe, um George anzusehen, der weiß wie ein Laken geworden war.

»Was?«, sagte er. »*Wartet.* Was hat sie gerade gesagt?«

»Komm her«, brummte ich und machte für die anwesende Menge eine große Sache daraus.

Ungläubig schüttelte George den Kopf und säuselte: »Oh, mein Gott, oh, mein Gott …«

Grob fasste ich ihm mit der Hand in die Haare, lehnte mich vor und zog seinen Kopf heran. Seine Augen weiteten sich.

Mit meinen Zähnen knabberte ich an seiner Unterlippe. »Atme, George.«

»Hast du vor, mich umzubringen«, erkundigte er sich mit dünner, heiserer Stimme.

»Das werde ich mit hundertprozentiger Sicherheit versuchen«, erklärte ich ihm, beugte mich vor, bedeckte seinen Mund mit meinem und – verdammt, ich war betrunken – ließ meine Zunge hineingleiten, um ihn ein kleines bisschen zu necken.

Ich spürte, wie George dahinschmolz. Als ich mich zurückzog, war sein Mund immer noch offen.

Alle klatschten laut Applaus.

»Alles okay bei dir?«, erkundigte ich mich.

»Von nun an wird alles *für immer* okay sein«, erwiderte er benommen.

Ich lehnte mich zurück und sah Hanna an, die aussah, als wollte sie mich *auffressen.* Ich rutschte dicht an sie heran und küsste sie. »War das in Ordnung?«

Sie nickte und gab sich große Mühe, ungerührt zu wirken. »Nicht schlecht.«

Ihr Wangen waren gerötet, ihre Atemzüge schnell und abgehackt. Meine versaute kleine Frau.

»Bist du inzwischen feucht«, fragte ich leise.

Wieder nickte sie und verzog den Mund ganz langsam zu einem Lächeln.

»Bist du mir immer noch böse?«, erkundigte ich mich.

Ihr Blick wurde kühler, als die Erinnerung zurückkam. »Ich will jetzt nicht darüber sprechen. Ich bin zu betrunken.«

Bis zu dem Moment, in dem sie das sagte, hatte ich mir keine Sorgen über die ganze Sache gemacht. Hanna und ich stritten in Dreißig-Sekunden-Häppchen. Einer von uns sagte etwas, der andere war anderer Meinung, und dann entschieden wir, ob die Sache es wert war, darüber zu diskutieren oder eben nicht.

Weil Hanna Konflikte mehr als irgendetwas sonst hasste.

Wir schrien uns niemals an.

Wir baten den anderen nicht, später noch einmal über eine bestimmte Sache zu reden.

Wir stritten einfach nicht, aber ein Teil von mir *wollte es* wirklich.

Mein Magen grummelte, und ich fühlte mich verdammt unwohl.

Wir schienen uns noch stundenlang zu vergnügen. Chloe und Sara hatten alle erdenklichen Arten von Erwachsenenspielen geplant, darunter eine wilde Runde *Bullshit-Bingo* (Max gewann), eine Runde *Velcro Darts* mit höchst ungenauer Wertung (dabei gab es keinen klaren Sieger) und eine Runde *Ich habe noch nie*, in deren Verlauf wir alle in Sorge gerieten, Chloe oder Bennett würden auf unserem neuen Perserteppich Blut vergießen.

Als es fast drei Uhr morgens war, lagen wir alle herum, die Hälfte unserer Arme und Beine unter dem Couchtisch gestreckt, und starrten stumpfsinnig gegen die Decke.

»Wir sollten gehen«, lallte Bennett und stemmte sich mit offensichtlicher Mühe hoch. »Uns bleiben nur dreißig Stunden, bis wir halbwegs plausibel Führungskräfte darstellen müssen.«

»Ich werde einen Kater haben«, jammerte Chloe. »Wen kann ich dafür anheuern, die Zeit zurückzudrehen und drei dieser Tequila Shots ungeschehen zu machen? Vielleicht auch vier.«

Sara, die in unserem Bett geschlafen hatte, kam aus dem Schlafzimmer und streckte sich. »Ich habe gerade ein paar Taxis bestellt. Lasst uns gehen, ihr Schnapsnasen.«

An der Tür hielt Hanna sie auf und umarmte einen nach dem anderen. »Vielen Dank für das hier. Es hat echt riesigen Spaß gemacht, mit euch Typen ein paar Stunden lang einfach nur albernen Quatsch zu machen.«

»Wir sind alle stolz auf dich«, sagte Max und winkte uns von der Tür aus.

»Ihr kommt sonst nie dazu, einfach nur zu Hause mit Freunden herumzuhängen«, fügte Chloe hinzu. »Ich bin froh, dass ihr für einen Abend mal ein bisschen abschalten konntet.«

Sie tätschelte Hannas Kopf, dann wandte sie sich ab und führte den Rest von ihnen aus unserer Wohnung.

Hanna wandte sich mir zu und lehnte den Kopf an meine Schulter. »Arbeite ich wirklich so viel? Die ganze Zeit?«

Achselzuckend küsste ich sie auf den Kopf. »So ungefähr«, erwiderte ich, und mein Frust löste sich in Luft auf.

Das war eines der Dinge, die ich an Hanna bewunderte: Sie eroberte die akademische Welt im Sturm. Aber das war auch der Punkt, der mein Bild von unserer Zukunft am meisten trübte. So schwer es mir auch fiel, es zuzugeben: Ich mochte den Gedanken, dass Hanna jeden Abend zu Hause sein könnte, dass sie eines Tages schwanger mit unserem Kind sein würde und dass ich jede freie Minute mit ihr verbringen würde, wenn ich nicht gerade an meinem Arbeitsplatz wäre.

Sie war nicht dazu geschaffen, in erster Linie Ehefrau und Mutter zu sein, das wusste ich – ich hatte es immer gewusst, und, verdammt, ich hatte nie erwartet, dass ich mir das von einer Frau wünschen würde –, aber ein primitiver Teil von mir wollte mehr von ihr, mehr von ihrer Zeit und ihrer Aufmerksamkeit. Und dass bevor ich sie überhaupt verloren hatte.

»Ich dachte, ich hätte das letztes Jahr geklärt«, sagte sie. »Nachdem Jensen mein Privatleben durcheinandergewirbelt hat. Und ich hänge schließlich nicht mehr ständig im Labor rum, habe einen Mann und jede Menge Abwechslung.«

Mit dem Arm über ihrer Schulter drehte ich uns beide herum, und wir gingen zum Zähneputzen ins Bad. »Alte Gewohnheiten sind nur schwer abzulegen.«

Sie schüttelte den Kopf, während sie die Zahnbürste in den Mund schob und die Augen zusammenkniff. »Ich möchte heute Nacht nicht darüber sprechen.«

Die Worte kamen undeutlich aus ihrem Mund, während sie heftig schrubbte. Dann sagte sie dennoch: »Es hat mich wütend gemacht, als du sagtest, ich sollte eine Lehrtätigkeit annehmen.«

Ich beugte mich vor, um auszuspucken, und fragte dann: »Was ist so falsch an einem Dozentenjob? Die Arbeitszeiten wären wahrscheinlich viel regelmäßiger, was gut für uns wäre.«

Sie sah mich an, mit Schaum vor den Lippen und großen, glasigen Augen, und bückte sich dann, um ebenfalls auszuspucken und ihren Mund auszuspülen. »Willst du, dass ich deswegen ein schlechtes Gewissen bekomme?«

»Nein«, erwiderte ich, aber ich musste ehrlich sein. »Aber irgendwie fühle ich mich komisch. Ich habe nicht die geringste Ahnung, was du geplant hast. Ja, ich kann von überall arbeiten, aber es wäre nett, wenn ich mich zumindest auf eine bestimmte Region einrichten könnte.«

Sie wischte ihren Mund mit einem Handtuch ab und stand mit geschlossenen Augen da, während sie tief einatmete. »Okay. Wir reden jetzt nicht darüber. In meinem Gehirn klingt alles wie *bla, bla, bla*. Ich bin total betrunken.« Mit einem entschiedenen Nicken drehte sie sich zu mir um. »Lass uns das Thema erst mal vergessen.«

Ich trat einen Schritt dichter an sie heran und beugte mich zu ihr hinunter, um sie zu küssen. »Dann vergessen wir das Thema erst mal.«

Als meine Zunge ihre berührte, zuckte sie lachend zurück. »Oh mein Gott, mir ist gerade eingefallen, dass ich dich gezwungen habe, George zu küssen.«

»Ja, das hast du getan.«

»Es hat ihm gefallen.«

Das brachte mich zum Lachen. »Glaubst du?«

»Und, hat es dir gefallen?«

»Es war nicht total schrecklich. Aber auch nichts so toll wie mit dir.« Ich folgte ihr ins Schlafzimmer, und wir schlüpften unter die Laken.

»Glaubst du, er ist in dich verliebt?«

Ich schüttelte den Kopf. »Nein. Ich glaube, er will nur sehr gern von mir gevögelt werden.«

Hanna lachte, kletterte auf mich und küsste meine nackte Brust. »Ich wette, das hier würde er nur zu gern tun.« Sie rutschte weiter nach unten, zog mir die Boxershorts erst herunter, dann ganz aus und warf sie schließlich auf den Fußboden unseres Schlafzimmers. Ihr Mund berührte die Spitze meines Penis und reizte sie mit der Zunge. »Ich liebe es, dich mit meiner Zunge zu schmecken.« Sie saugte an mir, betrunken und verwegen. »Wie feucht du wirst, als würde dein Körper darum betteln zu kommen.«

Ich spürte, wie mein Herz Anstalten machte, mit lautem Getöse aus meiner Brust zu hüpfen. »Hanna.«

»Gott. Will. Du wirst so hart.« Sie sog an meinem Schwanz, stieß ihn gegen ihre Zunge. »Er ist so vollkommen gerade und so glatt. George würde den Verstand verlieren.«

»Ich will nur deinen Mund.«

Sie schaute mit einem wunderbar verruchten Blick zu mir auf. »Es gefällt mir, dich zu besitzen, wenn andere Leute dich wollen. Das verleiht mir ein Gefühl der Macht.«

»Das von dir zu hören zeigt mir, dass du dir meiner Liebe sicher bist. Vor anderthalb Jahren hättest du das nicht zu mir gesagt.«

Sie lachte gegen meine Haut, und ein warmer Luftschwall umspülte meinen Schaft. »Du trägst meinen Ring. Du hast ein Tattoo mit meinem Namen. Du bist ständig von mir angetörnt und verwandelst dich dann in einen heillosen Chaoten. Ich habe dich für alle anderen Frauen verdorben.«

Vor Verlangen hoben sich meine Hüften von der Matratze. »Sprich in diesem Moment nicht über andere Menschen mit mir. Mir gefällt dieses wilde Ding, das mit mir spielt. Ich will ein verdorbenes kleines Pfläumchen, das meinen Schwanz lutscht.«

Sie schrammte mit ihren Zähnen an meinem Schaft entlang. »Ja?«

»Ja.«

»Es gefällt dir, wenn ich darüber rede, wie sehr es mir gefällt, dich genau hier zu lecken? Es so hart zu spüren und gleichzeitig so weich.« Sie nahm mich tief in ihren Mund und ließ mich wieder herausschnellen, um mir mitzuteilen: »Ich will dich leer saugen.«

»Verdammt.« Die betrunkene Hanna hatte ein schmutziges Mundwerk.

»Und wie ist es hier unten?« Sie leckte über meine Eier. »Es gefällt dir, hier berührt zu werden. Ich glaube, du bist ein wirklich böser Junge, William. Ich glaube, dir gefällt der Gedanke, meine Zunge überall zu spüren, nicht nur, weil es sich gut anfühlt, sondern weil es so versaut aussieht.«

Als ich anstelle einer Antwort stöhnte, schloss sie die Augen und rutschte etwas zurück, um meinen Schwanz wieder in den Mund zu nehmen, tief und rauf und runter, sodass ihre Lippen überall zu sein schienen. Sie hatte viel gelernt und kannte meinen Körper so gut, dass es so perfekt eingespielt wie Atmen war, das hier mit ihr zu erleben.

Das Gespräch, das wir noch führen mussten, lauerte im Hintergrund.

Aber es war nicht allzu schwierig, diese Sorge beiseitezuschieben, wenn sie da war, wenn ihre Lippen warm und feucht an meinem Penis entlangglitten und ihr leises Gurren meinen Schaft zum Vibrieren brachte. Ich erzählte ihr, was ich mit ihr machen würde, wenn sie hier fertig war, wie ich sie mit meinem Mund und meinen Zähnen bearbeiten würde. Wie ich sie heute Nacht nehmen würde, bis sie sich vor Lust auflöste.

Verzweiflung kroch wie ein Ungeheuer unter meine Haut und krallte sich dort fest.

Es machte mir Angst, zumindest ein bisschen, dass es sich nicht anfühlte, als würde ich mich irgendwann an das hier gewöhnen. Stattdessen wuchs bei mir der Eindruck, dass ich sie jeden Tag verzweifelter wollte. Sie gehörte mir. Ich lebte mit ihr. Ich war mit ihr verheiratet. Doch meine Gefühle für Hanna waren so heftig, dass es mir Angst machte, und die vollkommene Unwissenheit, wie und wo es in Zukunft weiterging, weckte in mir ein Gefühl der Unsicherheit.

Ich schloss die Augen, krallte mich in ihr Haar und genoss ihre unmittelbare Nähe. Doch ich brauchte etwas Tieferes und Größeres, als sie mir in dieser Nacht geben konnte.

VIER

Hanna

Noch im Halbschlaf zuckte ich zusammen, als das Licht in meine Augen fiel. Es war beinahe Morgen, die ersten Anzeichen, dass der Himmel heller wurde, drangen schon durch die Ritzen in den Vorhängen. Aber es war noch viel, viel zu früh zum Aufstehen.

Ich zog mir die Decke über den Kopf, vergrub mein Gesicht in den Kissen und kniff die Augen fest zusammen. Draußen auf der Straße war es ziemlich still, und neben mir schlief Will ganz ruhig, doch ich konnte praktisch meine Kopfschmerzen hören.

Ich gab auf, rollte mich herum und suchte mit den Fingerspitzen auf dem Laken nach Wills warmer Haut und …

Uff. Das war offensichtlich ein Fehler gewesen. Ich zählte bis zehn und atmete durch die Nase, während ich darauf wartete, dass das Zimmer aufhörte, sich zu drehen. Mein Magen war eindeutig mit der Änderung der Liegeposition nicht einverstanden.

Ich stöhnte und hielt die Augen fest geschlossen, während es mir gelang, mich hinzusetzen. Mein Mund fühlte sich an, als hätte ihn jemand mit Wattebäuschen vollgestopft, und wahrscheinlich würde ich innerhalb der nächsten zwei Sekunden alles herauswürgen, was ich in der vergangenen Nacht getrunken hatte, aber … okay … die Senkrechte war definitiv die bessere Wahl.

Will murmelte etwas und drehte sich auf die Seite. Ich sah ihn über meine Schulter hinweg an. Er atmete ruhig, hielt das Kissen in den Armen und schlief schon wieder fest. Sein Ehering glänzte auf seiner gebräunten Haut, und ich streckte die Hand aus und strich mit einem Finger über das kühle Metall. Eine Woche – er trug den Ring seit einer Woche, und ich war mir sehr sicher, dass ich noch eine Million Wochen wie die vergangene bewältigen konnte.

Ich stemmte mich vom Bett hoch und schlurfte ins Bad.

Dort benutzte ich die Toilette und wusch meine Hände, putzte mir die Zähne – Gott sei Dank – und trank mindestens drei Liter Wasser direkt aus dem Wasserhahn. In meinem ganzen Leben wollte ich keinen Tequila mehr sehen.

Ich fühlte mich nur unwesentlich besser, als ich ins Schlafzimmer zurückging und mich dort umsah. Mit meinem Blick folgte ich der Spur von achtlos hingeworfenen Kleidungsstücken von der Tür bis zum Bett. Die vergangene Nacht war verrückt gewesen … glaubte ich. Ich erinnerte mich an Alkohol – große Mengen von Alkohol – und an unsere Freunde. Ein vages Bild tauchte vor mir auf, wie Will George geküsst hatte. War ich davon tatsächlich total angetörnt gewesen? Ich musste unbedingt nähere Informationen dazu bei der nüchternen Sara einholen. Und dann war da noch Wills Vorschlag gewesen, ich sollte doch eine Lehrtätigkeit annehmen.

An dieser Stelle wurde mein Kopf klarer. Ich spürte, wie meine Haut prickelte, während ich mich an seine Bemerkungen darüber erinnerte, ich würde sonst in Zukunft mein gesamtes Leben im Labor verbringen, als könnte er sich sicher sein, was passieren würde. Warum war es für ihn okay, bis spät in den Abend zu arbeiten? All seine Kraft in die Karriere zu stecken?

Will hatte mich immer unterstützt und war stolz auf das gewesen, was ich erreicht hatte. Wieso beschwerte er sich plötzlich? Wir waren nun verheiratet, ja, aber ich hatte mich niemals bereit erklärt, mich in ein Hausmütterchen zu verwandeln oder mich selbst aufzugeben. Ich hatte mein ganzes bisheriges Leben meiner Karriere untergeordnet, und ich war verdammt stolz auf die Balance, die ich gefunden hatte, seit ich ihn kennengelernt, mich in ihn verliebt und ihn geheiratet hatte. Hatte er so wenig Vertrauen in meine Fähigkeit, beiden Bereichen meines Lebens gerecht zu werden?

Erneut stieg Ärger in mir hoch, während ich zur Kommode ging, Kleidung herausnahm und so leise, wie ich nur konnte, hineinschlüpfte. Ich fand meine Schuhe unter dem Bett. Mein Handy, meine Schlüssel und mein Ausweis waren überall in der Wohnung verstreut und lagen zwischen den Überresten der Ausschweifungen der vergangenen Nacht. Ich schob die Sachen in die Reißverschlusstaschen meiner Jacke, ging zurück ins Schlafzimmer und schaltete Wills Wecker aus.

Ich würde nun laufen gehen; Will konnte zu Hause bleiben.

Wie vor jenem ersten Lauf mit Will vor mehr als einem Jahr – falls man das, was ich an jenem Tag getan hatte, laufen nennen konnte – ging ich wartend auf und ab. Das Jahr über hatten wir unsere Strecke variiert und waren an verschiedenen Stellen gestartet, um mal am Anfang und mal am Ende der Runde durch die Hügel zu laufen. Anstatt am Engineers Gate an der Ecke 5. und 9. loszulaufen, ging ich am Rand des Fußwegs in der Nähe des Columbus Circle auf und ab.

Ich neige zum Hin- und Hergehen. Ich tat es schon in meinem Elternhaus, wenn mich irgendetwas aufregte, und war mir fast sicher, dass ich im Labor einen Trampelpfad von der Tür zur gegenüberliegenden Wand hinterlassen hatte. Als ich noch klein war, pflegte mein Dad zu sagen, er würde mich vor den Rasenmäher spannen, auf diese Weise würde wenigstens der Rasen gemäht und nicht der Teppich in der Küche zu Tode getrampelt werden.

Da ich wusste, dass Max möglicherweise schon mit Annabel auf war, hatte ich ihm eine Nachricht geschickt, sobald ich die Wohnung verlassen hatte. Und war nun dankbar, dass er tatsächlich bereits auf den Beinen war und kein Problem damit hatte, unseren morgendlichen Lauf ein wenig früher zu beginnen. Obwohl »ein wenig« möglicherweise eine Untertreibung war.

Es war fast noch dunkel draußen – besonders hier im Park. Der Himmel war dunstig und pflaumenfarben, doch die Ränder leuchteten heller und heller, als die Sonne langsam hinter den Bäumen aufstieg.

Ich liebte diese Morgenstunde, wenn die Luft noch kühl und frisch war und sich kaum Leute hier befanden, um die man herumlaufen musste. Ich musste nichts tun außer meinen Kopf ausschalten und meinen Körper bewegen. Will und ich waren seit jenem ersten Morgen fast täglich auf diesen Wegen gejoggt, und Max und Annabel hatten sich uns kurz nach der Geburt des kleinen Mädchens angeschlossen. Er behauptete, dass sie an Tagen, an denen er sie zum Joggen mitnahm, besser schlief, aber wir wussten es alle besser. Max liebte diese Augenblicke mit seiner Tochter, und Sara liebte die babyfreie Zeit, die sie dadurch am Morgen hatte.

Heute hörte ich die Räder der Sportkarre schon, bevor ich sah, wie Max auf mich zukam.

»Morgen, Mrs. Sumner-Bergstrom«, sagte er und blieb vor mir stehen. Trotz meiner augenblicklichen Wut auf Will machte mein Magen einen kleinen Sprung, als ich meinen Ehenamen hörte.

»Morgen«, grüßte ich zurück und spürte, wie meine Wangen warm wurden, während ich die Decken beiseiteschob und mich bückte, um das hinreißende Kleinkind zu küssen, das in dem teuren Babyjogger angeschnallt war. »Auch dir einen guten Morgen, Miss Anna. Wie geht es dem hübschesten Mädchen von New York? Geht es ihr gut?«

Annabel kicherte, packte die lose herunterhängenden Strähnen meiner Haare und versuchte, mich daran näher an sich heranzuziehen.

»Wunderbar ausgeschlafen«, sagte Max. »Unglücklicherweise kann man das von den übrigen Bewohnern des Hauses nicht behaupten.«

Ich stieß einen dramatischen Seufzer hervor. »Hast du den Erwachsenen mit dem üblen Kater einfach aufgeweckt, meine Süße?«, erkundigte ich mich, während ich so tat, als würde ich ihren kleinen Fuß aufessen.

Max ächzte. »Sie war schon im verdammten Morgengrauen wach und hat dann auf dem ganzen Weg hierher geschlafen. Jetzt ist sie quietschfidel.«

»Wärst du das nicht?«, fragte ich und richtete mich auf. Bei dem Versuch, irgendeine Ordnung in meine Haare zu bringen, strich ich die wirren Strähnen mit den Fingern zurück und band sie mit einem Gummi, das ich am Handgelenk getragen hatte, oben auf dem Kopf zusammen. »Sie hat jemanden, der sie im Central Park herumschiebt und jede ihrer Launen, wie zum Beispiel Essen und Trinken, prompt befriedigt. Wir sollten es alle so gut haben.«

»In dieser Hinsicht stimme ich mit dir überein. Obwohl ich glaube, William würde genau das für dich tun, wenn du ihn nett genug fragen würdest.«

»Ha.« Ich wandte den Kopf zur Seite und sah die scheinbar endlose Baumreihe entlang.

»Wo wir gerade davon sprechen … wo ist dein Will heute?«, erkundigte er sich und sah ebenso wie ich in Richtung Park.

»Oh … er … schläft noch«, sagte ich und machte eine große Sache daraus, meine Knie abzustauben und mich dem Pfad zuzuwenden. Ich hörte selber die Schärfe in meiner Stimme, war aber sicher, dass sie Max nicht auffiel. Will schlief noch, weil ich die Chance haben wollte zu laufen, ohne ständig gegen den Wunsch ankämpfen zu müssen, ihn ins Wasserreservoir im Central Park zu schubsen. Das würde ich Max gegenüber definitiv nicht zugeben.

»Er schläft noch«, wiederholte Max, offensichtlich erfreut über diese Information. Man musste kein Genie sein, um zu wissen, dass er später am Tag Will entweder gratulieren oder sich ausgiebig über ihn lustig machen würde.

»Bist du bereit?«, fragte ich, und Max nickte, höflich genug, mein seltsames Verhalten zu ignorieren.

Nebeneinander liefen wir bei der USS Maine Statue los, den Pfad entlang, der zum gewundenen Hauptweg führte. Der Weg schlängelte sich zunächst abwärts und stieg dann beständig an, den Cat Hill hinauf. Ich konzentrierte mich auf das Stampfen meiner Füße auf dem Boden und das Surren der Reifen des Kinderwagens direkt neben mir, während ich mich innerlich auf den Harlem Hill vorbereitete.

Harlem Hill war schon immer ein guter Gradmesser dafür gewesen, was für ein Tag vor mir lag. An einem guten Morgen schaffte ich es ganz nach oben und brachte unterwegs noch ein paar Flüche hervor – gerade eben genug, um Will zum Lachen zu bringen. Wenn meine Woche besonders hart gewesen war, schleppte ich mich fast ohne ein Wort hinauf. Mein Kopf war dann leer bis auf einen Gedanken: *Renn dich selbst in Grund und Boden.*

Will kannte mich gut genug, um meine Stimmungen einzuschätzen, Max offensichtlich ebenso.

»Halt, halt. Ein bisschen langsamer, du Pfeil«, sagte er direkt hinter mir.

Ich war gerannt – volle Pulle den Weg *entlanggesprintet* –, und der arme Max hatte Mühe, in meiner Nähe zu bleiben.

»Tut mir leid«, murmelte ich, verringerte mein Tempo, bis ich nur noch ging, und wartete, dass er aufholte. »Ich habe sozusagen vergessen, dass du da bist. Und einen Kinderwagen vor dir herschiebst. Gott, was bin ich für eine Idiotin.«

Max beruhigte mich mit einer Handbewegung, und Seite an Seite fielen wir in Gleichschritt, um uns abzukühlen. »Möglicherweise bin ich nicht so gut in Form wie Du-weißt-wen-ich-meine, aber gütiger Himmel, Hanna, du bist gerannt, als hätte dir jemand Feuer unterm Hintern gemacht. Was ist los?«

»Ich habe dich für einen Augenblick vergessen«, sagte ich, und jetzt, da wir langsamer gingen, bemerkte ich, dass meine Oberschenkelmuskeln brannten und meine Eingeweide in Aufruhr waren. »Uh, ich habe das Gefühl, als müsste ich kotzen.«

»Es geht dir heute Morgen nicht so gut, habe ich recht?«, erkundigte sich Max und lachte nur ein winziges bisschen.

Ich stöhnte. »So kann man es sagen.«

»Und kommt das vom Tequila oder vom Ehemann?«

»Von beidem.«

Er brummte mitfühlend.

Anna wurde unruhig, und Max bückte sich, um ihre Decken in Ordnung zu bringen. »Klingt, als würde eine Geschichte dahinterstecken.«

»Ich bin es nicht gewohnt, böse auf Will zu sein. Wir streiten uns nie, kann sein, dass ich deshalb etwas … erschüttert bin.«

»Das ist verständlich«, sagte er, trat zur Seite und lächelte einen Mann an, der an uns vorbeirannte. »Wenn ich allerdings ehrlich sein soll, klang das, was ich vergangene Nacht gehört habe, für mich nicht gerade wie ein Streit.«

»Wir verstehen uns so gut, und ich bin absolut nicht daran gewöhnt, dass er wütend auf mich ist. Mein Gehirn hat Aussetzer, wenn es ein kleines Problem wie das gibt.«

»Hanna, heiraten ist eine große Sache. Einen neuen Job zu suchen ist eine große Sache. Umzuziehen ist eine verdammt große Sache. Das alles gleichzeitig zu tun kann dich ganz sicher in den Wahnsinn treiben. Gönnt euch eine Pause, okay?«

Nickend kickte ich mit der Schuhsohle einen Stein weg. »Ich weiß. Es ist nur ungewohnt, wenn wir nicht alles mit Leichtigkeit regeln können.«

Max schüttelte den Kopf. »Ich hätte nie gedacht, ich würde jemals ein Paar treffen, das auf so verdammt wunderbare Art zusammenpasst wie Bennett und Chloe … aber du und Will könntet sie übertroffen haben. Obwohl ihr beide möglicherweise Roboter seid. Wenn man es genauer betrachtet.«

»Sehr lustig«, sagte ich und schlug ihm auf die Schulter. »Ich kann nicht glauben, dass Will einfach davon ausgeht, ich könnte Dozentin werden wollen«, fügte ich hinzu. »Weiß er nicht, dass ich das Labor liebe? Weiß er nicht, dass ich mein Leben lang davon geträumt habe, ein Labor zu leiten?«

»Er steht eben unglaublich auf dich, und verliebt zu sein macht sogar die klügsten Männer zu Idioten. Zweifellos kennst du einige wissenschaftliche Fachbegriffe, um das zu untermauern.« Er warf mir einen Blick zu und lachte auf. »Du kennst doch welche, nicht wahr?«

»Ich würde sagen, grundsätzlich ist Neurochemie im Spiel, wenn Menschen sich verlieben – oder Lust, einfacher ausgedrückt –, und es wurde ganz klar nachgewiesen, dass das Gehirn dadurch beeinflusst wird.« Als mir klar wurde, was ich da gerade tat, grinste ich ihn schuldbewusst an.

»Und vielen Dank, dass du meine Aussage begründet hast«, sagte er. »Ihr zwei passt wirklich verdammt perfekt zusammen.«

Ich erwiderte nichts und betrachtete stattdessen den Pfad vor uns. Max hatte recht: Will und ich waren ein perfektes Paar. Wenigstens fühlte es sich so an, und ich war in meinem ganzen vorherigen Leben nicht so glücklich gewesen wie in der Zeit, seit ich mit ihm zusammen war. Aber meine Karriere war mir auch wichtig, und falls irgendjemand das verstand, dann er – davon war ich ausgegangen. Das Labor bedeutete mir etwas. Meine Forschung bedeutete mir etwas. Und er auch.

Warum konnte ich nicht beides haben?

»Wie geht es übrigens mit den Bewerbungsgesprächen voran?«, erkundigte sich Max und riss mich damit aus meinen Gedanken. Wir näherten uns wieder dem Columbus Circle, und inzwischen waren definitiv mehr Leute auf den Joggingstrecken und im Park unterwegs.

»Gut«, erwiderte ich. »Am Dienstag fahre ich nach Berkeley.«

»Toller Campus.«

»Warst du schon mal da?«

Er nickte. »Ich habe in der Gegend ein paar Kunden. Es ist herrlich da, deshalb versuche ich immer ein oder zwei Nächte länger zu bleiben, wenn ich kann – in letzter Zeit kam das nicht so häufig vor.« Er lächelte zärtlich hinunter auf die Sportkarre.

»Ich war nur ein paarmal während unserer Familienurlaube dort. Es könnte ganz nett sein, da zu arbeiten«, sagte ich.

»Es ist also nicht deine erste Wahl?«

»Ehrlich gesagt, habe ich bis jetzt keine erste Wahl.« Der Klang von Sirenen durchschnitt einige Blocks entfernt die Luft, wurde lauter, als die Fahrzeuge sich dem Park näherten, und verhallte dann in der Ferne. Als es wieder ruhig war, sah ich Max an, zuckte mit den Schultern und fügte hinzu: »Ich glaube, ich versuche zunächst einfach nur, die Vorstellungsgespräche hinter mich zu bringen. Und mir dabei vorzustellen, wo Will am liebsten leben möchte.«

»Vertrau mir, dein Ehemann hält dich für den verdammt noch mal außergewöhnlichsten und klügsten Menschen auf Erden. Wenn du ihm sagen würdest, dass du dir eine Uni in der Antarktis ausgesucht hast, würde er dich fragen, wann du anfangen willst zu packen.«

»Ja, das mag wohl sein«, erwiderte ich. »Ich meine, ich weiß natürlich, dass er mich liebt, aber der Rest … zu entscheiden, wo wir leben werden? Das ist eine große Sache.«

»Nun, bevor all das passiert ist – Will, die Hochzeit –, wo hast du dich selbst gesehen?«

Ich atmete tief aus und sah zu, wie sich vor meinen Lippen eine kleine Wolke aus kondensierter Feuchtigkeit bildete. Was wollte ich, bevor Will kam? Ich hatte einen Plan gehabt – ich hatte *immer* einen Plan –, aber an die Zeit vor Will konnte ich mich nur lückenhaft erinnern. Wenn ich daran zurückdachte, waren die Bilder irgendwie schemenhaft und verzerrt, matt.

»Ich habe niemals eine *bestimmte* Uni ins Auge gefasst«, erklärte ich ihm. »Harvard mochte ich immer. Vielleicht die Caltech?«

»Eine Rückkehr nach Hause«, sagte er, summte geistesabwesend und zog die Brauen zusammen, während er darüber nachdachte. »Harvard könnte tatsächlich interessant sein. Stell dir vor, wie oft ich Will an die Zeit erinnern könnte, in der er versucht hat, es im Haus deiner Eltern mit dir zu treiben.«

Bei dem Wort *versucht* wäre ich fast erstickt.

Auf jener Reise hatte Will mehr getan, als es nur *versucht*, und ich war praktisch über ihn hergefallen, sobald wir gemeinsam mein altes Schlafzimmer betreten hatten.

Bei der Erinnerung an das, was später noch in dieser Nacht passiert war, begann mein Puls zu rasen. Wenn ich an jene Zeit zurückdachte, wurde mir klar, dass Will mir ganz deutlich seine Liebe erklärt hatte, und ich war zu begriffsstutzig gewesen – oder zu konzentriert auf den wunderbaren Sex auf dem Fußboden –, es wahrzunehmen. Meine Wangen begannen zu brennen, und ich wechselte rasch das Thema.

»Wäre es denn wirklich kein Problem für Stella & Sumner? Wenn wir umzögen?«

Max sah mich an, als hätte ich gerade etwas vollkommen Absurdes gesagt. »Die Dinge wären ein bisschen komplizierter, aber ihr zwei müsst tun, was für euch am besten ist. Wir werden das mit der Arbeit schon hinbekommen.« Dann lächelte er breit »Das ist eindeutig der Vorteil daran, dass wir beide die Chefs sind.«

Nachdem ich mich im Park von Max und Annabel getrennt hatte, war ich noch nicht bereit, nach Hause zu gehen und Will gegenüberzutreten. Tatsächlich war ich mir nicht einmal sicher, was ich ihm sagen wollte. Stattdessen kehrte ich an der Ecke um und ging in Richtung der Station 59th Street und Columbus Circle, wo ich die U-Bahn zum Labor nahm.

In meinem Leben hat es immer nur zwei Dinge gegeben, die sich für mich einfach anfühlten: die Wissenschaft und Will. Außerhalb meines engsten Kreises war ich nie besonders gut im Umgang mit Menschen gewesen. Ich hatte die Tendenz, zu schnell von vertraulichen Dingen zu reden, und während achtundneunzig Prozent der Zeit war mein Themenfilter durch Kurzschluss lahmgelegt. Aber wenn ich mit Will zusammen war, spielte das – auf die eine oder andere Art – keine Rolle. Er fand es reizend, dass ich niemals den Mund halten konnte, und bei ihm musste ich niemand anders sein als eben Hanna. Es war immer einfach gewesen.

Aber in der vergangenen Nacht … ich war mir nicht sicher, wodurch das ausgelöst worden war. Ich wusste, dass Will meine schwer vorhersehbaren Arbeitszeiten nicht mochte, doch das gehörte dazu, wenn man ein Labor führte. Ich hatte immer gedacht, das würde er als Wissenschaftler verstehen. Will wollte, dass ich eine Lehrtätigkeit übernahm, aber das war etwas, das man tat, wenn die Karriere langsam zum Stillstand kam, nicht wenn sie gerade Fahrt aufnahm. Ich wollte forschen und Aufsätze veröffentlichen und zum wissenschaftlichen Fortschritt beitragen. Ich wollte etwas bewirken. War es nicht während der gesamten ersten Zeit unserer Beziehung vor allem darum gegangen, dass er mir geholfen hatte, mein Gleichgewicht zu finden? Damals war es mir gelungen, warum zweifelte er jetzt an mir?

Ich schloss die Tür auf und trat in den dunklen Raum, wo die Stille sofort durch das Geräusch von knirschendem Glas unter meinen Schuhsohlen durchbrochen wurde.

Es war gerade eben hell genug, um zu erkennen, dass die Wandhalterung eines Regalbretts in der Nähe der Tür gebrochen war, sodass die Dinge, die dort gestanden hatte, auf das Brett darunter und den Fußboden gefallen waren.

»Na toll«, murmelte ich, warf meine Schlüssel auf den Tresen und knipste das Licht an. Was ich sofort bereute. Glas und Papiere waren auf dem gesamten Boden verteilt, und einige kleinere Scherben lagen sogar auf der anderen Seite des Raumes. Und weil so früh am Morgen ich die Einzige hier war, sah es ganz so aus, als würde ich Chefin der Putzkolonne sein.

In einem Abstellraum am Ende des Flurs fand ich einen Besen, eine Kehrschaufel und ein paar Müllsäcke für alles, das entsorgt werden musste. Es dauerte länger, als ich erwartet hatte, alles sauber zu machen, neu zu ordnen und irgendwo anders unterzubringen, aber es fühlte sich gut an, eine anspruchslose Tätigkeit zu haben, die mir Zeit verschaffte, meinen Kopf klar zu bekommen.

Als alles erledigt war, stellte ich die Putzsachen zurück in die Kammer, setzte mich an meinen Schreibtisch und fuhr meinen Computer hoch. Es gab einige E-Mails zu beantworten, Reisedetails, um die ich mich kurzfristig kümmern musste, und einen Datensatz, den es zu überprüfen galt. Ich fand sogar eine weitere Einladung zu einem Vorstellungsgespräch, die ich erst einmal abspeicherte, bis ich meinen Terminkalender überprüfen konnte, um festzustellen, wann ich Zeit dafür hatte. Diese Bewerbung hatte ich Will gegenüber noch nicht erwähnt, und ich zögerte eine Sekunde, während ich an unsere Unterhaltung in der vergangenen Nacht dachte.

Aber das würde in Ordnung sein. Ich würde alle Termine wahrnehmen, und wir würden darüber reden, wenn wir konkrete Angebote hatten, anstatt wegen einer Menge hypothetischer Möglichkeiten in Stress zu geraten.

Nachdem ich das für mich geklärt hatte, ging ich zum Wärmeschrank hinüber, um einige Zellen zu füttern und ein paar Kulturen zu überprüfen, dabei nahm ich kaum wahr, dass ich immer noch nicht gefrühstückt und nicht einmal eine Tasse Kaffee getrunken hatte. Das Knurren meines Magens, das durch den leeren Raum hallte, brachte mich schließlich in die Wirklichkeit zurück. Die Mittagszeit war längst vorüber, und als ich mich zum ersten Mal seit Stunden umsah, stellte ich fest, dass ich immer noch allein war. Ich brauchte einen Moment, bis mir klar wurde, warum das so war: Es war Sonntag.

Alle anderen hatten wahrscheinlich ihre Vormittage damit verbracht zu brunchen oder im Pyjama an jemanden gekuschelt stumpfsinnige Fernsehsendungen zu sehen – jedenfalls nicht hier, um mit zusammengekniffenen Augen durch die Nebel eines Katers auf Zahlenreihen zu starren, die auch bis Montag warten konnten.

Verdammt. Vielleicht hatte Will doch nicht so ganz unrecht.

Als ich nach Hause kam, war es in der Wohnung still. Und ich stellte fest, dass alle Überbleibsel der Party beseitigt worden waren. Ich runzelte die Stirn, fühlte mich schlecht, weil ich es Will überlassen hatte, den Saustall aufzuräumen, und nahm mir vor, ihm später dafür zu danken.

Leise schloss ich die Tür hinter mir und spähte ins Wohnzimmer. Es sah immer noch fast genauso aus wie vor Wills Einzug. Überall standen Bücherregale und Bücher, auf allen Flächen waren Familienfotos verteilt, und in der Ecke hatte der alte Schreibtisch meines Vaters seinen Platz. Aber inzwischen hatten sich Wills Bücher mit meinen vermischt, meine erste richtige Erwachsenencouch stand neben seinen Ledersesseln vor dem Fernseher, den wir zusammen gekauft hatten – unsere erste gemeinsame Anschaffung als Paar. Im Flur hingen immer noch die Fotografien von meiner Familie, aber seine hingen direkt daneben, und schon bald würden die gerahmten Bilder von unserer Hochzeit hinzukommen.

Jedenfalls bis wir anfingen zu packen, um dorthin umzuziehen, wo auch immer ich uns hinbrachte und … es fiel mir unglaublich schwer, jetzt auch nur daran zu denken. Ich hatte den wachsenden Stapel von Umzugskartons ignoriert, die geliefert worden waren und die jeden Tag mehr Raum einzunehmen schienen, aber ich wusste, ich konnte nicht mehr lange so tun, als wären sie nicht da. Demnächst hatte ich alle Vorstellungsgespräche hinter mich gebracht, und das bedeutete, es war schon bald Zeit, eine Entscheidung zu treffen, aber – oh – ich wollte jetzt einfach nur ein paar Stunden lang mit Will untertauchen. Wollte meinen Kopf von allem befreien und wollte nur erleben, wie er sich anfühlte, wie er roch und wie er klang …

Am anderen Ende des Flurs rauschte eine Toilettenspülung, anschließend war laufendes Wasser zu hören, dann öffnete sich die Tür. Schritte bewegten sich über den Holzfußboden, dann war Will da, stand mit weit aufgerissenen Augen in der Tür.

»Du bist zu Hause«, stellte er fest und rührte sich nicht von der Stelle.

Ich legte meine Schlüssel auf den Tisch neben der Tür und zog meine Schuhe aus. »Ja, Entschuldigung.«

»Meine Güte, Pfläumchen«, sagte er, durchquerte den Raum und schlang seine Arme um mich. »Wo zur Hölle bist du gewesen?«

Ich spürte, wie ich mit seinem Körper verschmolz, mich im vertrauten, beruhigenden Geruch seiner Haut verlor, und umarmte ihn ebenfalls. »Ich war laufen.«

»Heute Morgen. Du bist heute Morgen laufen gewesen«, sagte er und lehnte sich gerade weit genug zurück, um mir in die Augen sehen zu können. »Ich habe vor Stunden mit Max gesprochen.«

Ich legte meine Hände gegen seine Brust und spürte die festen Muskeln unter meinen Fingern, fühlte die Wärme seiner Haut unter dem Stoff. »Und dann war ich im Labor«, fügte ich hinzu.

»Warum hast du nicht angerufen? Oder auf einen meiner Anrufe oder eine meiner Nachrichten geantwortet?«

»Oh … mein Handy war in meiner Jackentasche, wahrscheinlich habe ich es auf stumm geschaltet. Ich habe dir allerdings eine Nachricht geschickt, in der stand, dass ich eine Weile weg sein würde.« Mein Blick glitt hinunter zu seinem Hals, und ich musste dem Drang widerstehen, mein Gesicht dort zu vergraben.

Er seufzte, und ich sah zu, wie meine Hände sich zusammen mit seinem Brustkorb bewegten. »Hanna«, sagte er in müdem Ton.

»Es tut mir leid. Ich hätte mir das besser überlegen sollen.«

Er nickte.

»Ich war immer noch verärgert«, erklärte ich und strich mit der Handfläche über seinen Bauch.

Will löste sich von mir, setzte sich auf die Armlehne der Couch und wartete: »Wegen letzter Nacht?«

»Ja. Es gefällt mir nicht, dass du davon ausgegangen bist, ich würde einfach so eine Lehrtätigkeit an einer kleinen Uni annehmen.«

»Pfläumchen, ich bin nicht davon ausgegangen. Aber möglicherweise würde es mir besser gefallen. Ja, so ist es. Denn stell dir vor: Ganz zufällig *mag* ich dich. Ich verbringe gerne Zeit mit dir.« Er schüttelte den Kopf und lachte kurz auf. »Ich meine, der heutige Tag ist ein ziemlich gutes Beispiel für das, was mich stört.«

»Ich gebe zu, ich hätte nicht den halben Tag verschwinden sollen, aber ich habe dir gesagt, ich musste nachdenken.«

»Nun, ich will kein Arschloch sein und auf dem Offensichtlichen herumreiten, aber du gehst dauernd sonntags ins Labor. Nicht nur, wenn du nachdenken möchtest. Und wir haben vor einer Woche geheiratet.«

Uff. Das hatte gesessen. Ich machte einen Schritt von ihm weg, öffnete den Reißverschluss meiner Jacke und hängte sie über eine Stuhllehne. »Ins Labor zu gehen ist mein Job.«

»Ich weiß, dass es dein Job ist, und es gefällt mir, dass du es so ernst nimmst und so *verdammt gut* darin bist. Aber ich versuche auszudrücken, dass auch *ich* etwas von deiner Zeit möchte. Und es wäre schön, wenn du das in deine Überlegungen mit einbeziehen könntest, wenn du die Situation betrachtest. Und wenn du mit mir darüber redest.«

Ich ließ den Kopf zurückfallen und sah hinauf zur Decke. »Werden wir wieder darüber streiten?«

Schon bevor er etwas sagte, spürte ich seine Verblüffung. »Was wir letzte Nacht getan haben, war kein Streiten. Wir können über etwas diskutieren – sogar hitzig –, ohne dass es gleich ein Streit ist. Und was ist übrigens falsch an einem Streit? Es heißt nicht, dass die Welt untergeht, nur weil wir unterschiedliche Meinungen haben, wie wir mit etwas umgehen wollen.«

»Würden wir diese Diskussion führen, wenn ich ein Mann wäre? Würde ein Mann gebeten werden, eine Lehrtätigkeit dem Führen eines großen Forschungslabors vorzuziehen?«

Vor Schreck weiteten sich seine Augen. »Ja! Du willst nicht ernsthaft behaupten, das hier hätte irgendetwas damit zu tun, dass du eine Frau bist? Oder etwa doch?«

»Nein, ich meine … natürlich nicht. Ich weiß, das würdest du nicht tun. Ich will nur … ich will nicht, dass wir über etwas streiten, bevor wir genau wissen, worüber wir streiten – oder was auch immer! Diskutieren!«, sagte ich und wurde immer nervöser. »Wir kennen nicht einmal alle

Optionen, wie können wir also eine vernünftige Diskussion darüber führen? Können wir einfach abwarten? Bitte?«

Will seufzte und hob den Arm, um sich die Haare aus dem Gesicht zu streichen. Er sah mich mit sanften, geduldigen Augen an, dann nickte er und streckte die Hände nach mir aus. »Komm her«, sagte er, und ich schritt ihm entgegen.

Das war es, was ich brauchte: die Nähe, die Sicherheit, die ich fühlte, wenn er mich in den Armen hielt. Alles andere war noch offen, aber das hier, das war die Konstante in meinem Leben.

»Ich habe dich vermisst«, sagte er, drückte mich an sich und strich mit der Handfläche über mein Haar. »Es gefällt mir nicht, wenn ich aufwache und du nicht da bist, ganz besonders nicht mit solchen Kopfschmerzen, wie ich sie heute Morgen hatte.« Er lehnte sich zurück, legte auf jede Seite meines Gesichts eine Hand und sah mich prüfend an. »Gott, das muss ein schrecklicher Lauf gewesen sein.«

»Max hatte Glück, dass ich ihn nicht vollgekotzt habe«, erklärte ich und wandte den Kopf, um erst einen Kuss auf seine Handfläche zu hauchen und dann noch einen weiter oben, auf die Rückseite seines Rings. »Ich will nie wieder etwas trinken. Ich bin ziemlich schlecht darin.«

»Du bist allerdings ziemlich schlecht darin«, stimmte er zu und sah mich immer noch an. »Jetzt geht es dir aber gut?«

»Vollkommen gut«, erklärte ich. »Sehr« – Kuss – »sehr« – Kuss – »gut.« Zischend sog er die Luft ein, als ich meine Lippen auf sein Handgelenk presste, erst ganz keusch, dann feuchter, saugend und mit geöffnetem Mund, um seinen Puls an meiner Zunge zu spüren.

Er reagierte mit einem weiteren scharfen Einatmen, und ich suchte mit meinen Augen seinen Blick.

»Ja?«, fragte er, und ich knabberte mit meinen Zähnen an seiner Haut, bohrte sie hinein, bis er vor Schmerz seine Brauen ein wenig hochzog. »Hier?«

Ich nickte, machte einen Schritt rückwärts, zog mir das Shirt hoch und weiter über den Kopf. Seine Blicke folgten jeder meiner Bewegungen, und ich beobachtete, wie seine Züge sich immer mehr lockerten, bis auch die letzte Anspannung daraus verschwunden war.

»Genau hier«, sagte ich.

Wir wussten beide, was der andere mochte. Will gefiel es, manchmal ein bisschen grob zu sein, und ich mochte es, geführt zu werden, von ihm zu hören, wo er mich haben wollte und was ich tun sollte.

Will packte sein Hemd hinten im Nacken, zog es aus und warf es achtlos auf die Couch. »Dann dreh dich um«, befahl er und bewegte seinen Finger in der Luft im Kreis.

Ich tat, was er sagte, und drehte mich zu seinem abgenutzten Ledersessel um, der direkt hinter mir stand.

Ich liebte diesen Sessel, und genauso ging es Will. Ich rollte mich gern darin zusammen, wenn ich arbeitete, zog die Beine unter den Körper und stellte meinen Laptop auf die Armlehne. Ich liebte es, wenn Will in diesem Sessel saß und ich in dem anderen und wir beide still waren, weil wir keine Worte brauchten, während wir lasen oder fernsahen. Und ganz besonders liebte ich es, wenn er mich auf seinen Schoß klettern ließ, wo ich mich in der Decke vergrub, mit der er sich zugedeckt hatte, und wir dann einen Film sahen.

Und obwohl wir schon Sex auf fast jedem Möbelstück gehabt hatten, das wir besaßen, hatten wir es dort niemals getan, auf einem seiner liebsten Besitztümer – dem Sessel, den er von einem Zuhause zum nächsten mitgenommen hatte, seit er erwachsen war.

Ich machte einen Schritt nach vorn. »So?«, fragte ich, während ich mich auf den Sitz sinken ließ, wo ich die Knie gegen die Polster presste und ihm den Rücken zukehrte.

»Genau so.« Warme Hände öffneten meinen BH und zogen ihn von meinem Körper. Wills Finger kitzelten meine Rippen, bevor sie zum Taillenbund meiner Hose glitten, mit dem sie eine Weile herumspielten, bevor sie die Hose zusammen mit dem Höschen bis zu den Knien über meine Schenkel nach unten zogen.

Kühle Luft strich über meine Haut, und ich fühlte mich nackt, vor ihm entblößt. Ich schloss die Augen, während er seine Finger sachte an meinem Rückgrat aufwärts krabbeln ließ, jeden Wirbel zählte und jedes Erschauern bemerkte. Als er meinen Nacken erreichte, schob er seine Hand in meine Haare, wickelte sie dort, wo sie oben am Kopf immer noch locker zusammengebunden waren, um seine Finger, hielt sie fest und benutzte sie als Hebel, um mich nach vorn zu schieben, sodass mein Rumpf, mein Bauch, meine Brüste über das kalte Leder gebeugt waren.

»Gut«, murmelte er, und ich spürte, wie er sich von mir wegbewegte, hörte das Rascheln von Stoff, als er sich hinter mir auszog. Ich wollte mich umdrehen und ihn ansehen, aber als ich endlich den Mut aufbrachte, es zu tun, wurde das Kissen unter mir wieder zusammengedrückt, und er war da, warm an der Rückseite meines Körpers. Seine Lippen berührten meine Schulter, meine Wange. Ich spürte, wie er an der Haut meines Halses saugte, und wusste, er würde dort sicher einen Knutschfleck hinterlassen. »Ich liebe dich.«

Ich drehte den Kopf zu ihm und schnappte nach Luft, als ich noch deutlicher den Kontrast zwischen dem kühlen Leder an meinem Bauch und meinen Brüsten und der feurigen Hitze seines Körpers an meinem Rücken spürte.

Will schob die Hand zwischen uns und packte seinen Schaft, schob die Spitze seines Schwanzes – warm und oben ein kleines bisschen feucht – zwischen meine Beine, um damit über meine Klitoris zu streichen. Vor und zurück, vor und zurück.

»Ich will, dass du deine Beine öffnest«, sagte er, und ich tat wie geheißen. »Noch ein bisschen mehr.«

Ich schob meine Knie so weit auseinander, wie es ging, drückte sie gegen die Armlehnen des Sessels. Zufrieden hauchte er einen sanften Kuss auf meine Nase.

»Willst du das hier?«, fragte er, erstarrte genau in dem Moment, in dem ich ihn brauchte, und ließ nur die Eichel in mich hineingleiten, um sie sofort wieder herauszuziehen. »Willst du, dass ich mit dir spiele oder dass ich dich einfach nur ficke?«

»Fick mich«, sagte ich und zuckte mit meinen Hüften, auf der Suche nach dem Gefühl und um ihn dazu zu bringen, sich zu bewegen. »Will.«

»Pst«, sagte er. »Jetzt habe ich dich.«

Er reizte mich immer weiter, benetzte seinen Schwanz mit meiner Nässe, bevor er ihn hineinschob.

Will neigte dazu, sich selbst für einige Augenblicke zu verlieren, wenn er in mich hineinglitt. Dann fluchte er oder sagte meinen Namen, flüsterte mit den Lippen an meiner Haut zusammenhanglose Worte, als wäre es für ihn so überwältigend, einfach nur dort zu sein, dass er jeden Moment kommen könnte. Heute war keine Ausnahme, und er stöhnte in mein Haar, sein Atem kam in kurzen, heißen Stößen, während er sich langsam bewegte, Zentimeter für Zentimeter, bis sein Becken eins mit meinem Hintern war und sein flacher Bauch sich gegen die Wölbung meines Rückgrats presste.

»Es ist so gut«, stieß er hervor, während er sanft an meiner Schulter knabberte und seine Hüften langsam kreisen ließ. »Es ist so verdammt warm um mich herum.« Er saugte an meiner Haut, nahm meine Brüste in seine beiden Hände, knetete sie, kniff in meine Nippel, bevor er eine seiner Hände abwärts zwischen meine Beine gleiten ließ.

Ich war nass und glitschig, und seine Finger wanderten nach unten, genau dorthin, wo ich sie haben wollte. »Da.«

»Ja?«, fragte Will, und ich nickte und wimmerte, während ich spürte, wie mein Körper sich um seinen Schaft krampfte. Ich versuchte, seine Stöße zu erwidern, versuchte, ihn in mir festzuhalten, bevor er sich wieder zurückziehen konnte. So bewegten wir uns gemeinsam, unsere lustvollen Laute hallten im Raum wider, nur gelegentlich unterbrochen durch andere Umgebungsgeräusche oder die Stimmen der Leute aus den benachbarten Wohnungen.

Er wurde schneller, unerbittlicher, und ich suchte nach etwas, woran ich mich festhalten, mich auf irgendeine Weise verankern konnte. Ich griff hinter mich, packte mit einer Hand seine Hüfte und legte die andere über die Sessellehne, während ich meine Wange an das kühle Leder lehnte. Seine Haut war nass vom Schweiß. Ich grub meine Nägel hinein und wusste, das machte es nur besser für ihn.

Will fluchte, sein Atem traf rau und heiß meinen Rücken. Ich bettelte ihn an, und es war mir egal, ob die Leute über uns mich hören konnten oder die auf der anderen Seite der Wände. »Härter. Härter, Will. Bitte.«

»Verdammt, Pfläumchen.« Er wurde schneller, wie rasend, und ich hörte, wie seine Haut gegen meine klatschte, hörte die Geräusche des Sessels, als die hinteren Beine über die Kante des Teppichs rutschten und über den Holzboden schrammten.

»Oh Gott«, keuchte ich, »oh … *Oh* –«

Ich schloss die Augen und spürte, wie eine heiße Woge zwischen meinen Beinen aufstieg und über meine Haut glitt, bevor alles um mich herum explodierte. Ich spürte seine Zähne in meinem Nacken und seine Hände, die meine Brüste umfassten, und sein tiefes Stöhnen sagte mir, dass er verdammt noch mal jetzt gleich kommen würde, bevor er tatsächlich nur Sekunden später brutal in mich hineinstieß, so tief hinein, dass ich ihn fest an meinen ganzen Körper gepresst spüren konnte, von den Schenkeln bis hinauf zu den Schultern.

Wir lagen nackt auf der Couch, ich auf dem Rücken, mit Wills Kopf auf meinem Bauch. »Es tut mir leid, dass ich heute Morgen weggegangen bin«, sagte ich und strich mit meinen Fingern durch seine Haare. »Ich weiß, du hast gesagt, es ist in Ordnung, aber ich wollte es noch einmal erwähnen.«

Er sah auf und stützte sein Kinn gegen meinen Hüftknochen. »Ich weiß, Pfläumchen. Noch einmal fürs Protokoll: Du darfst böse auf mich sein und dir Zeit für dich nehmen.«

»Ich habe deinen Wecker ausgemacht. Das war nicht sehr nett von mir.«

Er lachte, reckte sich über den Rand der Couch und angelte nach meinem Rucksack. »Ich bin sicher, wir werden einander während der kommenden fünfzig Jahre noch einige nicht nette Dinge antun. Wenn sie alle so ruchlos sind, wie dem anderen ein paar extra Stunden Schlaf zu verschaffen, wird es uns ziemlich gut gehen.«

»Was machst du da?«, erkundigte ich mich und sah ihm dabei zu, wie er die Vordertasche durchsuchte. Er zog einen Filzstift hervor, stellte den Rucksack zurück auf den Boden und zog die Kappe des Stifts ab. »Willst du mich wieder verschönern?«

Er summte vor sich hin, während er zu zeichnen begann.

Ein Baum, Wurzeln, die bei meinem Hüftknochen begannen und von dort nach unten wuchsen, sich ausbreiteten. Er malte die Umrisse aus, die Augen konzentriert zusammengekniffen, während die feine Spitze des Stifts sich hin und her bewegte, bis zu den äußersten Spitzen der Linien.

Ich hob den Kopf und schielte an meinem Körper hinab, um einen besseren Blick zu haben. »Es ist wie deins«, stellte ich fest und zeigte auf den Baum auf seinem Bizeps, dessen Wurzeln sich um die Muskeln schlängelten.

»Ein wenig.«

»Wir sollten dir wirklich ein paar Malbücher besorgen«, sagte ich lächelnd, bevor ich den Kopf wieder auf meinen Arm sinken ließ.

»Das wäre nicht ganz dasselbe, nicht wahr?«

»Nicht im Geringsten.« Wieder fuhr ich mit meinen Fingern durch seine Haare und beobachtete, wie sich die Töne im scheidenden Licht veränderten. Ich spürte die Bewegungen des Filzstifts auf meiner Haut und roch die Farbe. Als ich wieder hinschaute, sah ich, dass er sorgfältig die einzelnen Blätter zeichnete.

»Wenn du am Mittwoch abreist, werde ich immer noch bei dir sein«, sagte er.

»Du bist immer bei mir«, erklärte ich, berührte sein Gesicht und tippte sanft dagegen, damit er mich ansah.

In diesem Licht waren seine blauen Augen fast schwarz. Sie wirkten so offen und so ehrlich, ich war mir nicht sicher, ob ich morgen früh in der Lage sein würde, aus der Tür zu gehen, ganz zu schweigen davon, in zwei Tagen in ein Flugzeug zu steigen und nach Kalifornien zu fliegen.

FÜNF

Will

Am Mittwoch verließ Hanna noch vor Sonnenaufgang die Wohnung und beugte sich auf dem Weg nach draußen über mich, um mich auf die Stirn zu küssen.

»Bye, Baby«, flüsterte sie. Offenbar glaubte sie, ich würde noch schlafen. »Wir sehen uns am Freitag.«

Sie wandte sich zum Gehen, doch ich richtete mich auf und schlurfte hinter ihr her zur Wohnungstür, wo sie schon ihren Koffer und die Laptoptasche bereitgestellt hatte.

»Soll ich dir Kaffee machen«, murmelte ich und blinzelte sie an. »Ihn in einen Thermobecher für unterwegs füllen?«

Sie lachte, als ich mich gedankenverloren durch meine Boxershorts hindurch kratzte. Kopfschüttelnd sagte sie zu mir: »Kriech zurück ins Bett, Schlafmütze.«

»Ich glaube, ich gehe laufen.«

Sie kam auf mich zu, küsste mich und brachte sich nicht schnell genug in Sicherheit, als ich sie an den Hüften dichter heranzog und fest an mich presste.

Hanna lächelte, als ich sie küsste, und schlang mir die Arme um den Hals. »Du bist so warm.«

»Wann kommst du am Freitag nach Hause?«, murmelte ich, während ich meinen Mund fest auf ihre Lippen presste.

»Hmmm … spät. Gegen zehn?«

Ich machte einen Schritt nach hinten. »Warte mal. Wohin fährst du noch mal?«

Erneut lachend, streckte sie sich, um mich aufs Kinn zu küssen. »Berkeley.« Sie küsste mich noch einmal und eilte dann los. »Mein Taxi wartet. Ich rufe dich an, wenn ich dort bin.«

»Hey, du da drüben, du bist verdammt still.«

Jensens Stimme riss mich aus meinen Gedanken, und ich blinzelte ihn über den Tisch hinweg an. Er war aus Boston in die Stadt gekommen, und wir hatten uns mit Max und Bennett zu einem späten Lunch bei Le Bernardin getroffen.

»Ich habe nur gerade überlegt, wie es wohl bei Hanna läuft«, erklärte ich. »Sie hat gerade jetzt ihr Vorstellungsgespräch.« Ich drehte mein Handgelenk, um auf die Uhr zu sehen, und korrigierte mich: »Nein, es ist schon seit einer Stunde vorbei.« Als ich auf mein Handy sah, stellte ich fest, dass sie mir nicht einmal eine Nachricht geschickt hatte, um mich wissen zu lassen, dass sie sicher gelandet war.

»Was schreibt sie?«, fragte Bennett, der meinen Blick aufs Smartphone falsch deutete.

»Oh, nur …« Ich wedelte mit der Hand und schüttelte den Kopf. »Noch keine Neuigkeiten. Ich bin sicher, es lief großartig.«

»Ich bin sicher, sie flehen sie bereits an, das Angebot anzunehmen«, sagte Max und lächelte beruhigend. Von den dreien war er derjenige, der mich heute am genauesten beobachtet hatte. Schließlich hatte er Hanna und mich gelegentlich über die Jobsuche reden hören, über den Gedanken umzuziehen, den Gedanken zu bleiben, darüber, wie unser Leben wohl in ein paar Monaten sein würde.

Max wollte sicher nicht, dass wir wegzogen, aber er schien sich dennoch nicht zu sehr darum zu sorgen. Ich konnte meinen Job von überall erledigen, obwohl einige Städte sicher besser geeignet waren als andere.

»Sie glaubt mir nicht, wenn ich ihr sage, dass sie die Entscheidung trifft«, erklärte ich ihnen.

»Nun«, sagte Jensen, »was glaubst du, wo sie landen wird?«

Ich zuckte mit den Schultern. »Ich weiß es wirklich nicht.«

»Und wann habt ihr zwei vor umzuziehen?«, wollte Bennett wissen.

»Nun, vielleicht ziehen wir gar …«

Bennett unterbrach mich mit einer Handbewegung. »Ich meine, wann hofft sie, anfangen zu können? Wo auch immer das dann sein mag.«

»Wahrscheinlich nächsten Herbst. Obwohl einige Unis offenbar wollen, dass sie zum Wintersemester anfängt.«

»Will«, sagte Max. »Zum Wintersemester? Wir haben Oktober.«

Ich nickte und stocherte auf meinem Teller herum.

»Wir haben Oktober«, wiederholte er, »einige Unis wollen, dass sie im Januar anfängt, und du hast keine Ahnung, wo ihr hingehen werdet?«

»Sie hat noch nicht alle Vorstellungsgespräche hinter

sich.« Die Erklärung klang selbst in meinen Ohren lahm, aber es war die, die sie mir wieder und wieder gab.

Meine Freunde nickten, als würde das alles einen Sinn ergeben, und glücklicherweise wechselte Jensen das Thema, aber nach einigen Bemerkungen über die Fusion zweier großer Pharmaunternehmen klinkte ich mich aus.

Hanna und ich waren so sehr auf die Hochzeit und den Beginn ihrer Karriere konzentriert gewesen, dass wir über das *Wie* noch nicht gesprochen hatten.

Alles fühlte sich zu hektisch an, und das Motto »Lass uns das nach der Hochzeit überlegen« war ein einfacher Weg gewesen, jede Entscheidung aufzuschieben.

Und da waren wir nun: verheiratet, verliebt und kurz davor, fast unser gesamtes alltägliches Leben zu ändern. Und wir hatten noch immer nicht die geringste Vorstellung, wie diese Veränderungen aussehen würden.

Ich nahm mir ein Bier aus dem Kühlschrank und lauschte dem befriedigenden Zischen, das der Verschluss beim Öffnen von sich gab.

»Du trinkst doch nicht etwa meine Cream Soda?«, erkundigte sich Hanna am anderen Ende der Leitung.

»Du glaubst doch nicht ernsthaft, ich würde dir deine Cream Soda stehlen?«, gab ich zurück und machte es mir auf der Couch gemütlich. »Ich mag zwar noch neu in dem Geschäft sein, aber ich weiß, wie man sich als Ehemann zu verhalten hat.«

Sie lachte. »Gut. Ich habe sie mir nämlich extra aufgehoben.«

»Weißt du«, sagte ich und vermisste die Wärme ihres Körpers neben mir auf der Couch, »selbst wenn du das Zeug austrinkst – du kannst dir neues besorgen.«

»Sei still. Ich mag die Vorfreude.«

»Das weiß ich«, sagte ich mit einem rauen Unterton in der Stimme.

»Will.« Die einzelne Silbe war ein stilles Flehen, der Startschuss am Anfang des Rennens.

Ich legte den Arm über mein Gesicht und gab mir Mühe, mich nicht vom Gedanken an Telefonsex ablenken zu lassen. »Lass uns später spielen. Erzähl mir von deinem Tag.«

Sie stieß einen langen Atemzug aus und begann: »Nuuun. Lass mal sehen. Ich glaube, das Gespräch lief gut. Es gab eine lange, angeregte Diskussion. Und mir gefällt die Laboreinrichtung, die sie vorgeschlagen haben.«

Ich wartete auf mehr Informationen.

Hanna wurde still.

»Und?«, forderte ich sie auf. »Gefällt dir die Fakultät?«

»Sie scheinen toll zu sein.«

Ich schob meinen Arm weg und sah hinauf zur Decke. »Hanna?«

»Was?«

»Bist du total begeistert von der Jobsuche?«

»Meinst du das ernst?«, fragte sie ungläubig. »Mir ist total schwindelig.«

»Es sieht dir gar nicht ähnlich, so wortkarg zu sein.«

»Ich versuche, zurückhaltend zu sein.«

»Mir gegenüber?«

Ich konnte ihr hilfloses Achselzucken praktisch sehen.

»Ich versuche, meine von einem Augenblick zum anderen wechselnden Meinungen für mich zu behalten. Ich dachte, wir würden darüber reden, wenn wir alle Informationen haben.«

»Ja, das hast du erwähnt, aber ich würde es immer noch vorziehen, gemeinsam diesen Prozess zu durchlaufen«, erklärte ich ihr. »Ich weiß, du brauchtest den ganzen Sonntag zum Nachdenken, Hanna, aber es ist nicht so, dass du mir viel über das erzählt hättest, was dabei herausgekommen ist. Nicht viel mehr, als dass du wütend auf mich warst. Es steht eine große Veränderung bevor.« Ich machte eine Pause und fügte hinzu. »Für uns beide.«

»Max hat mich darauf gebracht, mir nur Gedanken über den Job zu machen, nicht über den Ort«, sagte sie. »Ich meine, du kannst von überall arbeiten.«

Ich richtete mich auf. Der Übergang von der entspannten Unterhaltung zur Irritation kam sehr plötzlich. »Ach, Max hat das gesagt?«

»Nun, und du auch«, fügte sie hastig hinzu. »Ganz am Anfang hast du gesagt ›Machen wir uns keine Gedanken über den Ort, lass uns einfach sehen, was passiert.‹«

»Vielleicht weil ich dachte, wir würden über die Dinge reden, die sich ergeben«, argumentierte ich, während ich aufstand, um im Zimmer auf und ab zu gehen. »Aber jedes Mal, wenn das Thema zur Sprache kommt, sagst du ›Lass uns abwarten, welche Möglichkeiten sich ergeben‹. Aber momentan, Hanna, ist scheinbar jeder verdammte Winkel der Erde möglich. Können wir es wenigstens ein bisschen eingrenzen? Anfangen, einen Plan zu machen?«

»Ich weiß noch nicht, wo ich das beste Angebot bekomme«, brachte sie mit gepresster Stimme hervor.

Ich stieß ein ungläubiges Lachen aus. »Nun, wir können schon mal eine grobe Vorauswahl treffen. Zählt meine Meinung überhaupt ein kleines bisschen?«

»Natürlich, aber wir haben noch nicht mal von jeder Uni ein Angebot.«

»Hanna, wir können davon ausgehen, dass jeder Ort, an dem du gewesen bist, in die Auswahl kommt.«

Es war schrecklich, diese Unterhaltung am Telefon zu führen, aber ich war zu angespannt, um zu warten. Nachdem ich heute die Reaktion meiner Freunde gesehen hatte, wusste ich, dass es absurd war, bis jetzt nicht einmal eine Ahnung zu haben, wohin wir gehen würden. Ich wollte es nicht länger aufschieben.

Ich hörte, wie sie einen tiefen, bewussten Atemzug nahm, bevor sie sagte: »Wenn wir jetzt schon Pläne machen, kommt es mir so vor, als würden wir das Pferd von hinten auf…«

»Verflucht noch mal!«, unterbrach ich sie. »Du bist das verdammte Pferd! Du bist das verdammte Pferd! Die Entscheidung liegt bei dir. Jede Uni will dich.«

»Will.«

Seufzend drückte ich meinen Nasenrücken mit Daumen und Zeigefinger zusammen. Sie klang so verletzlich, aber ihr beschwichtigender Tonfall zersetzte meine bereits schwindende Geduld noch weiter. »Was?«

»Schrei mich nicht an. Ich will nicht streiten.«

Ich war zu wütend, um dieses Thema sofort zu beenden. »Mich an dem Punkt, an dem wir stehen, am Telefon abzuwürgen oder die Dinge einfach totzuschweigen, bedeutet nicht, dass wir nicht streiten. Die Tatsache, dass du schon acht Vorstellungsgespräche hattest und ich ohne die leiseste Ahnung dastehe, wohin du tendierst, ist an sich schon ein Problem. Ich will das klären.«

Hanna wurde am anderen Ende der Leitung still, bis sie schließlich ein leises »Okay« hervorstieß.

Während ich versuchte, mich zu beruhigen, fuhr ich fort: »Baby, es ist nichts falsch an einem Streit. Manchmal werden wir uns nicht einig sein. Manchmal werden unsere Meinungen, wie wir mit einem bestimmten Problem umgehen wollen, vollkommen widersprüchlich sein. Es muss ganz normal für uns sein zu streiten.«

»Nun, wir haben uns erst am vergangenen Wochenende in den Haaren gelegen. Und das hier fühlt sich nach einem riesengroßen Konflikt an«, sagte sie.

»Weil es das ist«, erwiderte ich mit einem ungläubigen Lachen. »Ich meine, hey, es geht schließlich nur um unsere Zukunft.«

Sie antwortete nicht. Alles, was ich am anderen Ende hörte, war ein leises Trommeln. Wenn sie nervös war, klopfte sie sich meistens mit einem Stift gegen ihr Bein.

Ich stützte mich an der Wand ab und bat: »Hanna, sag irgendwas. Ich brauche eine Antwort.«

»Ich weiß nicht, was ich sagen soll, weil ich nicht das Gefühl habe, jetzt schon eine Entscheidung treffen zu können. Ich war noch nicht bei der Caltech. Ich habe noch keine Antwort aus Harvard, aus Berkeley, nicht mal von der Rice University.«

»Und das ist auch in Ordnung«, erklärte ich ihr. »Alles, worum ich dich bitte, ist, dass wir darüber sprechen. Denn du hast Angebote von fünf Unis, aber du weigerst dich, auch nur theoretisch mit mir darüber zu reden. Du fandest Harvard toll. Du fandest Princeton toll, zweifeltest aber bei der Hopkins University und der MIT. Richtig?«

»Richtig.«

Und dann sagte sie nichts mehr.

»Du hast nur noch ein Bewerbungsgespräch vor dir«, erinnerte ich sie mit ruhiger Stimme. »Du hast von allen eine Antwort, bis auf drei Unis. Was sind also deine drei Favoriten?«

»In welcher Hinsicht?«, fragte sie und wurde eindeutig wütend. »Stadt? Finanzielle Mittel? Gehalt? Lehrbelastung? Wie soll ich diese Punkte gegeneinander aufrechnen?«

Als ich meinen Kopf gegen die Wand zurückfallen ließ, gab es ein leises, dumpfes Geräusch. »Gütiger Himmel, Hanna. Es ist, als wärst du aus psychischen Gründen vollkommen unfähig, an diese Entscheidung heranzugehen. Du wägst einfach die verschiedenen Gesichtspunkte mit mir ab, einen nach dem anderen!«

»Es ist kompliziert, Will. Das ist kein einfacher Vorgang. Es gibt ungefähr eine Million Faktoren, die eine Rolle spielen.«

»Fängst du jetzt wirklich an, mich herablassend zu behandeln?«, knurrte ich und stieß mich von der Wand ab, um wieder in der Wohnung hin und her zu gehen. »Ich weiß, welche Unis du besuchst, wenn du das Haus verlässt, und wenn du zurückkommst, sprichst du mit mir ganz allgemein über die Themen, die in den Bewerbungsgesprächen behandelt wurden. Aber bekomme ich auch nur eine einzige persönliche Einschätzung von dir zu hören? Nein! Also ja, mir ist klar, dass es sich um einen komplizierten Vorgang handelt, aber dir scheint das nicht klar zu sein.«

»Vielleicht versuche ich einfach nur, aufgeschlossen für alles zu bleiben.«

»Scheiß auf deine Aufgeschlossenheit!«, schrie ich. »Sei während der Bewerbungsgespräche aufgeschlossen. Innerhalb dieser Ehe sprich mit mir über all die winzigen Bedenken und Ängste und Hoffnungen. Ich will nicht die weichgespülte Version. Ich will das Große und das Kleine, das Hässliche und das Wunderbare. Jetzt kenne ich gerade mal die Fragen, die dir in den Bewerbungsgesprächen gestellt wurden. Ich weiß, wie groß dein Labor jeweils wäre und welche Gelder zur Verfügung gestellt würden. Aber ich habe nicht den leisesten Schimmer, was dir am besten gefällt. Du hast mich nicht ein einziges Mal gefragt, wo ich leben möchte, was ich gern tun würde. Ich würde dir überallhin folgen, Hanna. Aber das möchte ich als dein Partner tun.«

Sie wurde sehr still, und einige Herzschläge lang fragte ich mich, ob sie tatsächlich die Frechheit besitzen würde, einfach aufzulegen. Dann hörte ich jedoch einen leisen Schluckauf und begriff, dass sie weinte.

»Ich will nicht egoistisch sein«, sagte sie. »Das weißt du, nicht wahr?«

»Natürlich weiß ich das«, erklärte ich ihr, schon ruhiger. »Aber sieh mal, du musst all die Überlegungen mit mir zusammen anstellen, als Einheit. Dein Wunsch, aufgeschlossen für alles zu bleiben, bedeutet, du willst nicht zulassen, dass du dich in einen der Orte verliebst. Und deine Unfähigkeit, eine Vorliebe auszudrücken – ganz egal wie vorläufig –, macht es mir verdammt unmöglich, an dem Entscheidungsprozess teilzunehmen.«

Ich hörte, wie sie ihre Nase putzte. »Und deine Weigerung, mit mir zu streiten, ist blauäugig bis gedankenlos. Es hat mir nie gefallen, wie du schon früher vermieden hast, dich den notwendigen Diskussionen zu stellen – das hat uns fast auseinandergebracht, bevor wir überhaupt zusammen waren –, und jetzt hasse ich es wirklich.«

Sie schniefte. »Ich will nur weg vom Telefon.«

Mein Herzschlag wurde unregelmäßig. »Hanna. Ich bitte dich.«

»Du sorgst dafür, dass ich mich wie ein kleines Kind fühle. Wir sehen uns Freitagabend.«

Es klickte in der Leitung, dann war nur da nur noch Stille. Sie hatte aufgelegt. Ich hatte sie angeschrien, und sie hatte aufgelegt. Gut gemacht, Will!

Schuldgefühle, Wut und nackte Angst rangen in meiner Brust, als ich mich von der Wand abstieß und den Raum durchquerte, um mich wieder auf die Couch fallen zu lassen. Vor mir auf dem niedrigen Tisch stand meine Bierflasche, immer noch voll, Schaum stieg im Flaschenhals auf und lief außen am Glas entlang, um auf der Holzplatte eine Pfütze zu bilden. Ich nahm die Flasche und führte sie an die Lippen.

Das würde eine verdammt lange Nacht werden.

Jensen joggte neben mir auf dem Pfad. »Nun ja, ich bin wahrscheinlich die ungeeignetste Person, um über dieses Thema zu sprechen«, sagte er. »Ich ärgere mich seit Jahren über Hannas Kopf-in-den-Sand-stecken-Methode.«

»Nein«, sagte ich und warf ihm einen Seitenblick zu. »Dies ist der Moment, in dem du mir sagen solltest, dass es vollkommen normal ist, eine Woche nach der Hochzeit einen solchen Streit zu haben.«

Das entlockte ihm ein höhnisches Lachen, und erst in diesem Augenblick wurde mir bewusst, was ich gesagt hatte.

Ich machte einen Satz und blieb dann mitten auf dem Weg stehen. »Jensen, ich wollte nicht …«

»Du willst, dass ich dir sage, was eine Woche nach der Hochzeit normal ist?«, erkundigte er sich, während er sich vorbeugte und die Hände gegen die Knie stemmte, um zu verschnaufen.

»Tut mir leid«, sagte ich kopfschüttelnd. »Das war taktlos von mir, Kumpel. Ich bin ein Idiot.«

Er wischte meine Entschuldigung mit einer Handbewegung weg, bevor er sich wieder aufrichtete. »Angesichts der Tatsache, dass meine Frau – die vorher neun Jahre meine Freundin war – mir eine Woche nach unserer Hochzeit gesagt hat, sie sei nicht sicher, ob wir zusammengehören, würde ich sagen, zwischen Hanna und dir ist alles in Ordnung. Ihr habt gerade allgemein viel Stress, das ist alles.«

»So ist es wohl.« Ich drehte mich um, sah den Weg hinunter und betrachtete die vielen Mütter mit Babyjoggern, die in unsere Richtung liefen. Mir war jetzt schon seit Stunden übel.

Wir gingen zur Seite, aufs Gras, und Jensen zog eine Wasserflasche aus seiner lächerlichen Gürteltasche.

»Hanna fokussiert sich wie ein Laser auf ein einziges Thema«, stellte er fest, bevor er einen Schluck aus seiner Flasche nahm. »Das ist es, was sie so großartig in ihrem Job macht und so schlecht im Multitasking. Ich nehme an, ich sollte ihr in dieser Hinsicht wenigstens ein bisschen Anerkennung für Beständigkeit zollen.«

Ich musste lachen.

»Sie versucht einfach nur, sich erwachsen zu verhalten«, sagte er. »Vielleicht glaubt sie, Erwachsene gehen so mit Problemen um. Sie sitzen es aus.«

Ich stöhnte, weil ich wusste, dass er recht hatte. Es war erstaunlich, wie verdammt leicht er zu dieser Schlussfolgerung gelangt war.

»Nun, das ergibt Sinn, wenn man bedenkt, dass sie mir gestern Abend gesagt hat, ich würde sie wie ein Kind behandeln.«

Jensens Lachen dröhnte durch die kühle Morgenluft. »Viel Glück bei dieser Angelegenheit, Will.« Er tat, als würde er sich eine Träne abwischen. »Heilige Scheiße, ich glaube nicht, dass es je langweilig werden wird, euch beiden dabei zuzusehen, wie ihr durch eure Ehe stolpert.«

Mein Handy klingelte auf dem Nachttisch, und ich schreckte aus dem Schlaf hoch. Ich nahm es in die Hand, wischte über das Display und sah blinzelnd auf die Uhrzeit: kurz nach drei Uhr morgens.

Das letzte Mal, als ich auf die Uhr gesehen hatte, war erst fünfzehn Minuten her.

»Hallo, Pfläumchen.«

»Hallo, du.«

Eine warme Welle der Erleichterung durchlief mich. »Ist alles in Ordnung mit dir?«, erkundigte ich mich.

Sie ließ ein leises Hicksen heraus und piepste: »Nicht wirklich.« Sie stockte. »Hast du geschlafen? Deine Stimme klingt ganz heiser-verschlafen.«

»Ich bin vor ein paar Minuten etwas eingedöst«, erklärte ich und schüttelte dabei den Kopf.

Sie fing an, sich zu entschuldigen, aber ich unterbrach sie. »Nein, nein, ich bin froh, dass du angerufen hast.«

»Ich konnte auch nicht schlafen«, gestand sie. Ihre Stimme klang ein wenig dumpf, weil sie offenbar auf der Seite lag. »Du fehlst mir, und ich finde es schrecklich, dass wir gestritten haben.«

Ich ließ mich gegen das Kissen sinken und rieb mit der Hand über mein Gesicht. »Es tut mir leid. Ich habe mich wie ein Idiot verhalten.«

»Das hast du nicht. Du hattest recht.«

Ich nickte. Ich hatte recht, und das wusste ich auch, aber ich hätte behutsamer vorgehen können. Weil Hanna sich in vielen Dingen so kontrolliert verhielt, vergaß ich leicht, dass sie erst fünfundzwanzig und gerade eben dabei war zu entscheiden, bei welcher Eliteuni und in welcher Fakultät sie arbeiten wollte. Mein Gespräch mit Jensen hatte mich heute daran erinnert, dass Hanna innerhalb von drei Jahren das College hinter sich gebracht hatte und in weiteren drei Jahren ihre Doktorandenausbildung. Direkt im Anschluss hatte sie eine einjährige Postdoktorandenstelle gehabt – sie musste erst noch lernen, wie man Entscheidungen bezüglich seiner Karriere trifft, etwas, womit viele von uns erst viel später konfrontiert wurden.

»Und wie war der Rest deines Tages?«, fragte ich meine Frau.

Ich streckte mich im Bett aus, während sie tief Luft holte und mit einer genauen Beschreibung ihres Vorstellungsgesprächs begann: was sie während des Gesprächs gefragt worden war, die Treffen mit den anderen Fakultätsmitgliedern hinterher und später das Dinner mit dem Dekan in einem kleinen, aber offensichtlich fantastischen Sushi-Restaurant in San Francisco.

Sie berichtete, was sie gegessen hatten, wiederholte den diskreten Klatsch, der ausgetauscht worden war, und erzählte von den erstaunlichen Gemeinsamkeiten und Berührungspunkten in dieser kleinen Welt, die sich im Laufe des Tages herausgestellt hatten – etwas das, ehrlich gesagt, in der Forschung ganz normal war, weil jeder jeden kannte.

Die ganze Zeit, während die Worte nur so aus ihr heraussprudelten, hörte ich ihr zu und versuchte dabei, mir uns an diesem Ort vorzustellen.

Ich versuchte, mir vorzustellen, dort zu leben.

Da ich im Pazifischen Nordwesten aufgewachsen war, sah ich durchaus Gemeinsamkeiten mit der San Francisco Bay Area. Ich war mir nur nicht sicher, ob ich nach Kalifornien ziehen wollte. Ich mochte unsere Jahreszeiten. Mir gefielen die kurzen Wege in der Innenstadt. Ich wollte nicht überall mit dem Auto hinfahren müssen.

Ich wollte eigentlich nicht von der Ostküste wegziehen,

und das war mir bis zu diesem Moment nicht so deutlich klar gewesen.

Verdammt.

»Aber, ich weiß nicht«, sagte sie und riss mich aus meinen Gedanken. »Ich kann mir uns an diesem Ort nicht vorstellen.« Sie stockte, und ich fragte mich kurz, ob ich versehentlich eine meiner Überlegungen laut ausgesprochen hatte. »Ich kann mir dich dort nicht vorstellen«, fügte sie hinzu.

Ich schluckte, während ich versuchte, die Worte zu einem richtigen Satz zusammenzufügen – wenn ich ihr zu schnell zustimmte, würde sie das Gefühl haben, sie dürfte sich für keine Uni in Kalifornien entscheiden. Ich hatte meine Worte ernst gemeint: Ich würde ihr überallhin folgen. Aber ich konnte nicht abstreiten, dass ein großer Teil von mir plötzlich hoffte, ich würde ihr nicht dorthin folgen müssen.

»Du kannst es nicht?«, fragte ich, um Zeit zu gewinnen.

»Nein«, erwiderte sie, und es hörte sich an, als würde sie sich im Bett umdrehen. »Du musst in einer großen Stadt leben. Größer als diese hier.«

»Du hast immer noch eine große Auswahl an Städten«, erinnerte ich sie.

»So ist es.«

»Dann ist Berkeley also aus dem Rennen?«, erkundigte ich mich vorsichtig.

Sie atmete tief ein und flüsterte schließlich: »Ja. Ich glaube. Es hat mir gefallen, aber nicht gut genug.«

Wir wurden still, und das Geräusch ihres ruhigen Atems in meinem Ohr machte mich sofort müde. Von Zeit zu Zeit berührte es mich immer wieder aufs Neue, wie leicht ich abhängig von den Geräuschen geworden war, die sie machte, wenn sie neben mir einschlief.

»Ich liebe dich so sehr«, murmelte sie.

»Ich liebe dich auch«, erwiderte ich. »Komm zu mir nach Hause.«

Wir schliefen beide ein, und keiner von uns machte sich die Mühe aufzulegen.

Ohne ihr Wissen stornierte ich die Reservierung des Wagens, den Hanna zum Flughafen bestellt hatte, und fuhr selbst hin. Mit dem alten Subaru raste ich von Manhattan zum JFK.

Ich merkte schnell, dass ich eine total bekloppte Idee gehabt hatte, und war sehr froh, dass ich nicht jeden Tag mit dem Auto fahren musste.

Aber als sie die Rolltreppe herunterkam und so erschöpft aussah und so zauberhaft zerzaust, wurde mir klar, dass ich mich durch jeden Verkehrsstau drängen würde, um zu ihr zu gelangen. Überrascht rannte sie direkt in meine Arme und roch warm, süß und so scharf, dass ich ihr am liebsten die Kleider vom Leib gerissen hätte.

»Was machst du hier?«, fragte sie. Ihre Stimme wurde von meiner Jacke gedämpft.

»Ich entführe dich.«

»Nach Hause?«, wollte sie wissen.

Ich schüttelte den Kopf. »Wir werden das Wochenende im Norden verbringen.«

»Wieso?« Sie lehnte sich zurück, um mich ansehen zu können.

Nachdem ich ihre Tasche genommen hatte, führte ich sie aus dem Gebäude. »Als wir heute Morgen aufgelegt haben …«, sagte ich lachend, »… konnte ich nicht aufhören, daran zu denken, wie gern ich dich zu Hause haben wollte, damit wir reden, uns entspannen und wieder auf uns besinnen können. Ich hatte einfach Hummeln im Bauch, als ich begriffen habe, dass unser Leben sich ändern wird. Ich muss wissen, dass wir auch irgendwo anders darüber reden können, nicht nur an dem einzigen Ort, an dem wir je zusammengelebt haben.«

Sie wandte den Kopf, streckte sich und küsste mich. Wir standen immer noch neben dem Auto. »Du willst einfach nur sichergehen, dass wir uns immer wieder auf uns besinnen können, egal wo wir sind.«

Ich erwiderte ihren Kuss und kämpfte gegen die Versuchung an, die hintere Tür zu öffnen und sie in der dämmerigen Garage auf dem Rücksitz zu vögeln.

Die Fahrt nach Norden war eine Tortur, weil sie den Verschluss meiner Jeans öffnete und mit der Hand an mir herumspielte – ohne es tatsächlich zu Ende zu bringen. Stattdessen spürte ich ihre Finger, die mich reizten, ihren Mund an meinem Hals und schließlich das Gewicht ihres Kopfes an meiner Schulter, als sie sich gegen mich lehnte und eindöste, während ihre warme Hand auf meinem nackten Bauch ruhte.

Es war schon spät, als wir schließlich in dem Bed & Breakfast ankamen und eincheckten, wobei wir jede überflüssige Konversation vermieden, und anschließend so leise wir konnten den Flur entlang zu unserem Zimmer schlichen.

Das Zimmer war zugig und roch nach feuchtem, gemähtem Gras. Draußen zirpten die Grillen, und der Wind brachte die Zweige des Baums neben unserem Fenster zum Ächzen. Aber als wir die Tür hinter uns geschlossen hatten, sah Hanna mich an und lächelte.

Die ganze Welt um uns herum versank.

Mit zitternden Händen zog ich sie aus und warf sie auf das knarrende Bett. Lachend streckte sie ihre blassen Glieder auf der Decke aus und lockte mich zu sich.

Ihr Duft, der Geschmack ihrer Haut auf meinen Lippen …

Ich schaltete die Lampe ein, um sie besser sehen zu können, um zu beobachten, wie die Röte an ihrem Hals aufwärtsglitt, während ich stöhnend mein Gesicht zwischen ihren Brüsten vergrub.

Ihre Bauchmuskeln zuckten unter meinem Mund, als ich mich an ihrem Körper abwärtsküsste, saugte und ihren Geschmack genoss, bis sie mich bei den Haaren über sich zog und meine Kleidung mit gierigen, ungeduldigen Händen wegschob.

Es ging sehr schnell und, verdammt, wahrscheinlich war es auch ein bisschen zu grob, aber ich liebte es, wie ihre Brüste wippten, während ich ihre Hände über ihrem Kopf festhielt und sie so hart und schnell fickte, wie ich konnte.

Ich wusste nicht, was in mich gefahren war.

Ein Schalter war umgelegt worden, ein Urinstinkt geweckt. Sie war fort gewesen. Ich musste die Erinnerung in ihr wecken und in mir: in meinen Händen, meinem Mund und meinem Schwanz: Wir mussten uns erinnern, das wir beide das Wichtigste überhaupt waren, scheißegal wo wir uns gerade befanden.

Sie kam kurz nach mir. Ich habe keine Ahnung, wie es mir gelungen war, sie tatsächlich so weit zu bringen, ohne vorher über ihr zusammenzubrechen. Sie hatte die Haut über meinem Schlüsselbein zerkratzt, als sie kurz davor war. Ich blutete und sah verdammte Sterne.

Schwer fiel ich auf sie und schaffte es gerade noch, sie nicht unter mir zu zerdrücken, indem ich meine Ellbogen neben ihrem Kopf auf die Matratze stützte.

»Waren wir laut?«, erkundigte sie sich atemlos.

»Ich hatte nicht genug Kraft, mir darüber Gedanken zu machen.«

Sie kicherte unter mir. »Peinliches Gruppenfrühstück im B & B.«

Ich rollte mich von ihr herunter und strich dabei mit der Hand an ihrem nassgeschwitzten Körper entlang. »Glaubst du etwa, ich lasse dich aus diesem Zimmer heraus?«

Sie drapierte ihre Beine über meinen und küsste den Kratzer, den sie auf meiner Haut hinterlassen hatte. »Ist alles in Ordnung zwischen uns?«

Das brachte mich zum Lachen.

»Pfläumchen.« Ich reckte mich, um sie zu küssen. »Ganz abgesehen von dem, was wir gerade in diesem winzigen Bett getan haben, es ist immer alles in Ordnung zwischen uns.«

Hanna stand auf, ging hinüber zur Tür, zog ein Notizbuch aus ihrer Tasche und schlurfte zu mir zurück.

»Dreh dich um«, sagte sie und stupste mich gegen die Schulter.

Ich rollte mich auf den Bauch und legte mein Gesicht auf meinen angewinkelten Arm. Das Notizbuch fühlte sich auf meinem Rücken kühl an, und ich zuckte ein wenig zusammen. »Was tun wir gerade?«

»Ich muss eine Liste machen, was die Caltech bieten muss, um Harvard zu schlagen.«

Als ich den Kopf drehte, konnte ich sie über meine Schulter kaum sehen. Es gefiel mir, dass sie in der Lage war zuzugeben, dass höchstwahrscheinlich jede Uni sie wollte. Dennoch wollte ich nicht, dass ihr das Herz brach, falls sie von ihrem Favoriten kein Angebot bekam.

Ich fragte mich, ob ich sie zu sehr gedrängt hatte, eine Rangfolge zu erstellen, weil ich davon ausgegangen war, dass sie die Wahl hatte.

»Wann erwartest du eine Antwort aus Harvard?«

Grinsend küsste sie mich auf die Wange. »Ich habe heute eine bekommen.«

SECHS

Hanna

Ich wusste, dass es falsch war, Will so spät anzurufen, aber früher hatte ich keine Gelegenheit gehabt, und ich wollte auf keinen Fall bis zum nächsten Morgen warten. Das Telefon klingelte nur ein einziges Mal, bevor er abnahm.

»Hallo, Pfläumchen.«

»Hallo, du.«

»Das hier wird zur Gewohnheit«, sagte er, dann hörte ich das Bett knarren.

»Ich weiß, wir haben fast schon ein Drehbuch und vorgegebene Texte.«

»Wie war dein Tag?«, erkundigte er sich mit rauer, tiefer Stimme.

Als ich zur Caltech aufgebrochen war, hatte sich zwischen uns alles sehr gut angefühlt, deshalb ging ich davon aus, dass er wahrscheinlich tatsächlich geschlafen und es nicht nur versucht hatte. Ich warf einen Blick auf die Uhr und hatte ein noch schlechteres Gewissen, so spät angerufen zu haben.

»Es war ziemlich großartig«, sagte ich und bemerkte, wie still es am anderen Ende der Leitung wurde. Ich hatte schon immer vermutet, dass dieses spezielle Thema Will Angst machte, aber erst jetzt – seit unserem großen Krach – wusste ich genau, wie groß diese Angst war und warum.

Rückblickend konnte ich zugeben, dass ich in Bezug auf meine Jobsuche eine Art Tunnelblick gehabt hatte. Ich hatte eine Liste möglicher Kandidaten aufgestellt, einen nach dem anderen geprüft und versucht, mir keine wie auch immer geartete Meinung zu bilden, bevor ich alle nur möglichen Informationen besaß. Ich hatte die Situation nur unter logischen Aspekten betrachtet – und das war ehrlich gesagt ziemlich unsensibel und idiotisch. Doch nun, da ich auch Wills Meinung berücksichtigte, erkannte ich, wie unfair ich gewesen war – und wie wichtig es war, dass wir diese Sache gemeinsam durchzogen, als Paar. Ich sollte nicht diejenige sein, die alles allein entschied.

Lange hatte ich den Verdacht gehabt, Will würde es vorziehen, wenn die Uni nicht in Kalifornien läge – oder überhaupt irgendwo an der Westküste –, doch auf seine übliche Art hielt Will mit seiner Meinung hinter dem Berg, damit ich die Möglichkeit hatte, vorher meine zu sagen. Max hatte recht: Will würde wahrscheinlich seine Sachen packen und mir in die Antarktis folgen, wenn ich dort einen Job fände, den ich liebte.

»Es war großartig«, wiederholte er mit einer Stimme, die ein wenig zu vorsichtig klang. »Nun, das ist … das ist dann großartig, nicht wahr?«

»Ja, ich meine, sie waren super entgegenkommend. Sie müssen auch sehr genau nachgeforscht haben, denn sie wussten, dass meine Lieblingsband in der Stadt war. Sie haben mich zu einem Konzert ins Rose Bowl Stadium eingeladen, Will. Plätze ganz vorne. Wer macht denn so was?«

Er lachte auf seine ganz besondere leise, schläfrige Weise, und ich konnte vor mir sehen, wie er sich mit der Hand über das Gesicht strich. »Ich nehme an, eine Uni, die dich verflucht gern haben will, Pfläumchen. Hattest du Spaß?«

»Es war toll«, sagte ich. »Pasadena ist wunderschön.«

»Das ist es.«

Der Campus war schön, die Häuser waren schön, das Wetter war schön, aber genau wie in Berkeley konnte ich mir meinen Mann nicht mittendrin vorstellen. Will und Palmen – das fühlte sich nicht richtig an. Ich sah ihn im Schatten von Hochhäusern, wie er ein Taxi herbeiwinkte und uns beide durch die Menschenmenge und den Verkehr manövrierte, während ich, unbeirrt von dem, was um uns herum vorging, über Gott und die Welt redete. Er brauchte winzige Restaurants und Adrenalin, eine Großstadt mit Geschichte und Kultur, vier Jahreszeiten und Winter, in denen wir durch den Schnee joggen konnten. Wo ich mich dann darüber beklagte, wie sehr ich fror, und er etwas Lustiges machte, um mich abzulenken, sodass Wölkchen von Gelächter in der kalten Luft vor uns schwebten. Und wenn ich darüber nachdachte, brauchte ich das auch. Pasadena war toll, aber es war nicht das Richtige für uns.

»Es war großartig«, wiederholte ich. »Aber ich will nicht, dass wir hier leben.«

»Okay, das schränkt deine Auswahlmöglichkeiten ein auf …«

»Ich glaube, ich habe mich entschieden«, teilte ich ihm

mit. »Natürlich nur, wenn du bereit bist, jetzt wirklich dieses Gespräch zu führen. Ich weiß, es ist spät bei dir. Oder früh? Für eine Wissenschaftlerin bin ich verdammt schlecht darin, Zeitzonen zu berechnen.«

Durch die Leitung kam erneut das Rascheln von Stoff, und ich wusste, dass Will sich im Bett hinsetzte. Ich stellte ihn mir nackt vor, das Laken bedeckte gerade eben seine Hüften und seine Haut war warm vom Schlaf.

Mein Heimweh war so groß, dass ich es kaum ertragen konnte.

»Nein, nein, ich bin auf jeden Fall bereit zu diesem Gespräch«, sagte er. »Ich bin sogar höchst gespannt.«

»Okay.« Ich stieß einen langen Atemzug hervor, spürte meinen heftigen Herzschlag in der Brust und wusste, dies war ein großer Moment. »Bist du sicher, dass du nicht warten willst, bis ich zu Hause bin? Dann können wir uns ansehen …«

»Hanna«, unterbrach er mich lachend. »Ich bin bereit, jetzt den Rest meines Lebens mit dir zu beginnen. Rede mit mir.«

»Gut, gut. Ja. Wie ich dir schon gesagt habe, konnte ich mir dich in Berkeley nicht vorstellen. Und ich bin mir ganz sicher, in Pasadena erst recht nicht. Die Caltech war toll, aber nicht für mich. Nicht für uns. Ist das okay für dich?«

»Mehr als okay, Pfläumchen.«

»Ich weiß, es gibt einige Rückmeldungen, auf die wir noch warten, aber ich glaube, ich mag Harvard. Ihr Programm ist unglaublich; die Uni ist zweifellos erstklassig. Sie zahlen ein bisschen weniger als Princeton, aber ich denke, in diesem Punkt habe ich etwas Spielraum, obwohl ich weiß, dass es in New Jersey zweifellos am einfachsten wäre, was unsere Lebensgestaltung betrifft, und ein vollkommener Neuanfang …«

»Du weißt, das spielt keine Rolle für mich«, erklärte er. »Du hast nicht dein ganzes Erwachsenenleben damit zugebracht, die Voraussetzungen für eine Karriere zu schaffen, um nun das zu tun, was am einfachsten wäre.«

»Ich weiß. Und vielen Dank, dass du das verstehst. In deiner Zukunft sehe ich viele Blowjobs als Belohnung dafür, dass du so ein wunderbarer, verständnisvoller Ehemann bist. Ich liebe dich.«

»Ich liebe dich auch.« Er stockte. »Also … Harvard?«, fragte er, und es war unmöglich, die Hoffnung in seiner Stimme zu überhören.

»Ich denke, ja. Sie wollen mich unbedingt, und ich glaube, dort wäre ich am flexibelsten, was … ich wirklich will. Work-Life-Balance. Du erinnerst dich, nicht wahr?« Ich lächelte in mein dunkles Hotelzimmer.

»Work-Life-Balance klingt verdammt wunderbar. Dann ziehen wir also nach Boston?«

»Glaubst du, wir könnten dort glücklich sein?«

»Ich glaube, ich kann überall glücklich sein, wo du bist«, sagte er, und ich war mir ziemlich sicher, dass er genauso breit lächelte wie ich.

Das zweite Standbein als Umzugsunternehmer, falls das mit Harvard nicht klappen sollte, konnten Will und ich definitiv vergessen.

Am ersten Wochenende nach der Caltech und nur drei Tage vor unseren Flitterwochen wachten wir auf, kochten gemeinsam Kaffee, gingen joggen, trafen Freunde zum Brunch und kehrten nach Hause zurück. Von diesem Moment an brach Chaos aus.

Um elf Uhr vormittags hatten wir nichts weiter geschafft, als unser gesamtes Wohnzimmer unter Pappkartons zu begraben. Irgendwie gelang es mir, meinen Pferdeschwanz an eine Box zu kleben, und als Will mich schließlich fand, wie ich unter Schmerzen versuchte, einen Klebestreifen aus meinen Haaren zu entfernen, endete das Ganze damit, dass er mich auf dem Couchtisch leckte.

Ich wusste nicht recht, wie es dazu gekommen war.

Nicht dass ich mich beklagt hätte.

In unserem Schlafzimmer beschlossen wir, Wills Comicsammlung in Angriff zu nehmen.

Die meisten Männer würden in ihrem Nachtschrank Pornos aufbewahren. Ich jedoch sah zu, wie Will mit abwesendem, glasigem Blick eine kostbare Ausgabe nach der anderen hervorholte und andächtig auf dem Bett stapelte. Dabei wurde mir klar, dass seine Reaktion ähnlich war wie die auf Pornos.

Ich ließ mich aufs Bett fallen und blätterte in einem der Comics. Aus dem Augenwinkel sah ich, dass Will mich beobachtete. Seine Stirn war gerunzelt, und seine Mundwinkel zogen sich herab.

»Hanna«, sagte er und räumte behutsam ein paar Bände beiseite, auf die ich mich *möglicherweise* zufällig gelegt hatte. »Vorsicht, Baby. Einige davon sind älter als du.«

»Oh, richtig. Tut mir leid.«

Will begann, sie vorsichtig in Kartons zu legen, und ich griff nach einer Ausgabe mit einer besonders vollbusigen Heldin auf dem Cover.

»Ist das dein Ernst, Will?«, fragte ich und hielt es so, dass er es sehen konnte. Dank eines ziemlich großzügig geschnittenen Dekolletés quoll die Titelheldin praktisch aus ihrer Kleidung. »Ich habe schon einige fragwürdige Outfits gesehen, die diese armen Mädchen gezwungen wurden zu tragen, aber das hier ist gefährlich nahe an der Grenze zur Obszönität. Wie kann man von jemandem erwarten, in diesem Aufzug Kriminalität zu bekämpfen?«

»Oh, wow.« Ohne meine Schimpftirade zu beachten, begann er, in dem Band zu blättern. »Das habe ich seit Jahren nicht in den Händen gehabt.«

»Was, um alles in der Welt, sind ihre besonderen Fähigkeiten? Verprügelt sie böse Buben mit ihren Titten? Was soll dieses Outfit bedeuten? Ich glaube, ich bin angezogener, wenn ich unter der Dusche stehe.«

»Das hier ist *Power Girl*, und es hat einen Grund, dass sie so gekleidet ist.«

»Ist der Grund der, dass Teenager sich einen herunterholen können, ohne Pornos kaufen zu müssen?«

Als er nichts erwiderte, machte ich große Augen.

»Oh, mein Gott!«, stieß ich hervor.

»Ich glaube, das ist so gut wie erledigt«, murmelte er und fuhr mit sehr viel weniger Sorgfalt als noch eine Minute zuvor damit fort, die Comics in Kartons zu stapeln.

Kichernd wälzte ich mich auf dem Bett herum. »Warte,

bis ich Max erzähle, dass du zu einem Comic masturbiert hast.«

»Hanna, *die meisten* Jungen masturbieren zu Comics. Es sind sozusagen Masturbations-Trainingsgeräte.«

»Okay, nun hast du mir einen großen Teil von dem Spaß verdorben. Aber das erklärt deinen Busenfetisch.«

Und so kam es, dass wir um halb zwölf Uhr mittags auf einem Stapel alter Comics Sex hatten. Er würde es wahrscheinlich nicht zugeben, aber ich glaube, damit haben wir einen Punkt auf Teenager-Wills Wunschliste abgehakt.

Um fünf sah Will im Wohnzimmer einen Karton mit Büchern durch, als ich auf dem Weg in die Küche vorbeikam.

»Brauchst du Hilfe?«, erkundigte er sich, legte ein dickes Buch über strukturelle Biologie zur Seite und machte eine Kopfbewegung in Richtung meiner Kiste.

»Nein, die ist leicht. Nur Unterwäsche, aber ich denke, ich sollte sie noch mal durchsehen«, sagte ich. »Du hast doch nicht etwa eine Ausgabe von *Power Girl* da drin versteckt?«

»Sie ist eine Komikerin«, brummte er, drehte sich auf dem Absatz um und folgte mir quer durchs Zimmer.

»Ich könnte dich ein paar Minuten allein lassen«, bot ich ihm über meine Schulter großzügig an.

Dann stellte ich den Karton auf den Küchentresen und begann, ihn durchzusehen. Will trat neben mich.

»Oh, an das erinnere ich mich«, sagt er, als ich ein Seidenhöschen herauszog.

»Tatsächlich?«

»Das hattest du im Haus deiner Eltern an, als ich Ostern zu Besuch war.«

Ah ja, der schicksalhafte Osterbesuch, als niemand in meiner Familie wusste, dass Will und ich ein Paar waren. Ich lockte ihn in mein Zimmer und brachte ihn dazu, ungeschützten Sex mit mir zu haben, während meine Familie sich unten im Haus aufhielt.

Gütiger Gott. Wills ganzes bisheriges Leben musste vor seinem inneren Auge abgelaufen sein, als Jensen an die Tür klopfte.

»Du hast dich heute nicht daran erinnern können, dass du Waschpulver mitbringen solltest, aber daran erinnerst du dich?«, fragte ich.

»Ja. Natürlich.« Will war eine ganze Ecke größer als ich, und selbst wenn er hinter mir stand, konnte er über meine Schulter sehen. »Darf ich?«, fragte er schließlich und zeigte auf den Karton und seinen Inhalt.

»Hau rein«, sagte ich, während ich zum Kühlschrank ging und mit einem halben Liter Eiscreme zurückkam. Mit dem Löffel in der Hand hüpfte ich neben ihm auf den Küchentresen und öffnete den Deckel der Eiscremepackung.

Er zog ein Höschen nach dem anderen heraus, hob die Brauen hoch und küsste mich jedes Mal mitten auf den Mund, wenn ein Stück eine besonders glückliche Erinnerung in ihm weckte. Es stellte sich heraus, dass auspacken viel mehr Spaß machte als einpacken.

»Warte«, sagte er und wurde langsamer, als er zu den schlichteren Exemplaren am Boden des Kartons vorgedrungen war. »Warum haben ich von denen noch nie eins gesehen?«

Ich tauchte meinen Löffel ins Eis und führte ihn zum Mund. »Weil das meine Slips für ganz bestimmte Tage sind.«

Sein Blick zuckte in meine Richtung. »Deine *was*?«

»Menstruation?«

Will nickte unbeeindruckt und wandte sich wieder dem Karton zu. »Verstanden.«

»Du bist so fortschrittlich, dass es manchmal ein bisschen seltsam rüberkommt. Süß, aber seltsam.«

Er sah wieder auf und lächelte mich schief an. »Du hast spezielle Unterwäsche für die Tage, an denen du deine Periode hast, und ich bin derjenige, der hier seltsam ist?«

Ich zuckte mit den Schultern. »Ja.«

Er blinzelte ein paarmal. »Warum machst du dir die Mühe?«

»Heutzutage will ich mir meine schönen Höschen nicht ruinieren, und damals in der Uni *hatte* ich keine schönen.« Ich schnaubte, während ich noch einen Löffel Eiscreme aß. »Damals sah *niemand* meine Unterwäsche. Weißt du, ich kann mich sogar an ein Crowdfunding für etwas erinnern, das der Typ Perioden-Höschen nannte. Sie hatten alle Aufschriften wie *Es ist Hai-Woche* oder *Willkommen in Draculas Grotte*. Ich glaube, es gab sogar welche, auf denen stand *Rambo: First Blood* – du weißt, wie der erste Rambo-Film. Darauf war ein Einhorn, das gerade eine Schlägerei in einer Bar oder so etwas hinter sich hat.« Als ich einen Löffel mit Karamell-Brownie-Eiscreme zum Mund führte, fiel mir auf, dass Will mich verblüfft anstarrte. Ich hielt inne. »Was ist?«

»Ich kann mich nicht entscheiden, ob das grässlich oder absolut genial ist.«

Ich nickte, nahm den Happen in den Mund und schluckte, bevor ich sagte: »Wenn ich mich recht erinnere, war es so gedacht, dass du in der betreffenden Woche keine unwillkommenen Avancen abwehren musst. Anstatt also zu sagen: ›Tut mir leid, Baby, ich habe meine Tage‹, konntest du einfach in der Nähe deiner Vagina die Flagge hissen und dein Perioden-Höschen hervorblitzen lassen.«

Mit dem Löffel malte ich ein unmissverständliches V als Siegeszeichen direkt vor meinem Schritt in die Luft und genehmigte mir dann einen weiteren Löffel Eiscreme.

»Warst du schon immer so seltsam?«, erkundigte sich Will.

Ich starrte ihn ausdruckslos an.

Er nahm einen blauen Baumwollslip in die Hand. »Was stimmt mit dem hier nicht?«

Nachdem ich vom Tresen gehüpft war, nahm ich ihm den Slip weg und warf ihn zurück in den Karton. »Nun, eigentlich ist der okay. Abgesehen von der Tatsache, dass meine Mom so etwas tragen würde.«

»Okay, alles klar. Damit hast du ihn mir jetzt auch verdorben.«

Ich lachte und warf ihm ein anderes Höschen an den Kopf. »Was soll ich dir verdorben haben? Ich bin in dieser Beziehung äußerst faul, und wenn Chloe nicht wäre, würde ich wahrscheinlich immer noch die gleichen Unterhosen so lange tragen, bis das Taillengummi ausgeleiert ist. Aber kein Mann auf Erden findet diese Dinger *wirklich* sexy.«

»Offensichtlich hast du nicht die geringste Ahnung von Männern. Oder speziell von *diesem* Mann.«

Ich lachte auf. »Tatsächlich nicht?«

»Nein«, erwiderte er und griff nach einem gelben Exemplar. »Ich habe keine Angst vor der Menstruation, und du könntest dir *fünf* von den schrecklichsten Höschen, die je ein Mann gesehen hat, übereinander anziehen, ich würde immer noch Sex mit dir haben wollen.«

»Ist das wahr?«

Will nahm meinen Löffel und den Eisbecher und probierte einen Happen. »Absolut.«

Zwanzig Minuten später marschierte ich aus unserem Schlafzimmer – nackt bis auf ein weißes Tanktop und *fünf* von den hässlichsten Slips für ganz bestimmte Tage, die ich besaß – und setzte mich auf die Couch vor den Fernseher.

Will sah von dem Karton auf, den er gerade zuklebte. »Hallo, Pfläumchen.«

Ich schlug die Beine übereinander, nahm die Fernbedienung und schaltete den Fernseher ein. »William.«

Er richtete sich auf, legte die Rolle mit dem Klebeband oben aufs Bücherregal und trug den Karton zu einem Stapel neben der Wohnungstür. Dann kam er zurück zur Couch und setzte sich auf die Kante des Couchtischs direkt mir gegenüber. »Was machst du da?«

»Ich sehe nur fern.«

Er drehte sich zum Bildschirm um und sah dann wieder mich an. »Aber du sprichst kein Spanisch.«

Ich warf ihm einen strahlenden Blick zu und schaltete um. »Ich habe die Untertitel gelesen.«

Will legte den Kopf schief und ließ seinen Blick von meinen Zehen bis zurück zu meinem Gesicht wandern. »Du siehst hübsch aus.«

Ich war mir nicht ganz sicher, was ich da überhaupt tat, und begann tatsächlich ein bisschen zu schwitzen. Warum beschloss ich immer zuerst, einen Beweis anzutreten, und dachte erst hinterher darüber nach?

»Danke«, erwiderte ich.

Er legte die Hand um mein Fußgelenk und streichelte mit dem Daumen meinen Fußrücken. Ich zog meinen Fuß weg, stand auf, wandte mich in Richtung Küche und versuchte mich an alles zu erinnern, was Chloe mir über sexy Verhalten erzählt hatte. Ich schwang meinen Hintern hin und her, aber wahrscheinlich sah es eher so aus, als hätte ich Muskelkrämpfe.

»Willst du ein Bier …«, fragte ich, kam aber nicht mehr bis zum Kühlschrank.

Will sprang auf und krümmte sich vor Lachen, bevor er mich zur Couch zurückzerrte. »Versuchst du hier etwas zu beweisen, Pfläumchen?«

»Ja!«, rief ich und bemühte mich, ihm zu entwischen. »Gib zu, dass du das hier nicht sexy findest. Gib es zu!«

»Machst du Witze?«, sagte er, beugte seinen Kopf zu meinem Hals hinunter und bedeckte ihn mit Küssen. Er kitzelte meinen Bauch und schob mein Shirt bis zu den Rippen hoch. »Es ist lange genug her, ich könnte es auf jeden Fall wieder tun.«

»Meinst du das ernst?«, kreischte ich, lachte und versuchte, mich seinen Händen zu entwinden.

Er küsste sich über dem Shirt eine Straße quer über meine Brust und dann zwischen den Brüsten abwärts. Seine Finger glitten zu den Taillengummis meiner Höschen, und er versuchte, sie langsam an meinen Beinen hinunterzuziehen. *Versuchte* ist genau der richtige Begriff, denn fünf Höschen können nicht so problemlos denselben Weg nehmen wie eines …

»Was, verdammt noch mal …«, murmelte er und zerrte am Stoff.

»Du musst einfach … Oh mein Gott, Will …« Ich rollte mich auf der Seite zusammen und musste so sehr lachen, dass mir Tränen in die Augen stiegen. Es gelang ihm, mir das erste Höschen auszuziehen, und er hielt es triumphierend hoch, bevor er sich das zweite vornahm.

»Gütiger Himmel«, sagte er, während er versuchte, sie herunterzuziehen, ohne sie zu überdehnen oder das Gummi zu zerreißen. »Hast du irgendeinen Klebstoff benutzt?«

»Nein!«

»Okay … Möglicherweise war das hier nicht mein bester Plan. Und hältst du bitte still! Es ist, als wollte ich eine zapplige Zwiebel schälen!«

»Ich werde vor Lachen sterben, und wenn schließlich die Polizei hier auftaucht, werde ich immer noch diese schreckliche Unterwäsche anhaben. Warum ziehst du mir nicht alle gleichzeitig aus?«

»Du kannst nicht von mir verlangen, dass ich nachdenke, wenn all mein Blut in meinem Schwanz ist!«

»Ich habe dir gesagt, das hier ist nicht sexy. Gib zu, dass ich recht hatte, dann gehe ich ins Schlafzimmer und ziehe sie aus. Gib zu, dass ich klüger bin als du.«

»Oh, du bist mit Sicherheit klüger als ich, und sie sind

zweifellos sexy«, sagte er. »Ich sehe wirklich keine Möglichkeit, wie ich bei dieser Sache verlieren könnte.« Er zog mir mein Shirt über den Kopf und nahm meine Brüste in seine Hände.

»Wenn wir so weitermachen, werden wir nie mit dem Packen fertig«, stellte ich fest und sah zu, wie er erst einen meiner Nippel in den Mund nahm und dann den anderen.

»Ich würde ja sagen, ich wünschte, wir hätten jemanden mit dem Packen beauftragt, aber es hat Spaß gemacht. Heute …« Wieder küsste er meine Brüste und sah mir dann ins Gesicht. »Heute war ein ziemlich großartiger Tag.«

»Und du machst dir keine Sorgen, weil wir all das hier verlieren, wenn wir umziehen?«

Will schüttelte den Kopf, stützte auf jede Seite meines Kopfes einen Arm ab und sah zu mir herunter. »Überhaupt nicht. Mit dir macht alles Spaß. Erinnerst du dich an Bens und Chloes Hochzeit in San Diego?«

»Du meinst, als wir kaum unser Zimmer verlassen haben?«

Will grinste. »Genau. Du wirst Harvard aufmischen und die wunderbarste Professorin werden, die sie jemals hatten. Ich werde mit Max überlegen, ob wir vielleicht sogar ein zweites Büro eröffnen, und wir werden dafür sorgen, dass es funktioniert. So wie wir das immer machen, Pfläumchen.«

Ich packte seine Hüfte, presste meine Fingerspitzen gegen das H, das er dort als Tattoo trug, und mir wurde klar, dass er recht hatte.

Das hier? Das war eine feste Größe. Wir konnten um die halbe Welt ziehen, und nichts würde sich ändern.

Uns würde es einfach gut gehen.

SIEBEN

Will

Max und Jensen schlugen mit den flachen Händen einen lauten Trommelwirbel auf den Tisch.

»Wie waren die Flitterwochen?«, fragt Sara, und alle stöhnten.

»Die supergeilen Flitterwochen interessieren mich nicht!«, grölte Max scherzhaft. »Ich höre schon an normalen Tagen genug über ihr Sexleben. Sagt mir, wohin ihr *umzieht*.«

»Ich ertrage es nicht«, verkündete Chloe und krallte sich an der Sitzfläche ihres Stuhls fest. »Ich schwöre bei Gott, ich vergesse mich, wenn ihr auch nur dran *denkt*, an die Westküste zu ziehen.«

»Wir haben uns entschieden«, erklärte Hanna der Tischrunde, »und wir ziehen nach …«

Sie sah mich an und gleichzeitig verkündeten wir: »Cambridge.«

Beifall erhob sich, alle gratulierten uns beiden und gratulierten Hanna, dass sie Harvard geentert hatte. Wir hoben unsere Gläser zu einem Toast und stießen sie laut aneinander.

»Also in die Nähe von Boston?«, sagte Chloe, nachdem sie ihr Weinglas zurück auf den Tisch gestellt hatte. »Das sind ungefähr dreihundertzwanzig Kilometer.«

»Bist du froh oder sauer?«, fragte ich sie. »Ich kann das nicht richtig erkennen.«

»Ich bin … nicht sicher. Beides wahrscheinlich«, gestand Chloe mit gerunzelter Stirn. »Ich hatte mich auf etwas wirklich Traumatisches eingestellt.« Sie blinzelte uns über den Tisch hinweg an. »Boston ist eine ziemlich ätzende Entfernung: zu weit, um mit dem Wagen zu fahren, und man kommt sich blöd vor, wenn man fliegt. Außerdem ist es *Boston.*«

»Mir macht das nichts aus«, sagte ich ihnen. »Ich werde an drei Tagen in der Woche hier sein.«

Sara reichte mir das Baby, um in ihrer Tasche nach etwas zu suchen, mit dem Anna etwas leiser spielen konnte als mit dem Löffel, mit dem sie ständig auf den Tisch schlug. Ich hielt sie so, dass sie mich sehen konnte, und spitzte meine Lippen zu einem Kuss.

Anna streckte den Arm aus und packte meinen Mund mit ihrer kleinen, dicken Faust.

»Bleibt ihr während der Feiertage dort?«, erkundigte sich Sara. Sie kam mit einem rasselnden Plastikding zurück und bemerkte jetzt erst Annas Todesgriff, den Max, was keine Überraschung war, fröhlich beobachtete. »Oh, meine Güte, Will, das muss wehtun!«

Sara zwang ihre Tochter, meinen Mund gegen das Spielzeug einzutauschen, und prompt benutzte Annabel die Plastikrassel als Hammer für meine Stirn.

»Ui«, schrie Max und beugte sich vor, um ihre Hand festzuhalten. »Autsch, Süße, sei vorsichtig. Das tut Onkel Will weh.«

»Offensichtlich ist Anna nicht sehr erfreut über Boston«, stellte Bennett trocken fest.

»Es ist okay«, sagte ich zu Sara, beugte mich vor und küsste Anna auf die Wange. »Sie sollte diese Bewegungen lernen. Sie ist jetzt ein Jahr alt; man weiß nie, wann sie auf der Straße hinter der Kindertagesstätte in eine Prügelei gerät.« Ich küsste die kleine Nase. »Und es hängt davon ab, was Hannas Leute für die Feiertage planen«, sagte ich und warf Hanna einen Blick zu, doch sie zuckte nur mit den Schultern.

»Chloe und ich werden alle einladen«, warf Bennett ein. »Dad und Mom verbringen den ganzen Monat in Neuseeland, also findet die Feier bei uns statt. Und ich will nicht, das Sara mit einem einen Monat alten Baby irgendetwas Anstrengendes tun muss.«

Wir alle starrten Bennett zweifelnd an, bevor wir gleichzeitig beschlossen, seine überraschende Rücksichtnahme nicht zu hinterfragen.

Ich betrachtete Saras vorstehenden Bauch. »Du siehst wie eine Schwangere im Film aus.«

Sie stöhnte. »Ich weiß. Holt sie einfach schon mal aus mir raus.«

»Wann war noch mal der Geburtstermin?«, fragte Hanna.

»Gestern«, wimmerte Sara. »Man sagt, das Zweite kommt normalerweise früher. Sie *lügen*.«

»Weißt du, was normalerweise die Wehen in Gang

bringt …«, verkündete Chloe in singendem Tonfall. Sara funkelte sie an.

»Das haben wir schon versucht.« Sie hob die Hand und zählte an ihren Fingern ab: »Wir haben Sex probiert und scharfes Essen und Wanderungen. Ich schwöre, es bleibt nur noch das Skalpell.«

Neben ihr zuckte Max unübersehbar zusammen, und Hanna rutschte näher heran, um Sara den Arm um die Schultern zu legen.

Ich hörte zu, während meine Frau Einzelheiten über die Konditionen erzählte, die man ihr in Harvard bot, lehnte mich auf meinem Stuhl zurück und schnitt Grimassen für meine Patentochter. Eine Welle der Erleichterung durchlief mich, und meine tiefen Gefühle sorgten dafür, dass meine Kehle eng wurde. Wir hatten uns hier ein Leben aufgebaut, und ich wollte diese Freunde nicht verlieren. Ich wollte nicht zu weit von den Menschen entfernt sein, die wir liebten.

Wir hatten online die Häuser in dem infrage kommenden Gebiet angesehen und besprochen, wie wir unsere Termine so organisieren konnten, dass sie gut zusammenpassten. Wir hatten über unser beider Bedürfnis gesprochen, in der Nähe unserer Familien zu sein; sowohl ihrer Familie als auch unserer Wahlverwandten, die hier gerade bei uns am Tisch saßen.

Harvard lag in Cambridge und Cambridge in der Nähe von Boston. Daher würden wir nahe genug bei den Bergstroms sein, um Hanna die Möglichkeit zu geben, Jensen dazu zu drängen, sich mit Frauen zu verabreden, und nahe genug bei diesen Idioten hier, um Feiertage mit ihnen zu verbringen.

Ich sah Hanna an, die fröhlich vor sich hin plapperte, gesprächig wie immer. Sie griff nach einer Serviette und zeichnete eine Skizze ihres Labors, bevor sie schuldbewusst zu mir herübersah und dann die Serviette umdrehte, um den Grundriss des Hauses zu zeichnen, von dem sie meinte, dass es ihr gut gefiel.

Massachusetts ahnte noch nicht, was ihm bevorstand – aber ich wusste es.

Der wunderschöne Boss, der mir hier am Tisch gegenübersaß, würde den ganzen verdammten Staat übernehmen.

– ENDE –

DANKSAGUNG

Wenn die Leser und Leserinnen mehr über ein bestimmtes Paar erfahren möchten, haben wir viel Spaß dabei, diesen Wunsch zu erfüllen. Und sehr oft fühlt es sich ein bisschen an wie ein Familientreffen, wenn wir uns hinsetzen, um einen weiteren kleinen Einblick in ihre Welt zu geben.

Will und Hanna haben einen ganz besonderen Platz in unseren Herzen, weil wir über sie unser erstes gemeinsames Buch in dem Gefühl schrieben, *Autorinnen* zu sein – keine Frauen in anderen Berufen, die zufällig auch Bücher schrieben. Und wir glauben, diese Einstellung fand lang anhaltende Anerkennung bei den Lesern und Leserinnen. Zuerst und vor allem danken wir daher jedem Leser, jeder Leserin und allen Bloggern, die unsere Bücher auswählten, sie lasen und uns anschließend mitteilten, was ihnen daran gefiel, was ihnen nicht gefiel und wovon sie mehr wollten. Ohne euch gäbe es uns nicht.

Unser Dank geht auch an die treuen *MVPs*, die eine Konstante in unserem Leben sind: Holly Root (die außergewöhnliche Agentin), Adam Wilson (der Lektor mit den besten Randbemerkungen und YouTube-Links), Kristin Dwyer (unser Schatz – und dann auch noch unsere Herausgeberin – hehe) und an alle aus unserer Familie bei Gallery Books: Jen Bergstrom. Louise Burke, Carolyn Reidy,

Liz Psaltis, Diana Velasquez, Theresa Dooley, die wunderbare Vertriebsmannschaft (ganz im Ernst, wir wollen euch alle zum Dinner und zu Drinks einladen) und an alle und jeden, die unsere Oxford-Kommata korrigieren und/oder unsere »Sexclamations« in professionellem Ton infrage stellen mussten. Ihr habt euch einen Bonus verdient, ihr bekommt ihn in Adams Büro.

Ohne Erin Service und Tonya Irving wären wir nur ein Berg brabbelnden Unrats. Ohne Lauren Suero, die das Schiff steuert, und Heather Carrier, die alles hübsch aussehen lässt, wären unsere Social-Media-Seiten öde und leer. Unsere Familien sorgen dafür, dass wir das Lächeln nicht verlernen, wir beide sorgen gegenseitig dafür, dass wir nicht verrückt werden, aber ihr, unsere wunderbaren Leser und Leserinnen, sorgt dafür, dass dies der beste Job auf Erden ist.

Lesen Sie auch:

Christina Lauren

Sweet Filthy Boy –Weil du mir gehörst

Aus dem Amerikanischen von
Mette Friedrichs

Band-Nr. 25889
9,99 € (D)
ISBN: 978-3-95649-252-5

EINS

Wir fahren vor dem Hotel vor, und Lola und ich stolpern aus dem Wagen, in der Hand unsere schlichten Seesäcke. Wir sehen aus, als kämen wir gerade aus einem Wüstensturm. Ich fühle mich dreckig und eklig. Nur Harlow wirkt so, als würde sie hierhergehören: Sie klettert aus dem alten Chevy, als würde sie eine glänzend schwarze Limousine verlassen und schafft es dabei sogar irgendwie, gut auszusehen. Dann zieht sie lässig ihren glänzenden Koffer hinter sich her.

Als wir oben sind, fehlen uns allen die Worte, selbst Harlow – sie schweigt eindeutig vor Erstaunen. Es gibt auf diesem Stockwerk nur wenige Zimmer, und unsere Sky Suite ist gigantisch.

Harlows Vater, ein gefragter Kameramann, hat uns die Suite als Abschlussgeschenk gebucht. Wir hatten gedacht, dass wir ein Standard-Vegas-Hotelzimmer mit den kleinen Standard-Shampoofläschchen bekommen würden – und vielleicht wären wir dann so verrückt, die Minibar zulasten seiner Kreditkarte zu plündern. Snickers und Mini-Wodka-Flaschen für alle!

Das hier hatten wir nicht erwartet. Im Eingangsbereich (es gibt einen *Eingangsbereich*) steht ein dekadenter Obstkorb und eine Champagnerflasche mit einer Nachricht. Darin steht, dass uns auf Kurzwahl ein Butler zur Verfügung steht und eine Masseurin, die aufs Zimmer kommt, wenn wir sie brauchen, und dass Harlows Vater gerne alles bezahlt, was wir beim Zimmerservice bestellen.

Wenn Alexander Vega nicht der Vater meiner besten Freundin und glücklich verheiratet wäre, dann würde ich ihm vielleicht zum Dank Sex anbieten.

Das sollte ich Harlow gegenüber besser nicht erwähnen.

Ich bin es noch von früher gewohnt, halbnackt vor Hunderten von Menschen auf einer Bühne zu stehen, wo ich so tue, als wäre ich jemand anders. Deshalb fühle ich mich selbst mit der langen, gezackten Narbe auf meinem Bein wesentlich wohler in einem der Kleider, die Harlow für uns ausgesucht hat, als Lola. Sie will ihres noch nicht mal anprobieren.

»Das ist dein Abschlussgeschenk«, sagt Harlow. »Wie würdest du dich fühlen, wenn ich das Tagebuch ablehnen würde, das du mir besorgt hast?«

Lola wirft lachend ein Kissen quer durchs Zimmer nach ihr. »Wenn ich dich gebeten hätte, die Seiten rauszureißen und sie in ein Kleid zu verwandeln, das kaum deinen Arsch bedeckt – ja, dann hättest du in der Tat alles Recht der Welt, mein Geschenk auszuschlagen.«

Ich ziehe an dem Saum meines Kleides und muss Lola nun doch insgeheim zustimmen. Wär es doch nur einen Tick länger! Ich zeige nur noch selten so viel Bein.

»Mia trägt ihres«, entgegnet Harlow, woraufhin ich laut aufstöhne.

»Mia ist in hautengen Engteilern großgeworden, sie würde problemlos in eine Handtasche passen und hat die

Figur einer Gazelle«, argumentiert Lola. »Außerdem seh ich mit Sicherheit ihre Vagina, wenn ich ein bisschen genauer hingucke. Da ich zehn Zentimeter größer bin als sie, sieht man in diesem Kleid praktisch meinen Geburtskanal.«

»Du bist so stur.«

»Du bist so nuttig.«

Ich stehe am Fenster, höre sie diskutieren und beobachte zufrieden, wie Fußgänger den Strip entlangschlendern und – zumindest vom fünfundvierzigsten Stockwerk aus betrachtet – eine Spur aus bunten Tüpfelchen bilden. Keine Ahnung, warum sich Lola immer noch dagegen wehrt. Wir wissen alle, dass es nur eine Frage der Zeit ist, bis sie nachgibt: Harlow, die alte Nervensäge, bekommt letztlich immer ihren Willen. Lola ähnelt ihr in gewisser Weise, ist aber ein bisschen subtiler als Harlow mit ihrer direkten Art.

Lola stöhnt, gesteht dann aber, wie erwartet, ihre Niederlage ein. Sie ist schlau genug zu wissen, dass sie auf verlorenem Posten kämpft, und ein paar Minuten später schlüpft sie in Kleid und Schuhe, und wir machen uns auf den Weg nach unten.

Es ist ein langer Tag gewesen. Wir haben mit dem College abgeschlossen, uns den Staub und die Sorgen ums echte Leben von den Körpern gewaschen, und Harlow findet es großartig, immer mehr Shots zu bestellen. Noch großartiger findet sie es, allen anderen dabei zuzusehen, wie sie sie austrinken.

Gegen einundzwanzig Uhr dreißig beschließe ich, dass unser Level an Betrunkenheit ausreicht; wir bringen die paar Worte, die wir überhaupt von uns geben, nur lallend hervor, aber zumindest können wir noch laufen. Es ist Ewigkeiten her, dass ich Lola und Harlow so lachen gesehen habe: Lolas Wange ruht auf ihren verschränkten Armen, und ihre Schultern beben vor Gelächter; Harlow hat den Kopf zurückgeworfen, und ihr Kichern breitet sich über die stampfende Musik aus und schwebt über die Bar hinweg.

Und es ist in diesem Moment, als sie ihren Kopf so nach hinten gelegt hat, dass ich dem Blick eines Mannes am anderen Ende des überfüllten Raumes begegne. Ich kann seine Gesichtszüge in der dunklen Bar nicht genau ausmachen, aber er muss ein paar Jahre älter als wir sein und ist groß, mit hellbraunem Haar und dunklen Brauen über leuchtenden, schelmischen Augen. Er beobachtet uns und lächelt, als hätte er kein Bedürfnis, bei unserem Spaß mitzumischen, als würde er ihn nur aus der Ferne genießen wollen. Zwei andere Männer stehen neben ihm, sagen etwas und zeigen in eine entfernte Ecke, aber er sieht nicht weg, als unsere Blicke sich begegnen. Wenn überhaupt, dann wird sein Lächeln noch breiter.

Ich kann ebenfalls nicht wegsehen, und das ist ein absolut verwirrendes Gefühl – denn normalerweise bin ich sehr gut im Wegsehen, wenn es um Fremde geht. Mein Herz hüpft in meiner Brust herum, erinnert mich daran, dass ich eigentlich schüchtern bin und schlägt vielleicht vor, dass ich mich stattdessen besser auf meinen Drink konzentrieren sollte. Ich bin nicht gut im Blickkontakt. Für gewöhnlich bin ich auch nicht gut im Smalltalk. Tatsächlich sind die einzigen Muskeln, die ich nicht richtig zu beherrschen scheine, die, die man für eine lockere Unterhaltung braucht.

Aber aus irgendeinem Grund – schieben wir es mal auf den Alkohol – formen meine Lippen, ohne dass ich den Blick von diesem heißen Typen auf der anderen Seite der Bar wende, problemlos das Wort: »Hi.«

Er sagt es zurück, bevor er die eine Seite der Unterlippe zwischen die Zähne nimmt, und *wow*: Das sollte er jeden Tag tun und zu jedem Menschen, dem er begegnet, und zwar für den Rest seines Lebens! Er hat so ein Grübchen, und ich versichere mir selbst, dass mir das nur das Spiel aus Licht und Schatten vorgaukelt, denn Teufel noch mal – nie im Leben kann etwas so Simples dermaßen anbetungswürdig sein.

Ich spüre, dass etwas Merkwürdiges in meinem Inneren geschieht, und frage mich, ob Leute das meinen, wenn sie sagen, dass sie dahinschmelzen, denn ganz sicher fühle ich mich alles andere als hart und stabil. In der näheren Umgebung unterhalb meiner Taille spüre ich ein unverkennbares Flattern, und Grundgütiger, wenn ich mich schon so fühle, wenn er mich nur anlächelt, was würde wohl geschehen …

Harlow packt meinen Arm, bevor ich den Gedanken zu Ende denken kann, zerrt mich von meiner genauen Studie seines Gesichts weg und in die Menge der Leiber, die sich hin und her wiegen und schlangenförmig zu den sexy Rhythmen bewegen, die aus den Lautsprechern dröhnen. Ein solcher Typ ist weit, *weit* von meiner Komfortzone entfernt, weshalb ich mein Verlangen, loszumarschieren und nach ihm zu suchen, in meine unsichtbare Kiste stecke, und gemeinsam mit allem anderen unter das Bett schiebe.

Wir müssen uns erst langsam an Vegas gewöhnen: Nach dem Tanzen und Trinken kehren wir gegen Mitternacht in unser Zimmer zurück, alle drei erschöpft von der Abschlussfeier im Sonnenlicht, von der stickig heißen Fahrt und von dem Alkohol, den wir in unseren Körper gekippt haben, ohne ordentlich zu essen.

Auch wenn unsere Suite mehr Platz hat, als wir brauchen, und auch wenn es zwei Schlafzimmer gibt, stapeln wir uns doch alle in einem Bett. Meine Freundinnen schlafen innerhalb weniger Minuten ein, und Harlow beginnt mit ihrem vertrauten Dauerschlafgemurmel. Lola ist wie immer beinahe erschreckend ruhig und stumm. Sie vergräbt sich für gewöhnlich so tief unter der Bettdecke, dass ich mich früher jedes Mal, wenn wir zusammen bei ihr oder mir übernachtet haben, gefragt habe, ob sie irgendwie in die Matratze verschwindet. Manchmal überlege ich in solchen Situationen, ob ich ihren Puls überprüfen sollte.

Auf der anderen Seite des Flurs tobt eine Party.

Der heftige Bass der Musik bringt die Lampen über mir zum Wackeln. Männerstimmen poltern durch den leeren Flur, der die Zimmer voneinander trennt; sie brüllen und lachen durcheinander, schreien »Whoop« und stoßen Männerlaute aus. Ein Ball schlägt irgendwo in der Ferne gegen die Wand, und auch wenn ich in dem Mix nur ein paar wenige Stimmen heraushören kann, machen sie so viel Lärm, dass die Suite gegenüber voll mit einer ganzen Horde betrunkener Jungs sein muss, die ein Wochenende in Vegas durchfeiern.

Um zwei Uhr nachts hat sich daran nichts geändert: Ich starre noch immer an die Decke und werde irgendwie zunehmend gleichzeitig wacher und schläfriger. Als es drei Uhr schlägt, bin ich so verärgert, dass ich kein Problem mehr damit habe, Vegas' größte Spielverderberin zu sein – schließlich will ich vor unseren Spa-Terminen am Morgen wenigstens noch ein paar Stunden Schlaf bekommen.

Ich schlüpfe aus dem Bett, leise, damit ich meine Freundinnen nicht aufwecke – bis ich über die Absurdität des Ganzen lachen muss. Wenn die beiden trotz des Höllenlärms auf der anderen Seite des Flurs schlafen können, dann werden sie auch dann noch schlafen, wenn ich leise über den Teppichboden tappe, mir einen Zimmerschlüssel schnappe und aus unserer Suite schlüpfe.

Ich klopfe mit der Faust gegen die Tür und warte, bebend vor Wut. Der Lärm lässt kaum einmal nach, und ich bin mir nicht sicher, ob ich laut genug klopfen kann, damit sie mich überhaupt hören. Mit erhobenen Fäusten versuche ich es noch mal. Ich will nicht diese Person sein, die sich in Vegas darüber beschwert, dass andere ihren Spaß haben – aber als Nächstes würde ich sonst den Sicherheitsdienst des Hotels rufen.

Diesmal wird die Musik leiser, und auf den Fliesen vor der Tür sind Schritte zu hören.

Vielleicht habe ich einen älteren, sonnengebleichten Treuhandfonds-Trottel an der Tür erwartet oder eine Horde von Investmentbankern mittleren Alters, die für ein ausschweifendes Wochenende hierhergekommen sind. Oder einen Raum voller Verbindungstypen, die aus dem Bauchnabel einer Stripperin ihre Shots trinken. Ganz sicher habe ich nicht ihn erwartet, den Kerl vom anderen Ende der Bar.

Ich habe nicht erwartet, dass er obenrum nackt ist und seine schwarzen Boxershorts so tief auf seinem gebräunten Bauch hängen, dass ich weiter unten die weiche Spur an Haaren sehe.

Ich habe nicht erwartet, dass er lächelt, als er mich sieht, und ganz sicher habe ich nicht diesen Akzent erwartet, als er sagt: »Ich kenne dich.«

»Tust du nicht«, erwidere ich mit sicherer Stimme, wenn auch ein bisschen atemlos. Ich stottere nicht mehr vor Freunden oder Familienangehörigen, und nur noch selten vor Fremden, wenn ich mich in deren Gegenwart wohl fühle. Aber in diesem Augenblick brennt mein Gesicht vor Hitze, meine Arme und Beine kribbeln vor Gänsehaut, weshalb ich keine Ahnung habe, wie ich es deuten soll, dass mein Satz vollkommen stotterfrei herausgekommen ist.

Sein Lächeln wird noch breiter, falls das überhaupt möglich ist, und er errötet etwas, sein Grübchen drängt sich in den Vordergrund, und er öffnet die Tür ein bisschen weiter, kommt einen Schritt auf mich zu. Er sieht noch besser aus, als ich es aus der Ferne gedacht habe, und füllt den ganzen Türrahmen. Seine Präsenz ist so groß, dass ich einen Schritt zurücktrete, als hätte mich jemand geschubst. Er ist die Lässigkeit in Person, was seine Haltung, den Blickkontakt und sein strahlendes Lächeln angeht, als er sich vorbeugt und mich spielerisch mustert.

Als Künstlerin habe ich diese Magie schon mal erlebt. Er mag vielleicht wie jedes andere menschliche Wesen aussehen, aber er hat diese nicht erklärbare Eigenschaft, die jedes Augenpaar zwingt, ihm auf der Bühne zu folgen, egal, wie klein seine Rolle ist. Es ist mehr als Charisma; es ist ein Magnetismus, der nicht erlernt oder eingeübt werden kann. Ich bin nur einen halben Meter von ihm entfernt … Und habe nicht die geringste Chance.

»Doch, ich kenne dich«, sagt er und legt leicht den Kopf schief. »Wir haben uns vorhin getroffen. Wir sind nur noch nicht dazu gekommen, uns einander vorzustellen.« Mein Hirn versucht verzweifelt, seinen Akzent einzuordnen, bevor es mir schlagartig klar wird: Er ist Franzose. Das Arschloch ist Franzose. Sein Akzent ist allerdings nur schwach: weich und mild. Anstatt alle Worte ineinander verknäult von sich zu geben, zieht er sie auseinander, bietet sie vorsichtig einzeln an.

Ich kneife die Augen zusammen, zwinge mich, ihm ins Gesicht zu sehen. Was nicht leicht ist. Seine Brust ist glatt und gebräunt, und er hat die perfektesten Nippel, die ich je gesehen habe, klein und flach. Er ist muskulös und groß genug, um ihn wie ein Pferd zu reiten. Ich kann die Wärme spüren, die von seiner Haut ausgeht. Und um das alles noch zu toppen, trägt er nichts am Leib als seine Unterhose und das scheint ihm vollkommen egal zu sein.

»Ihr Jungs seid irrsinnig laut«, sage ich, als mir wieder die Stunden voller Lärm einfallen, die mich eigentlich hierhergebracht haben. »Ich glaube, du hast mir am anderen Ende eines vollen Raums besser gefallen als am anderen Ende dieses Flurs.«

»Aber von Angesicht zu Angesicht ist schon am besten, oder?« Seine Stimme verursacht Gänsehaut auf meinen

Armen. Als ich nicht antworte, dreht er sich um und sieht über seine Schulter, dann wieder zu mir. »Es tut mir leid, dass wir so laut sind. Ich werde Finn die Schuld geben. Er ist Kanadier, also wirst du sicher verstehen, dass er ein Wilder ist. Und Oliver ist Australier. Ebenfalls schrecklich unzivilisiert.«

»Ein Kanadier, ein Australier und ein Franzose verwüsten ein Hotelzimmer?«, frage ich und kämpfe wider besseren Wissens gegen ein Lächeln an. Ich versuche mich daran zu erinnern, ob man sich wehren soll oder nicht, wenn man in Treibsand fällt, denn genau so fühlt sich das hier an. Als würde ich versinken, von etwas verschlungen werden, das größer ist als ich.

»Hört sich an wie der Anfang eines Witzes«, stimmt er nickend zu. Seine grünen Augen funkeln, und er hat recht: Von Angesicht zu Angesicht ist unendlich besser als durch eine Wand oder quer durch einen dunklen, vollen Raum hinweg. »Komm doch einfach rein.«

Nichts hat sich jemals zugleich so gefährlich und so verführerisch angehört. Sein Blick fällt auf meinen Mund, verweilt dort, bevor er meinen Körper scannt. Entgegen dem, was er gerade angeboten hat, tritt er vollständig in den Flur hinaus, und die Tür fällt hinter ihm zu. Jetzt gibt es nur noch ihn und mich und seine nackte Brust und seine … *wow* … starken Beine und die Möglichkeit eines alles andere in den Schatten stellenden, spontanen Flur-Quickies.

Warte. Was?

Und jetzt fällt mir auf, dass ich selbst nur meine winzige Schlafshorts anhabe und ein dazu passendes Tanktop mit vielen kleinen Schweinchen darauf. Ich bin mir plötzlich des gleißenden Lichts im Flur bewusst und spüre, wie meine Finger hinabwandern, instinktiv den Stoff nach unten ziehen, um meine Narbe zu überdecken.

Normalerweise bin ich ganz zufrieden mit meinem Körper – ich bin eine Frau, deshalb gibt es natürlich ein paar Kleinigkeiten, die ich gerne ändern würde –, aber bei meiner Narbe ist das was anderes. Es geht nicht nur darum, wie sie aussieht – auch wenn, seien wir mal ehrlich, Harlow noch immer am ganzen Körper vor Mitgefühl erschauert, wenn sie sie zu sehen bekommt –, sondern wofür sie steht: der Verlust meines Stipendiums an der Joffrey Academy of Dance, dem Ende meines Traums.

Aber die Art, wie er mich anguckt, vermittelt mir das Gefühl, nackt zu sein – auf gute Weise nackt –, und unter dem Baumwollstoff meines Tops werden meine Nippel hart.

Er bemerkt das und kommt noch einen Schritt näher. Ich spüre seine Wärme, rieche den Duft seiner Seife, und bin mir plötzlich sicher, dass er hundertprozentig *nicht* auf mein Bein schaut. Es wirkt, als würde er die Narbe noch nicht mal *sehen*, oder, falls er es doch tut, als ob ihm das Gesamtbild so gut gefällt, dass er ignoriert, was sie über mich aussagt. Sie zeugt von einem Trauma, zeugt von Schmerz. Aber seine Augen sagen nur *ja* und *bitte* und *Schalk*. Und dass er gerne mehr sehen würde.

Das schüchterne Mädchen in mir verschränkt die Arme vor der Brust, versucht mich in die Sicherheit meines Hotelzimmers zurückzuziehen. Aber sein Blick nagelt mich an Ort und Stelle fest.

»Ich war mir nicht sicher, ob ich dich wiedersehen würde.« Seine Stimme ist härter geworden, deutet die schmutzigen Sachen an, die ich ihn an meinem Hals knurren hören möchte. Mein Puls trommelt hektisch, dröhnend. Ich frage mich, ob er das sehen kann. »Ich hab nach dir gesucht.«

Er hat nach mir gesucht.

Ich bin überrascht, dass meine Stimme so klar und deutlich klingt, als ich sage: »Wir sind kurz nachdem ich dich gesehen habe gegangen.«

Seine Zunge lugt hervor, und er betrachtet meinen Mund. »Warum kommst du nicht … mit rein?« In diesen sechs Wörtern sind so viele unausgesprochene Versprechen versteckt. Es fühlt sich an, als wäre er ein Fremder, der mir die köstlichsten Süßigkeiten der Welt anbietet.

»Ich gehe jetzt schlafen«, bringe ich schließlich hervor und hebe die Hand, damit er nicht noch dichter an mich herantritt. »Und ihr Jungs seid jetzt etwas leiser, oder ich schicke euch Harlow rüber. Und wenn das nichts nützt, dann weck ich Lola, und am Schluss wirst du ihr dafür danken, wenn sie dich blutend und zusammengeschlagen zurücklässt.«

Er lacht. »Du gefällst mir wirklich gut.«

»Gute Nacht.« Ich drehe mich um, gehe auf alles anderes als festen Beinen zu unserer Tür zurück.

»Ich bin Ansel.«

Ohne ihn weiter zu beachten, schiebe ich den Schlüssel ins Schloss.

»Warte! Ich will nur deinen Namen.«

Ich sehe über meine Schulter. Er lächelt noch immer.

Ernsthaft, als ich in der dritten Klasse war, hatte ein Junge Grübchen, und dabei hab ich mich nicht so gefühlt. *Dieser* Junge hier sollte dagegen ein Warnschild um den Hals tragen.

»Halt die Klappe, und ich sag ihn dir morgen.«

Er tritt noch einen Schritt auf mich zu, die nackten Füße auf dem Teppich, und sein Blick folgt mir den Flur entlang. »Bedeutet das, dass wir ein Date haben?«

»Nein.«

»Und du willst mir wirklich nicht deinen Namen verraten? Bitte.«

»Morgen.«

»Dann nenne ich dich halt *cerise*.«

Ich gebe ein »Geht in Ordnung« von mir, während ich in mein Zimmer gehe. Er könnte mich gerade »die Verklemmte« oder »die Prüde« oder »Schweinchenpyjama« getauft haben.

Aber irgendwie lässt mich die Art, wie er die zwei Silben geschnurrt hat, an etwas vollkommen anderes denken.

Als ich zurück in mein Bett klettere, sehe ich es auf meinem Handy nach. *Cerise* bedeutet »Kirsche«. Natürlich tut es das. Ich bin mir nicht sicher, wie ich das finde, denn etwas sagt mir, dass er sich dabei nicht auf die Farbe meines Nagellacks bezogen hat.

Die Mädels schlafen beide. Ich nicht. Selbst nachdem der Lärm auf der anderen Seite des Flurs aufgehört hat und es vollkommen still ist in unserer Suite, bin ich noch heiß und errötet und wünsche mir, ich hätte den Mumm gehabt, etwas länger im Flur zu bleiben.

ZWEI

Harlow bestellt Pommes, bevor sie sich ihren Schnaps ins Bier kippt und es auf Ex trinkt.

Sie wischt sich mit dem Arm über den Mund und sieht zu mir herüber. Anscheinend starre ich sie mit offenem Mund an, denn sie fragt: »Was? Bin ich dir nicht stilvoll genug?«

Ich zucke die Achseln, rühre mit dem Strohhalm durch das Eis in meinem Glas. Nach einer morgendlichen Massage, einem Verwöhnprogramm fürs Gesicht und einem Nachmittag am Pool, dem ein paar Cocktails folgten, sind wir alle drei inzwischen ein bisschen mehr als beschwipst. Abgesehen davon hat Harlow selbst dann noch Klasse, wenn sie ein Bier mit Schnaps runterkippt. Selbst wenn sie in ein Bällebad in der Kinderecke von McDonalds springen würde, sähe sie danach immer noch cool aus.

»Ach, was soll's?«, erwidere ich. »Wir haben noch unser ganzes Leben lang Zeit, uns zu benehmen – aber nur das eine Wochenende in Vegas.«

Sie hört mir schweigend zu, denkt kurz über meine Worte nach, nickt dann mit Nachdruck und macht dem Kellner ein Zeichen. »Für mich bitte noch zwei Shots und eine dieser Monstrositäten, die sie trinkt.« Sie zeigt zu Lola hinüber, die gerade vom Rand eines abscheulichen Bechers mit LED-Beleuchtung die Sahne ableckt.

Der Kellner runzelt die Stirn, schüttelt dann den Kopf und sagt: »Zwei Shot Whiskey und eine *Slut On A Trampoline*, kommt sofort.«

Harlow wirft mir einen gespielt schockierten Blick zu, aber ich komme nicht dazu, darauf zu reagieren, weil sich in der überfüllten Bar plötzlich jemand von hinten an mich herandrängt. Große Hände packen meine Hüften. »Da bist du ja«, flüstert jemand dicht und heiß an meinem Ohr.

Erstaunt drehe ich mich um – und weiche mit einem leisen Aufschrei zurück.

Ansel.

Mein Ohr fühlt sich warm und feucht an, aber als ich Ansel ins Gesicht blicke, sehe ich das gleiche amüsierte Funkeln in seinen Augen wie letzte Nacht. Vermutlich gehört er zu diesen Typen, die einen peinlichen Robotertanz hinlegen, nur um dich zum Lachen zu bringen, oder die deine Nasenspitze ablecken, sich für ein Lächeln zum Idioten machen. Mit Sicherheit würde er, wenn ich mit ihm auf dem Boden raufen würde, mich gewinnen lassen. Und es auch noch die ganze Zeit genießen.

»Zu dicht?«, fragt er. »Ich wollte es mal auf die verführerische, dennoch subtile Tour versuchen.«

»Ich bin nicht sicher, ob es noch dichter gegangen wäre«, bemerke ich und versuche, ein Lächeln zu unterdrücken. Ich reibe mein Ohr. »Du warst ja geradezu in meinem Kopf.«

»Er würde einen schrecklichen Ninja abgeben«, meint einer der Typen, die neben ihm stehen, und zwinkert mir zu.

»Oliver, Finn«, sagt Ansel und zeigt erst auf einen großen Kerl mit zerzaustem braunem Haar, Bartstoppeln, strahlend blauen Augen hinter dicken Brillengläsern, dann auf den anderen, den, der sich eingemischt hat, mit kurz geschnittenem braunem Haar, dunklen, wie von hinten beleuchteten Augen und einem frechen Grinsen, das festgewachsen zu sein scheint. Ansel sieht wieder zurück zu mir. »Und, Gentlemen, das ist *cerise*. Ich warte immer noch auf ihren richtigen Namen.« Er lehnt sich leicht zu mir vor. »Sie muss ihn mir ja irgendwann sagen.«

»Ich bin Mia«, sage ich ohne großes Brimborium.

Sein Blick wandert über mein Gesicht, bleibt an meinen Lippen hängen. Genau so würde er mich ansehen, wenn wir uns gleich küssen würden, doch dafür steht er zu weit weg. Er beugt sich noch weiter vor, und es ist, als würde man zusehen, wie ein Flugzeug ewig lang nur wenige Meter über dem Boden schwebt.

»Es ist schön, dem Männergebrüll von letzter Nacht Gesichter zuordnen zu können«, sage ich, um die heftige sexuelle Spannung zwischen uns zu durchbrechen, und wende mich Oliver und Finn zu, dann zeige ich auf meine Freundinnen, die mit großen Augen neben mir stehen. »Das sind Lorelei und Harlow.«

Meine Freundinnen schütteln den Jungs die Hand, bleiben aber verdächtig still. Normalerweise bin ich nicht gerade diejenige, die in einer solchen Situation Typen kennenlernt. Normalerweise bin ich diejenige, die Harlow davon abhält, nach nur wenigen Minuten des Kennenlernens mit einem Typen Sex auf dem Tisch zu haben, während Lola sich mit dem Gedanken trägt, jeden Kerl zusammenzuschlagen, der es wagt, auch nur mit uns zu sprechen. Vielleicht sind die beiden so erstaunt, dass sie nicht wissen, wie sie reagieren sollen.

»Habt ihr nach uns gesucht?«, frage ich.

Ansel zuckt die Schultern. »Möglich, dass wir in ein paar Kneipen waren, nur so, um mal zu gucken.«

Hinter ihm hebt Oliver – der mit der Brille – sieben Finger hoch, und ich lache. »Ein paar?«

»Nicht mehr als drei«, sagt Ansel und zwinkert mir zu.

Direkt hinter ihm bewegt sich etwas oder jemand, und noch bevor ich etwas sagen kann, tritt Finn einen Schritt vor und versucht, Ansels Hosen runterzuziehen. Ansel zuckt nicht mal mit der Wimper. »Was trinkst du?«, fragt er stattdessen und greift nach seinem Hosenbund, ohne auch nur ein bisschen überrascht oder verärgert auszusehen.

Als ob ich nicht grade seine graue Boxer Shorts sehen könnte.

Als ob ich nicht genau auf die Stelle starren würde, wo im Baumwollstoff die unverkennbare Wölbung sein dürfte.

Solche Sachen machen Jungs also?

»Schön, dich wieder in Unterwäsche zu sehen«, sage ich und versuche, ein Grinsen zu unterdrücken.

»Beinahe«, korrigiert er. »Zumindest bleiben meine Hosen diesmal oben.«

Ich sehe nach unten und wünschte, ich könnte noch einen Blick auf seine durchtrainierten Beine ergattern. »Darüber ließe sich streiten.«

»Letztes Mal, als Finn das gemacht hat, blieben sie nicht oben. Ich hab diese Woche seine Bestzeit auf dem Rad geknackt, und seitdem versucht er, sich an mir zu rächen.« Er hält inne, hebt die Augenbrauen und scheint erst jetzt zu begreifen, was ich gesagt habe. »Flirtest du gerade mit mir?«

»Nein.« Weil er mir nun seine gesamte Aufmerksamkeit zuwendet, muss ich schlucken. »Vielleicht?«

»Vielleicht sollte dein Kleid nach oben wandern, wenn meine Hosen nach unten rutschen«, flüstert er, und *noch nie* hat sich ein Satz so schmutzig angehört. »Damit wir die gleichen Ausgangsvoraussetzungen haben.«

»Sie ist viel zu heiß für dich«, sagt Finn hinter ihm. Ansel dreht sich halb um, legt Finn eine Hand aufs Gesicht und schiebt ihn weg. Er nickt in Richtung meines Drinks, fragt stumm, was in meinem mittlerweile leeren Glas gewesen ist.

Ich starre ihn an, spüre die merkwürdige Wärme der Vertrautheit sich in mir ausbreiten. So also fühlt es sich an, wenn die Chemie stimmt. Auch wenn ich so was schon mal mit anderen Tänzern gespürt habe – diese Art der Chemie ist anders. Normalerweise löst sich so eine Chemie in Luft auf, sobald man von der Bühne abtritt oder man eben wieder in der Realität ankommt. Hier, mit Ansel, kommt es mir vor, als könnten wir mit der Energie, die zwischen uns herrscht, riesige Batterien auffüllen.

Er nimmt mein Glas und sagt: »Bin gleich zurück«, bevor er zu Lola guckt, die sich von der Gruppe gelöst hat, einen Schritt auf uns zugeht. Sie beäugt ihn wie ein Habicht, mustert ihn mit vor der Brust verschränkten Armen und einem unübersehbaren Strenge-Mutter-Ausdruck im Gesicht. »Mit einem Drink«, sagt er freundlich zu ihr. »Überteuerter, verwässerter Alkohol, vermutlich mit irgendwelchem fragwürdigem Obst. Nichts Witziges, versprochen. Möchtest du mitkommen?«

»Nein, aber ich behalt dich im Auge«, sagt sie.

Deutsche Erstveröffentlichung

Christina Lauren

Dating You Hating You – Hoffnungslos verliebt

Ein Date mit dir – kein Date mit dir: Als wäre das Leben als Schauspielagentin in Hollywood nicht schon stressig genug, muss Evie sich auch noch ausgerechnet in den attraktiven Carter verlieben. Denn nach einer heißen Nacht mit ihm erfährt sie, dass ihre Firmen fusionieren sollen – was sie zu erbitterten Konkurrenten macht. Liebe wird somit umgehend vom Speiseplan gestrichen – jetzt helfen nur noch gezielte Sabotageakte. Evie hat nicht umsonst so lange für ihre Karriere geschuftet: Jetzt ist Krieg! Aber jeden Tag wird ihre Sehnsucht nach Carters heißen Küssen stärker ...

ISBN: 978-3-95649-802-2
August 2018 | 9,99 € (D)

Christina Lauren

Sweet Filthy Boy – Weil du mir gehörst

ISBN: 978-3-95649-252-5
9,99 € (D)

Eine brave College-Absolventin. Ein verführerischer Franzose. Eine schicksalhafte Nacht in Las Vegas ... Mia Holland will noch ein bisschen Spaß haben, bevor mit dem Studium endgültig der Ernst des Lebens beginnt. Alles ist vorbestimmt ... bis sie in Las Vegas diesen supersexy Franzosen trifft, dessen heiße Küsse sie all ihre Zukunftspläne vergessen lassen. Ist sie nicht schon viel zu lange viel zu brav gewesen? Ansel Guillaume will eigentlich nur eine wilde Partynacht verbringen, bevor er wieder zurück nach Frankreich fliegt. Zumindest bis er die atemberaubende Mia kennenlernt. Doch er wünscht sich mehr als einen One-Night-Stand – und fasst deshalb einen verrückten Plan, um Mia mit sich nach Paris zu nehmen ...

Deutsche Erstveröffentlichung

Christina Lauren

Dirty Rowdy Thing – Weil ich dich will

Harlow überlässt nichts dem Zufall. Das einzig Chaotische in ihrem Leben war die spontane Vegas-Blitz-Ehe mit dem umwerfenden Kanadier Finn, der ihr eine unvergessliche, wilde Nacht bescherte. Eigentlich hatte sie die Sache abgehakt, doch als eine familiäre Krise sie aus der Bahn zu werfen droht, kommt ihr Finns unverhoffter Besuch als Ablenkung gerade recht ...

ISBN: 978-3-95649-582-3
9,99 € (D)

Finn weiß, dass es starken Frauen wie Harlow guttut, im Bett einfach mal die Kontrolle abzugeben. Logisch, dass er seiner scharfen Ex die offenbar schmerzlich vermissten Höhepunkte spendiert, auch wenn er eigentlich gerade ganz andere Probleme hat. Aber wer sagt schon Nein zu sensationellem Sex ohne Verpflichtungen? Doch dann stellt Finn verblüfft fest, dass er mehr von Harlow will ...

Deutsche Erstveröffentlichung

Christina Lauren

Dark Wild Night – Weil du der Einzige bist

Es läuft super bei Künstlerin Lola: Ihre Graphic Novel soll verfilmt werden! Und eigentlich hat sie auch keine Zeit, sich ablenken zu lassen. Schon gar nicht von ihrem superheißen besten Freund Oliver den sie nicht aus dem Kopf bekommt, obwohl er ihr erst letztens einen Korb gegeben hat ...

Comicladenbesitzer Oliver kann sich nicht nur über Lolas Erfolg freuen. Denn je mehr Zeit sie am Set verbringt, desto weniger Zeit hat sie für ihn. Dabei hat er grade begriffen, wie scharf er seine beste Freundin findet.

ISBN: 978-3-95649-659-2
9,99 € (D)